Theresa Sperling
Mittelmeersplitter

Prosa bei Lektora
Bd. 53

Theresa Sperling

Mittelmeersplitter

Erste Auflage 2016

Alle Rechte vorbehalten
Copyright 2016 by

Lektora GmbH
Karlstraße 56
33098 Paderborn
Tel.: 05251 6886809
Fax: 05251 6886815
www.lektora.de

Druck: MCP, Marki
Covermotiv: Olivier Kleine, olivierkleine.de
Covermontage: Olivier Kleine, olivierkleine.de
Lektorat: Lektora GmbH
Layout Inhalt: Marvin Ruppert
Printed in Poland

ISBN: 978-3-95461-079-2

Inhalt

für meine Familie

für meine Freundinnen und Freunde

für alle, die lieben oder geliebt haben

Prolog

~

Salzwasser gräbt sich in meine Augen und drückt sie von innen aus meinem Schädel. Wie weit ist es bis zur Oberfläche? Ich blicke nach oben und stelle verwundert fest, dass ich das Licht noch von der Dunkelheit unterscheiden kann. Über mir und um mich herum ist nichts als Wasser. Sonnendurchflutetes Hellblau.

Es dringt mit betäubendem Tosen in meine Ohren. In meinen Mund quillt ein erstickender, salziger Schwall. Mit aller Kraft unterdrücke ich das Bedürfnis zu atmen. Noch ist Levian unmittelbar vor mir und hält mich fest. Er drückt mir etwas gegen den Mund, aber ich presse meine Lippen fest zusammen. Seine Hände krallen sich in meine Oberarme. Seine meerblauen Augen starren mich an. Dann verschwimmt sein Gesicht. Ich spüre seinen Griff nicht mehr auf meiner Haut.

Die letzten Sonnenstrahlen verirren sich zu uns. Meine Hände greifen ins Leere, bis ich mich vollkommen in Dunkelheit verliere. Die Panik schwindet. Sehr langsam. Ich bewege mich nicht mehr, sondern lasse mich vom

Wasser tragen. Ergeben schwebe ich in der schwerelosen Stille die Zeit hinab und sehe mich selbst, mit geschlossenen Augen. Tiefdunkles Blau. Ich muss nicht mehr atmen, darf mich nur noch treiben lassen, denn ich weiß, dass ich sterbe. Ein leises Lied in meinem Kopf lässt mich mit überwältigender Sanftheit in den Tod gleiten.

I'll sing you a lullaby, honey.
I'll be there when you die, honey.
Someday you'll let me down.
Just let yourself drown.
Just float then, don't cry.
Let go then, just die.

Der Kreis schließt sich. Das alles musste geschehen, Levian. Schon lange vor unserer Zeit. Zieh mich hoch.

~

Freakbankfiasko

Den ganzen Winter lag eine dicke Eisdecke über dem See im Park. Eines Tages im Februar begann das Eis unter der kleinen Brücke endlich zu schmelzen und man konnte darunter das schwarze Wasser sehen. Das Eis wurde so dünn, dass es das Gewicht eines kleinen, neugierigen Mädchens nicht mehr hätte tragen können.

An diesem Tag kam Levian in unsere Klasse. Mitten im Schuljahr. Auf dem Schulhof stand er abseits, in der Klasse saß er allein. Den Blick starr nach vorne gerichtet, auf die Tafel oder auf die Lehrkraft. Keiner konnte herausfinden, ob er wirklich aufpasste, denn er meldete sich nie und wurde auch nicht aufgerufen. Frau Mint hatte uns gebeten, ihn in Ruhe zu lassen und rücksichtsvoll zu behandeln. Er sei gerade umgezogen und es gehe ihm nicht gut. Wir mochten Barbara, so nannten wir Frau Mint hinter ihrem Rücken, also taten wir ihr den Gefallen. Es war ohnehin nicht besonders schwer, Levian in Ruhe zu lassen, denn er war an keinem von uns interessiert und verweigerte jede Art der Kontaktaufnahme. Trotzdem musste ich ihn die ganze Zeit anstarren. Alle mussten ihn anstarren. Sogar die Jungs. Vielleicht weil

Levian viel älter wirkte als die anderen in unserer Klasse. Er war einen Kopf größer und auffällig breitschultrig.

Während der kurzen Pausen war es seit Levians Ankunft peinlich still in unserem Klassenraum. Levian saß auf seinem Platz, legte die Materialien für die nächste Stunde bereit und blätterte in einem Schulbuch oder in seinem Collegeblock. Das hatte natürlich nichts mit fachlichem Interesse zu tun, sondern es war einfach nur die unkomplizierteste Art, uns zu ignorieren.

Die anderen unterhielten sich leise über möglichst unverfängliche Themen: Sport, Fernsehserien, versoffene Wochenenden, die neuesten Spiele. So, als wollten sie Levian zeigen, dass sie nicht über ihn sprachen und dass sie ihn in Ruhe ließen. Ich hörte mit halbem Ohr zu, ohne mich an den Gesprächen zu beteiligen. Stattdessen starrte ich Levian an, suchte seine Augen, die immer halb hinter seinen hellbraunen Locken verborgen blieben und nie irgendjemanden in der Klasse ansahen.

In den großen Pausen kursierten zunächst die wildesten Gerüchte: Seine Mutter sei ermordet worden. Sein Bruder sei von der italienischen Mafia entführt worden und werde immer noch vermisst. Seine Eltern seien bei einem Autounfall umgekommen, nur Levian habe überlebt und lebe jetzt in einer betreuten Wohngruppe in der Jahnstraße. Ich stand daneben und dachte darüber nach, was wohl wirklich mit Levians Familie geschehen war. Mit ziemlicher Sicherheit stimmte keine einzige dieser Geschichten.

***

Der Hype um Levian ebbte schon nach einigen Tagen ab. Die anderen hatten sich damit abgefunden, dass er mit niemandem Kontakt aufnahm. Mit einem Menschen sieben Stunden täglich in einem Raum zu sitzen, ohne jemals von ihm angesehen zu werden, ist ein komisches Gefühl. Und derjenige, der es durchhält, tagelang niemanden anzusehen, ist ein ziemlich beängstigender Freak. Deshalb gab man Levian lieber auf und kehrte in den sicheren Schulalltag zurück.

Soweit ich mich erinnern kann, war ich die Einzige, die nicht das Interesse an Levian verlor. Im Gegenteil. Alles an ihm zog mich an. Diese ernsthaft überlegene Coolness, diese lässige Kontrolliertheit seiner Bewegungen, diese kompromisslose Gleichgültigkeit gegenüber uns und dem, was über ihn geredet wurde. Wollte nicht eigentlich jeder von uns genauso sein wie er? In sich ruhend und wahrhaft unabhängig? Und weil seine Augen immer noch etwas gleichgültiger erschienen als alles andere an ihm, begannen meine Gedanken um Levians Blick zu rotieren. Sie zogen immer schnellere, immer engere Kreise um seine Augen, bis die Vorstellung, dass unsere Blicke sich womöglich niemals treffen könnten, mich krank machte: Morgens vor der Schule war mir übel, im Laufe des Vormittags bekam ich richtige Magenkrämpfe und abends schraubte sich der Schmerz von der Speiseröhre direkt in meinen Schädel. Anatomisch unmöglich, ich weiß, aber so war es.

Natürlich konnte nichts von all dem mich davon abhalten, in die Schule zu gehen, denn ich war besessen von der Hoffnung, Levian könnte mich doch eines Tages ansehen. Außerdem kam jeden Tag ein bisschen mehr über sein wahres Leben ans Licht: Er wohnte tatsächlich in der Jahnstraße, allerdings nicht in einer Wohngruppe, sondern bei seinem Vater. Sein Vater schien nicht viel Geld zu haben, denn die Gegend um die Jahnstraße herum war eher ärmlich. Da die Schüler, die bei Levian in der Nähe wohnten, bisher weder Levians Mutter noch seinen Bruder gesichtet hatten, kursierten die Gerüchte von tödlichem Autounfall, Mord und Entführung immer noch.

***

In einer Pause Ende Februar, an einem Mittwoch nach Latein, kam dann der Augenblick, in dem − so glaube ich − das Schicksal seinen Lauf nahm. Die Eisdecke auf dem See war längst geschmolzen und die Wintersonne wanderte durch unser Klassenzimmer. Sie tauchte im Laufe des Morgens fast jeden von uns für einen herrlich langen Moment in warmes, helles Licht. Weil sie so niedrig stand, leuchtete sie bis in die letzte Ecke des Klassenzimmers, und ich wartete gedankenverloren darauf, dass sie Levian erreichte, der seinen Platz direkt an der Tür hatte.

Plötzlich stieß mich Lisanne heftig in die Seite und rief viel zu laut: »Annika! Hör endlich auf, ihn die ganze Zeit anzustarren.«

Ich lief innerhalb von Sekunden rot an. Schnell warf ich Levian einen verstohlenen Blick zu. Doch er hatte sich nicht bewegt. Keinen Zentimeter. Wie versteinert saß er da und las im Mathebuch, seine linke Hand war schon halb ins gleißende Licht der Sonne getaucht. Aber ich wusste, dass er Lisanne gehört hatte, dass er mich auch wahrnahm. Dass er vielleicht genau wie ich hinter den dunkelblonden Strähnen, die mir ständig ins Gesicht fielen, nach meinen Augen suchte.

***

Ich brauchte bis Mitte März, um den Mut zu fassen, Levian anzusprechen. Es war alles wieder ein bisschen leichter, wenn man nicht mehr so fror, weniger anhatte und sich schon ein bisschen auf den Sommer freuen konnte. Mir blieb eigentlich auch gar keine andere Wahl, denn langsam, aber sicher begann ich durchzudrehen.

Ich konnte an nichts anderes mehr denken als an Levians Augen, als hüteten diese das größte Geheimnis meines Lebens. Levians Augen waren, obwohl ich nicht einmal wusste, welche Farbe sie hatten, allgegenwärtig. Bei den Hausaufgaben, beim Essen, beim Klavierspielen, beim Musikhören, beim Tanzen. Gleichzeitig war es so peinlich, in den Freak der Schule verliebt zu sein, dass ich unmöglich mit irgendjemandem darüber sprechen konnte. Nicht einmal mit Lisanne.

Wenn ich mit ihr telefonierte oder im Chat war, ließ ich sie reden. Das war ganz leicht, denn sie sprach ohnehin ununterbrochen. Sie lästerte über die Lehrer (»ungerecht und viel zu streng«), über die Mädchen in unserer Klasse (»oberflächlich«) und die Jungs (»Arschproleten«), über die Frühlingskollektion in den Läden (»tussig«), über das Essen in der Mensa (»Brechmittel«), über ihre Mutter (»hysterisch«) und natürlich über Marvin (»sexbesessen«). Normalerweise war ich froh, wenn mir die Details der Marvin-Lisanne-Dauer-Sexaffäre erspart blieben, aber nun ließ ich Lisanne im Detail davon plaudern. Ihr schien es nicht einmal aufzufallen, dass ich die letzten zwei Wochen praktisch kein Wort mehr gesprochen hatte.

Als ich sie endlich mal wieder zu mir nach Hause einlud, hechelte sie erst einmal durch die üblichen Themen, bis sie schließlich bemerkte, dass sie einen endlosen Monolog führte. Sie brach mitten im Satz ab, verdrehte die Augen und sagte: »Sogar ein gehörloses Meerschweinchen wäre ein dankbarerer Gesprächspartner als du.«

»Charming!«, konterte ich. Ich fand, dass wir lange genug befreundet waren und sie eigentlich eine Verbindung zwischen den Vorfällen mit Levian und meinem Zustand hätte erkennen müssen.

»Es reicht ja, wenn eine redet«, murmelte ich.

»Sehr witzig«, erwiderte sie spitz.

»Schon gut. Ich weiß einfach nicht, worüber ich reden soll. Außerdem habe ich Kopfschmerzen.«

»Du mit deinen Kopfschmerzen.« Lisanne guckte besorgt. »Vielleicht gehst du einfach mal zum Arzt. Das könnte auch ein Hirntumor sein.«

»Ja, genau.« Lisannes medizinische Diagnosen ließen mich kalt. In der zweiten Klasse hatte Lisanne mal behauptet, meine Krämpfe in den Zehen seien ein Zeichen für Multiple Sklerose. Daraufhin verbrachte ich heimlich die zwei schrecklichsten Stunden meines Lebens im Internet: Die erste Stunde brauchte ich, um herauszukriegen, wie man diese Krankheit überhaupt schreibt, die zweite Stunde, um mich als Leseanfängerin durch die ersten drei Bildschirmseiten eines zehnseitigen Wikipedia-Eintrags zu quälen. Als ich endlich begriffen hatte, was die Krankheit bedeutete, heulte ich so lange, bis meine Eltern mich zum Arzt schleppten. Der stellte Magnesium-Mangel fest, was bei Leistungssportlern ziemlich normal ist.

Ein anderes Mal hatte ich meine Tage nicht bekommen und Lisanne behauptete, ich sei schwanger, obwohl ich zu dem Zeitpunkt noch nicht mal einen Jungen geküsst hatte. Lisannes Theorien zufolge konnte man auch schwanger werden, wenn man sich in der Schule auf eine Klobrille setzte, auf die kurz vorher ein Junge gewichst hatte.

Ich war echt sauer, weil sie tatsächlich dachte, ich würde mich auf eine vollgewichste Klobrille setzen. Trotzdem kratzte ich mein gesamtes Taschengeld zusammen und machte zwei völlig sinnlose Schwangerschaftstests. Meine Mutter zwang mich schließlich, mein Tanztraining zu reduzieren, und die Periode setzte wieder ein. Danach schwor ich mir, mich nie wieder von Lisannes medizinischen Horrorvisionen verrückt machen zu lassen.

Lisanne blieb an diesem Nachmittag keine zwei Stunden bei mir, weil einfach nichts mit mir anzufangen war. Allerdings ging sie erst, nachdem ich ihr versprochen hatte, ein MRT machen zu lassen, obwohl wir beide nicht genau wussten, was das war.

***

In der Nacht vor dem Tag, an dem ich Levian ansprach, erwachte ich völlig fertig aus einem albernen Traum: Ich hatte geträumt, dass Levian aus einem brennenden Haus direkt auf mich zugerannt kam. Schließlich stand er unmittelbar vor mir, die Augen auf den Boden gerichtet.

»Sieh mich an«, flüsterte ich. »Sieh mich endlich an.«

Seine Augenlider hoben sich in Zeitlupe. Aber bevor unsere Blicke sich trafen, warf sich meine Mutter in einem Karate-Anzug zwischen uns und schrie: »Wenn du meine Tochter anrührst, mache ich dich platt!«

Levian drehte sich schweigend um und ging, während meine Mutter ihm mit ein paar lächerlichen Faustschlägen in die Luft hinterher hüpfte. Ich hätte Wasser aus dem See holen sollen, um das Haus zu löschen. Aber ich habe es nicht so mit Wasser. Also ließ ich das Haus einfach brennen.

An diesem Morgen beschloss ich, Levian anzusprechen. Und zwar noch vor der ersten Schulstunde, damit ich es mir auch ja nicht anders überlegen konnte.

***

Als ich den Klassenraum betrat, war Levian noch nicht da. Natürlich nicht. Wie immer kam er kurz vor dem Klingelzeichen und setzte sich auf seinen Platz, ohne mich anzusehen. Ohne überhaupt irgendjemanden anzusehen. In den kleinen Pausen blätterte er in seinem Collegeblock, in der großen Pause saß er mit überschlagenen Beinen und verschränkten Armen abseits auf seiner Bank, den Blick auf seine Knie gerichtet. Seit er sich vor ein paar Tagen zum ersten Mal auf diese Bank zurückgezogen hatte, setzte sich niemand mehr dorthin. Es war Levians Bank. Die Freakbank.

Manchmal, vielleicht nur einmal im Leben, macht man etwas völlig Verrücktes. Etwas, von dem man weiß, dass es bedeutend ist, weil man es jetzt tut oder eben nie. Das war der Moment, in dem ich mich neben Levian auf die Bank setzte. Ich starrte auf meine Hände in meinem Schoß und er starrte weiter auf seine Knie, als hätte er mich gar nicht bemerkt.

»Levian?«, fragte ich leise. Während Levian völlig reaktionslos neben mir saß, spürte ich die erstaunten Blicke von geschätzten 200 Mitschülern in Richtung Bank wandern.

»Levian«, sagte ich noch einmal. Keine Reaktion.

»Okay«, seufzte ich. »Du willst nicht mit mir sprechen.« Kurzzeitig war ich mir nicht sicher, ob Levian überhaupt etwas von dieser Welt mitbekam. Vielleicht war er taub oder Autist oder einfach nur ein hoffnungsloser Soziopath. Ich wollte gerade aufstehen und mich den neugierigen Fragen meiner 200 Mitschüler stellen, als ich Levian aus den Augenwinkeln nicken sah. Also blieb ich sitzen.

»Ich …«, setzte ich an und mir verschlug es fast die Sprache, so nervös war ich. Mein Anliegen kam mir plötzlich so lächerlich vor, dass ich am liebsten abgehauen wäre, mitten in die Traube von zusammengesteckten Köpfen, die sich in sicherer Entfernung von uns gebildet hatte. Aber es war eben dieser eine Augenblick, in dem man etwas Verrücktes tut, etwas, von dem man denkt, es könnte bedeutend sein für das ganze Leben. Also blieb ich sitzen und beendete meinen Satz: »Ich möchte einfach nur, dass du mich ansiehst. Ein einziges Mal würde reichen. Ich kenne nicht einmal deine Augenfarbe.«

Keine Reaktion.

»Es wäre mir wichtig. Ist schwer zu erklären.«

Nichts.

Ich wusste, dass es gleich klingeln würde. Also zwang ich mich, sitzen zu bleiben und zu warten. Diese letzten paar Sekunden würde ich auch noch überleben.

Da schüttelte Levian den Kopf. Unmerklich. Ebenso unmerklich wie er genickt hatte. Und als ich aufstehen wollte, um wegzurennen und nie wieder ein Wort mit ihm zu sprechen, fasste er mein Handgelenk so schnell und so fest, dass sein Griff weh tat und mich zurück auf die Bank zwang.

»Annika«, flüsterte er. Seine Stimme war ein Flash, tief und rau. Bestimmt nicht die Stimme eines Zehntklässlers. Eine richtige Männerstimme. »Lass mich einfach in Ruhe.« Dann ließ er mich los.

~

Ich spüre seinen Griff nicht mehr auf meiner Haut. Meine Hände greifen ins Leere, bis ich mich verliere.

~

Natürlich war ich am Boden zerstört. Als mich das letzte Mal jemand gebeten hatte, ihn in Ruhe zu lassen, war ich fünf Jahre alt, saß im Sandkasten und bewarf andere Kinder mit Matsche. Die Wahrscheinlichkeit, dass Levian mich jemals ansehen würde, sank nach dem Freakbankfiasko auf null. Trotzdem musste ich den ganzen Vormittag an seine Stimme denken und an die Art, wie er meinen Namen gesagt hatte. Ich bekam Angst vor mir selbst. Warum konnte ich nicht, wie in allen anderen Bereichen meines Lebens, halbwegs normal sein? Die Auswahl hübscher und gleichzeitig zugänglicher Jungs an unserer Schule war nicht kleiner als an irgendeiner anderen Schule und ich selbst war weder auf den Kopf gefallen noch unterdurchschnittlich attraktiv. Es wäre bestimmt nicht unmöglich gewesen, sich in einen interessanten und einigermaßen gesprächigen Jungen zu verlieben und ihm direkt in die offenen Augen zu blicken. Warum konnte ich die Sache mit Levian nicht einfach auf sich beruhen lassen? Warum zog dieser Typ mich so unwiderstehlich an?

Am Nachmittag liefen meine wenigen Freundinnen und die restlichen Mädchen aus meiner Klasse Amok im Chat. Ziemlich befremdliches Verhalten. Ich bin nämlich nicht besonders beliebt, weil ich bisher relativ gut in der Schule war, »zu viele Hobbys« habe (Tanzen und Klavierspielen) und nur wenige Jungsgeschichten zum Besten geben kann. In meiner Klasse gibt es ein paar echte Granaten, mit denen ich einfach nicht mithalten kann: die Informationszentralen für Klatsch und Tratsch, die auf jede Party eingeladenen Wochenend-Trinkerinnen, die politisch engagierten Hochbegabten, die gepiercten Andersdenkenden, die finanziell lebenslang abgesicherten Burberry-Mädchen, die schauspielerisch begabten Ulknudeln – sie alle sind mir in der Kategorie Beliebtheit haushoch überlegen. Irgendwann auf Platz 8 bis 10 im Ranking der Reichen, Schönen und Interessanten meiner Klasse rangiere ich. Aber an diesem

Tag war ich der Mittelpunkt aller Kommunikations-plattformen. Es war erbärmlich.

»Wollte nur wissen, ob er spricht«, antwortete ich auf die vielen ›Warum?‹s.

»Er spricht nicht«, antwortete ich auf die vielen ›Und?‹s. »Jegliche Kontaktaufnahme ist völlig sinnlos.«

Ich wollte ihn für mich allein haben. Niemand, wirklich niemand, sollte sich zu Levian auf die Bank setzen und auch nur versuchen, ihn anzusprechen. Dass niemand ein ernsthaftes Interesse daran hatte, mit Levian Kontakt aufzunehmen, kam mir überhaupt nicht in den Sinn. Den Rest erledigte Lisanne für mich. Sie brüstete sich im Netz mit ihrer verrückten Freundin Annika. Enthusiastisch beantwortete sie als offizielle Augenzeugin des Pausen-»Gesprächs« alle weiteren Anfragen und vertrat dabei ihre ganz persönliche Vorstellung von objektiver Berichterstattung. So konnte ich relativ schnell mein Handy ausschalten und mich auf das Wesentliche konzentrieren: Ich spürte Levians Griff noch immer an meinem rechten Handgelenk. Man sah nichts, keinen blauen Fleck, nicht einmal einen roten Abdruck, aber trotzdem war da diese Druckstelle. Beim Klavierspielen tat es sogar etwas weh. Also übte ich über zwei Stunden.

Paarungstanzblicke

In den nächsten Tagen war alles wie vorher. Levian saß unnahbar auf seinem Platz in der Klasse und seiner Bank auf dem Pausenhof und ignorierte mich, während ich tagsüber an ihn dachte und nachts von ihm träumte. Wir schrieben die ersten Arbeiten und Levian schnitt gut ab. Der Zusammenhalt in meiner Klasse war zwar noch nie sonderlich spektakulär gewesen, aber man hatte sich plötzlich zu einer erstaunlich gut funktionierenden Zweckgemeinschaft zusammengetan, um Levians Klausurnoten zu errechnen. Plötzlich war es für niemanden mehr ein Problem, seine Note zu offenbaren, damit wir mit Hilfe des Zensurenspiegels ausrechnen konnten, welche Note Levian hatte. Offensichtlich kassierte er eine Zwei nach der anderen. Er passte also im Unterricht auf und wahrscheinlich bereitete er sich tatsächlich in den kleinen Pausen auf die kommende Unterrichtsstunde vor. Trotzdem hatte er noch nie einen mündlichen Beitrag geleistet. Zu unserer Verwunderung wurde er außerdem weder drangenommen noch abgefragt, obwohl das Welpenschutzprogramm der Lehrer längst hätte vorbei sein müssen.

Ende März begann er, mit den Jungs aus unserer Klasse zu sprechen. Man konnte es wahrlich nicht Unterhaltung nennen, es war eigentlich nur so etwas wie ein leidenschaftsloser Mindestinformationsaustausch. Die Jungs stutzten kurz über Levians Kontaktaufnahme und wechselten dann gleichgültig ein paar Worte mit ihm. Da Levian sich aber weder für Sport noch für Computerspiele noch für sonst irgendetwas zu interessieren schien, blieb er ein Außenseiter. Allerdings war er der seltene Typ von Außenseiter, der gar nicht erst versuchte, Teil der Klasse zu sein. Das war für alle Beteiligten bequem. Allseitige Gleichgültigkeit ist immer bequem.

Je gleichgültiger Levian wirkte, desto mehr wuchs meine Faszination für ihn. Ich versuchte, sie unter Kontrolle zu halten, indem ich mich zwang, Levian bei jeder Gelegenheit den Rücken zuzudrehen, um ihn nicht permanent anzustarren.

So war es auch an diesem zweiten schicksalhaften Vormittag Ende März. Levian saß auf seiner Bank. Plötzlich spürte ich seinen Blick in meinem Rücken. Ich war mir sicher, dass er mich ansah, dass seine Augen mir im Nacken saßen. Es war kein angenehmes Gefühl, sondern eher alarmierend.

»Sieht er mich an?«, fragte ich Lisanne mitten in ihren üblichen Redeschwall hinein.

»Wer?«, fragte Lisanne irritiert.

»Levian«, flüsterte ich.

»Was hast du nur mit diesem Freak?« Lisanne warf Levian einen viel zu langen Blick zu. »Er starrt auf seine Knie.«

»Guck nicht so auffällig zu ihm rüber!«, zischte ich.

»Wie, bitteschön, soll ich rausfinden, ob er dich ansieht, ohne rüberzugucken?«

»Also, guckt er jetzt oder nicht?«

»Nein«, sagte Lisanne. »Wieso interessiert der dich überhaupt?«

»Ich finde ihn faszinierend. So ein Typ, der nicht mit Mädchen spricht und einen nicht ansieht.«

Lisanne schüttelte den Kopf: »Das ist doch nicht faszinierend, das ist total schwul.«

»Ja, vielleicht«, räumte ich ein. Ich hatte ohnehin nicht vor, Lisanne vom Gegenteil zu überzeugen.

»Jetzt guckt er«, merkte sie beiläufig an.

»Was?«

»Er hat zu uns rübergeguckt«, sagte sie mit gespielter Gelassenheit.

»Echt?« Herzklopfen. Extreme Kurzatmigkeit. Pulsierendes Blut in meinen Schläfen. Vorsichtig warf ich einen Blick über meine linke Schulter. Lisanne hatte recht. Levian sah mich an. Unsere Blicke trafen sich und er nickte mir zu. Ich nickte möglichst kurz zurück.

»Was soll das sein?«, fragte Lisanne stirnrunzelnd. »Ein Paarungstanz für Ganzkörpergelähmte?«

»Halt den Mund«, flüsterte ich atemlos, den Blick immer noch auf Levian gerichtet. Da klingelte es zur nächsten Unterrichtsstunde. Er stand auf und ging weg, ohne mich noch einmal anzusehen.

***

An diesem Tag sprach ich mit meiner Mutter zum ersten Mal über Levian. Jona hatte zum Abendessen sieben Scheiben Kindermortadella mit Bärenmuster verschlungen und fühlte sich nun stark genug, um in seinem Zimmer gegen die dunkle Seite der Macht zu kämpfen. Mein Vater kam sowieso erst spätabends aus der Kanzlei nach Hause und ich stocherte lustlos in dem Spaghetti-Haufen auf meinem Teller herum. Natürlich nutzte meine Mutter die Gelegenheit für ein Gespräch von Frau zu Frau.

»Also, was ist los, Annika? Du isst wie ein Spatz. Du sprichst kaum noch ein vernünftiges Wort mit uns.« Ich zuckte die Schultern und begann zu essen, aber meine Mutter hatte ihr Besteck neben den Teller gelegt und sah mich auffordernd an.

»Ich habe einfach seit Wochen diese Kopfschmerzen«, antwortete ich matt.

»Oh, Mädchen«, seufzte meine Mutter besorgt. »Hoffentlich bekommst du nicht meine Migräne.«

Natürlich hatten meine Schmerzen nichts mit dreitägiger Übellaunigkeit und Unansprechbarkeit im abgedunkelten Zimmer zu tun. Ich hielt die Migräne meiner Mutter sowieso nur für einen ziemlich billigen Weg, sich mal ein paar Tage allen familiären Verpflichtungen zu entziehen. So etwas konnte sich unsereiner nicht leisten. Jona und ich wurden sogar mit Durchfall in die Schule und zum Klavierunterricht geschickt.

»Ich werde einen Termin beim Arzt vereinbaren«, drohte meine Mutter an.

Es hatte keinen Sinn mehr, die Sache mit Levian weiter zu verheimlichen. Ich hatte in den letzten Wochen mindestens zwei Kilo abgenommen, extrem viel Klavier geübt und die meiste Zeit in meinem Zimmer verbracht.

Nicht einmal ein mehrstündiges MRT hätte mir dabei helfen können, mein Leben wieder in normale Bahnen zu lenken, also beschloss ich, meine Mutter einzuweihen.

»Es gibt seit ein paar Wochen einen neuen Jungen in meiner Klasse. Levian.«

»Du bist also verliebt!«, rief meine Mutter erfreut, nahm beschwingt ihr Besteck in die Hände und aß weiter. Die Nachricht versprach, aufregende Veränderung in ihr Leben zu bringen und mein auffälliges Verhalten vollständig zu erklären. Verliebtsein war die Erklärung für Magen-, Kopf- und Handgelenkschmerzen, für überdurchschnittlich langes Klavierüben, für Gewichtsverlust, Stubenhockerei und Schweigsamkeit.

»Nein«, widersprach ich vehement. »Man kann sich wohl kaum in jemanden verlieben, der einen weder ansieht noch mit einem spricht.« Jetzt war es raus und es tat gut, mit jemandem darüber zu reden, der ein aufrichtiges Interesse an meinem Gefühlszustand hatte.

»Ich dachte, er geht in deine Klasse.«

»Er spricht generell nicht mit Mädchen, glaube ich.«

»Klingt ein bisschen merkwürdig, dein neuer Freund.«

»Ich finde ihn cool!«, rief Jona, der offensichtlich die ganze Zeit aus dem Kinderzimmer zugehört hatte. »Mädchen sind eklig und stinken!«, fügte er noch hinzu.

Ich ignorierte Jona, eine überlebenswichtige Fähigkeit, die ich mir in den letzten acht Jahren mühselig angeeignet hatte, und korrigierte meine Mutter: »Levian ist nicht mein Freund.«

»Aha. Du bist nicht in ihn verliebt und du bist nicht mit ihm befreundet. Warum erwähnst du ihn dann überhaupt?«

»Ich finde ihn faszinierend. Sein Verhalten ist nicht aufgesetzt. Das ist keine Masche. Er will mit Mädchen nichts zu tun haben. Nicht mit uns sprechen, uns nicht ansehen. Das ist doch irgendwie aufregend.«

»Oh«, sagte meine Mutter voller Mitleid für ihre naive kleine Tochter. »Annika, der Junge ist schwul! Es liegt nicht an dir, dass er sich nicht für dich interessiert.«

»Du klingst wie Lisanne«, warf ich genervt ein.

»Du kannst ihm vielleicht bei seinem Outing helfen. Der arme Kerl weiß bestimmt noch gar nichts von seiner andersartigen sexuellen Orientierung.«

»Andersartig? Mama, bitte. Er ist NICHT schwul!« Damit mein Bruder nichts mitbekam, fuhr ich im Flüsterton fort: »Er wohnt mit seinem Vater in der Jahnstraße. Irgendetwas Schlimmes ist mit dem Rest seiner Familie passiert. Frau Mint hat mal eine Andeutung gemacht, aber wir wissen nichts Genaues …«

»Wer flüstert, lügt!«, rief Jona ins Esszimmer. »Und stinkt aus dem Mund, wenn er ein Mädchen ist!«

»Halt die Klappe, Jona«, wies ich ihn zurecht. »Sonst enterbe ich dich.« Erbschaften waren bei uns Dauerthema, weil mein Vater sich auf Erbrecht spezialisiert hatte und uns ständig darüber Vorträge hielt.

»Ich dachte, er spricht nicht mit dir«, hakte meine Mutter nach.

»Einmal hat er etwas zu mir gesagt.«

»Und was?«

»»Lass mich in Ruhe.‹«

»Okay. Ich lass dich in Ruhe«, erwiderte meine Mutter eingeschnappt.

»Nein. Du doch nicht. ›Lass mich in Ruhe‹, hat er zu mir gesagt.«

»Was? Wie unverschämt! Was hast du ihm denn getan?«

Jona betrat mit einem leeren Zettel das Esszimmer und hielt mir einen Stift hin: »Kannst du hier unten mal unterschreiben?«

Ich setzte meine Unterschrift auf den Zettel, um Jona schnell wieder loszuwerden. Dann beantwortete ich gereizt die Frage meiner Mutter:

»Ich habe mich neben ihn auf die Bank gesetzt und versucht, mit ihm zu reden. Das war alles.«

»Das klingt ja, als wäre der arme Junge nicht nur schwul, sondern richtiggehend traumatisiert. Vielleicht solltest du lieber die Finger von ihm lassen. Wer weiß, was da passiert ist.«

»Was soll das denn schon wieder heißen?«, fragte ich verärgert. »Ich will meine Finger gar nicht an ihm dranhaben. Hast du das immer noch nicht kapiert?«

»Das war nur metaphorisch gemeint. Flipp doch nicht gleich so aus«, versuchte meine Mutter mich zu beschwichtigen.

»Metaphorisch. Ja, genau.«

Jona kam mit seinem Zettel zurück. Er hatte über meine Unterschrift gekritzelt: *Testerment. Jona ärbt meinen Kompjuta.*

»So, das bringe ich zu Papa in die Kanzlei!«, rief er triumphierend.

»Mach mal«, sagte ich. »Das Datum fehlt noch.«

Schnell rannte Jona zurück in sein Zimmer, um das

Datum zu ergänzen. Er konnte zwar kein einziges Wort richtig schreiben, aber er wusste, dass ein Testament ohne Datum in seiner Gültigkeit angezweifelt werden konnte.

»Ich denke einfach, dass er professionelle Hilfe braucht«, merkte meine Mutter an.

»Jona?«, fragte ich spitz.

»Beim Legobauen?«, fragte Jona neugierig.

»Nein, ich meinte deinen Freund, Annika«, korrigierte mich meine Mutter ruhig.

»Er IST nicht mein Freund!« Meine Mutter brachte mich noch um mit ihrer Ignoranz.

»Dass er nicht mit Mädchen spricht, ist doch merkwürdig. Du steigerst dich da vielleicht in etwas rein, dem du nicht gewachsen bist.«

»Das klingt ja, als wäre er ein Psychopath und ich sein nächstes Opfer.«

»Du neigst zur Übertreibung.«

»DU neigst zur Übertreibung.« Die Lautstärke meiner Stimme wuchs direkt proportional zu meiner Verärgerung. »Vielleicht solltest du wirklich lieber dafür sorgen, dass Jona professionelle Hilfe bekommt. Er ist acht, schreibt jeden Tag ein Testament mit mehr Rechtschreibfehlern als Wörtern und wünscht seiner Schwester den Tod.«

»Nein, Annika. Ich mache mir Sorgen um DICH. Du wiegst doch keine 50 Kilo mehr. Das ist ein bisschen wenig für deine Größe.«

»Ich finde, sie ist fett!«, schrie Jona aus dem Zimmer.

»Das ist das Training.« Mit der Lüge kam ich wahrscheinlich nicht durch, aber einen Versuch war es wert.

»Du trainierst doch nicht öfter als sonst. Vielleicht solltest du die Ballettstunden streichen und nur noch zum Company-Training gehen.«

»Okay, Mama. Schon gut. Du weißt genau, dass wir das nicht dürfen. Hast du vielleicht einen etwas konstruktiveren Tipp für meine beschissene Situation?«

»Man sagt nicht ›beschissen‹«, flötete Jona.

»Schreib ihm einen Brief«, schlug meine Mutter vor.

»Was?« Das war mal wieder eine dieser mütterlichen Schwachmaten-Ideen.

Lieber Levian,
bitte guck mich an und sprich mit mir.
Deine Annika.
PS: Meine Mutter hat mir geholfen, diesen Brief zu schreiben. Sie hält dich für einen Psychopathen und möchte dich gern kennenlernen.

Jona betrat das Zimmer mit einem weiteren Zettel. Er hatte ein Strichmännchen mit einem dicken Bauch gemalt und daneben *Maine Schwesta ist fet!* geschrieben.

»Das ist ja ein schönes Bild und du hast ein Wort ganz richtig geschrieben!«, rief meine Mutter begeistert aus. Da Jona praktisch nie freiwillig einen Stift in die Hand nahm, brachen meine Eltern in Lobeshymnen aus, sobald er auch nur drei Striche auf ein Blatt Papier malte. Er verkaufte die drei Striche als »Mamas Wimpern« und schon kassierte er ein Lob. »Möchtest du nicht noch den Papa daneben malen?«

»Leider keine Zeit«, sagte Jona und verschwand wieder in seinem Zimmer.

»Jemand, der nicht spricht, schreibt vielleicht lieber«, nahm meine Mutter das Gespräch wieder auf.

»Ich kann's ja mal probieren«, sagte ich und stand vom Tisch auf. Obwohl ich mir in diesem Moment noch sicher war, dass ich Levian niemals einen Brief schreiben würde, saß ich wenige Minuten später am Schreibtisch und feilte an der Formulierung.

Der Brief wurde über eine Seite lang und klang nach dem Abschiedsbrief einer verzweifelten Stalkerin. Also strich ich die emotionalsten Stellen durch. Je länger ich über dem Brief saß, desto kürzer wurde er. Schließlich steckte ich die folgenden Zeilen in meine Schultasche:

Hallo Levian,
könntest du mir vielleicht ein paar Zeilen schreiben?
Annika

Mit dieser Fassung war ich zwar einigermaßen zufrieden, aber ich hatte nicht vor, Levian diesen Brief wirklich zu überreichen. Ihm in der Pause einen Zettel in die Hand zu drücken, hätte bei uns an der Schule zu diesem Zeitpunkt ungefähr eine ähnliche Wirkung gehabt wie öffentlicher Sex auf dem Pausenhof.

***

Die ersten Schulstunden des nächsten Tages verbrachte ich mit dem schweißtreibenden Wissen, dass der verdammte Zettel in meiner Tasche steckte. In der Hofpause ließ ich den Zettel sicherheitshalber dort, wo er war. Wie schon am Tag zuvor nickte Levian mir von der

Bank aus zu, ohne zu lächeln oder mich durch irgendeine einladende Geste neben sich auf die Bank zu bitten. Aber immerhin, er nickte. Er nahm mich wahr. Er sah mich an, wenn auch nur von Weitem. Das war genug, um mir Mut zu machen für die Übergabe. In der letzten Stunde nahm ich kurz vor Unterrichtsende den Zettel aus der Tasche, packte meine Sachen leise vom Tisch und kassierte ein genervtes »ICH beende die Stunde« von Frau Mint. Als es klingelte, lief ich schnell zur Tür, um Levian mitten im Gewusel einpackender und herumschreiender Schüler den Zettel in die Hand zu drücken. Er sah auf unsere Hände, als sie sich berührten, und nahm den Zettel. Seine Augen waren blau. Schnurstracks rannte ich aus der Klasse, ohne mich noch einmal umzudrehen.

Sicherlich hatte irgendjemand die Übergabe gesehen und am Nachmittag würden die Leitungen heißlaufen. Sollten sie sich doch zerfetzen vor lauter Neugierde. Ich war fertig mit diesem Tag. Mein Handy ließ ich aus, stattdessen legte ich mich aufs Bett. Ich nahm Annalisa in den Arm, meinen ehemals weißen, ausgefransten alten Teddybären, und starrte an die Decke. Vor ein paar Jahren hatte ich hundert kleine Leuchtsternchen über mein Bett geklebt, doch tagsüber sahen sie inzwischen aus, als hätte die Decke stumpfgelben Hautausschlag. Was würde der morgige Tag mir bringen? Einen Brief von Levian? Wohl kaum. Eher ein noch schärferes »Lass mich in Ruhe« und ein gebrochenes Handgelenk.

Vielleicht war Levian ja doch ein Psychopath. Ich versuchte zu zählen, wie oft in meinem Leben meine Mutter mich mit ihren Aussagen verärgert und am Ende doch nicht Recht behalten hatte. Mir graute, weil mir kein einziges Mal einfiel.

~

Salzwasser gräbt sich in meine Augen und drückt sie von innen aus meinem Schädel. Noch ist Levian unmittelbar vor mir. Seine Hände krallen sich in meine Oberarme.

~

Seestegschweigen

Der Tag nach der Briefübergabe ging sowohl als erste schulische Niederlage als auch als erstes Levian-Wunder in meine persönliche Lebensgeschichte ein. Ich bekam in drei Fächern eine mündliche Fünf wegen mangelhafter Beteiligung am Unterricht. Die Noten waren gerechtfertigt. Keine Frage. Ich konnte mich nicht daran erinnern, in den letzten Wochen irgendetwas zum Unterricht beigetragen zu haben. Mal abgesehen vom Zwangsvorlesen einiger schlampig angefertigter Hausaufgaben. Es waren die ersten ernst zu nehmenden Fünfen in meiner Schulkarriere. Dass alle drei Lehrer Levian für seine mündliche Totalverweigerung eine Drei gaben, war trotzdem eine Frechheit.

Betreten stand ich mit Lisanne und ein paar anderen Mädchen aus meiner Klasse in der Pause zusammen, den Rücken Levians Bank zugewandt. Wir wetterten über die ungerechte Notenvergabe und beschlossen, uns aus Protest gar nicht mehr am Unterricht zu beteiligen. Plötzlich schob jemand etwas von hinten in meine Hand. Als ich mich umdrehte, hatte Levian mir schon wieder den Rücken zugekehrt und war auf dem Weg zurück zu seiner Bank.

»Was ist das?«, fragte Lisanne in vorwurfsvollem Ton, nachdem sie sich von ihrem ersten Schreck erholt hatte, und zeigte auf das Papier in meiner Hand. Es war ein zugeklebter Briefumschlag. Auf Briefwechsel, von denen Lisanne nichts wusste, stand offenbar die Todesstrafe für Absender und Empfänger.

»Ich habe keine Ahnung«, antwortete ich, lief rot an und ließ die anderen einfach stehen. Lisanne rief mir irgendetwas hinterher, aber ich tat so, als hätte ich sie nicht gehört. Diesen Brief wollte ich alleine öffnen.

Auf dem Weg zu den Toiletten tastete ich den Umschlag ab. Er war nicht dick. Es konnte nicht mehr als eine Seite darin sein. Aufgeregt schloss ich mich in eine der Toilettenkabinen ein und riss den Brief auf.

Levians Schrift war wie gedruckt. Ebenmäßige, leicht nach rechts geneigte Buchstaben auf weißem Papier.

Liebe Annika,
meine Mutter und mein Bruder sind tot. Ich werde nicht darüber sprechen. Du wirst mich nichts fragen. Morgen um 3 im Stadtpark an der Uhr. Levian

Um wirklich sicher zu gehen, las ich den Brief gleich mehrere Male durch. Die Geschichten über Levians Familie stimmten und ich hatte ein Date mit ihm! Am nächsten Tag um drei. Im Stadtpark. Nicht weit von meinem See. Dass ich ihn nichts fragen durfte, war mir ziemlich egal. Hauptsache, ich kam ganz nah an ihn heran. Hauptsache, er sah mich endlich einmal an. Das morgige Balletttraining konnte ich heimlich sausen lassen. So musste ich meiner Mutter nicht einmal von meinem Date erzählen.

Vorsichtshalber schrieb ich ihr vor der Schule noch eine kurze Nachricht, die ich unter meine Schreibtischlampe klemmte:

Mama, treffe mich um 3 mit Levian an der Uhr im Stadtpark. Alles okay. Mach dir keine Sorgen! A.

Natürlich war mir klar, dass meine Mutter sehr beunruhigt gewesen wäre, wenn sie durch diesen läppischen Zettel erfahren hätte, dass ihre Tochter sich gerade mit dem schwulen Psychopathen der Schule traf. Aber ich ging davon aus, dass sie meine Nachricht weder suchen noch finden würde, weil ich pünktlich zum Ende der Ballettstunde wieder nach Hause zurückkehren würde.

Nach Schulschluss beschloss ich, doch noch schnell Lisanne einzuweihen, nur um auf Nummer sicher zu gehen. Nur für den Fall, dass Levian doch irgendwie komisch werden würde.

»Was? Du triffst dich mit dem Psychopathen?«, kreischte sie hysterisch.

»Gratuliere, du klingst wie meine Mutter«, erwiderte ich sauer.

»Nein, jetzt mal im Ernst, Annika. Der Typ ist entweder schwul oder völlig abgedreht.«

»Wie gesagt, du klingst wie meine Mutter.«

»Der bringt dich um.«

»Im Stadtpark am helllichten Tag?«, fragte ich gereizt.

»Der lockt dich zum See und schmeißt dich rein und dann ...«, sie stockte und sah mich erschrocken an.

»Ertrinke ich doch noch«, brachte ich ihren Satz zu Ende.

»Du hast so einen Knall«, stellte Lisanne kopfschüttelnd fest. Sie schien sich echte Sorgen zu machen. »Geh bloß nicht mit ihm dahin.«

»Ich habe mein Handy dabei. Kein Grund zur Sorge«, sagte ich, drehte mich auf dem Absatz um und machte mich auf den Weg zum Stadtpark.

»Du wirst etwas Größeres brauchen als dein Handy, um den Typ k. o. zu schlagen!«, rief Lisanne mir hinterher.

***

Ich sah ihn schon von Weitem. Lässig lehnte er an der großen Standuhr am Südeingang des Parks. Natürlich hielt er nicht sehnsüchtig Ausschau nach mir, sondern hatte den Blick nachdenklich auf seine Füße gerichtet.

»Hi«, sagte ich und blieb in sicherer Entfernung stehen. Er blickte auf und sah mich an. Adrenalin schoss durch meinen Körper und trieb mir das Blut ins Gesicht, aber ich zwang mich, seinem Blick standzuhalten.

»Hi«, erwiderte er, ohne zu lächeln.

Ich trat ein paar Schritte näher, blieb dann noch einmal unentschlossen stehen und legte fragend den Kopf schief.

»Komm!« Er streckte mir auffordernd die Hand entgegen. »Wir gehen zum See.«

Lisannes warnende Worte blinkten wie ein winziges Warnlämpchen irgendwo in einer hirnfreien Zone meines Hinterkopfs. Geh bloß nicht mit ihm dahin! Aber ich nahm trotzdem seine Hand. Sie war warm, schloss sich fest um meine und zog mich in Richtung See.

~

Ich bewege mich nicht mehr, sondern lasse mich vom Wasser tragen. Ergeben schwebe ich in der schwerelosen Stille und sehe mich selbst, mit geschlossenen Augen. Ich muss mich treiben lassen.

~

Levian führte mich auf einen der Holzstege. Wir setzten uns ans Ende des Stegs, ließen unsere Beine baumeln und starrten auf die Enten im Wasser und die Spaziergänger, die am anderen Ufer die kleine Brücke überquerten. Ich sah Levian nicht an und ich fragte ihn nichts. Es fühlte sich merkwürdig an, ausgerechnet hier mit ihm zusammen zu sein. Hier an meinem See.

»Was erwartest du jetzt von mir?«, fragte er schließlich und seine Stimme lief über mich wie warmes, weiches Wasser. Allerdings war ich auf seine Frage überhaupt nicht vorbereitet. In den wenigen Sekunden, die mir für eine halbwegs vernünftige Antwort blieben, fasste ich einen Entschluss: einfach die Wahrheit sagen. Keine Spielchen. Keine Lügen. Das hier war vielleicht meine einzige Chance.

»Es würde mir reichen, wenn du mich endlich mal richtig ansiehst«, antwortete ich leise und fixierte die Beine einer tauchenden Ente. Unglaublich, wie lange sie die Luft anhalten konnte.

»Okay«, sagte er. Ich spürte, wie er sich mir zuwandte, aber ich brauchte einige Sekunden, um mich zu wappnen, weil ich überhaupt nicht damit gerechnet hatte, dass er meiner Bitte so schnell nachkommen würde. Noch bevor ich mich gesammelt hatte, nahm er mein Kinn mit festem Griff in seine rechte Hand und drehte mein Gesicht in seine Richtung. Erst erschrak ich, denn sein Blick wirkte unerwartet kalt, aber dann versank ich in seinen Augen. Augen aus sonnendurchflutetem Hellblau.

»So«, stellte er schließlich achselzuckend fest und ließ mein Kinn los, »dann kann ich ja jetzt gehen.«

Ich hatte bis dahin genau drei Mal einen Jungen geküsst. Einmal in der achten Klasse, das war nass und eklig, einmal in der neunten, das war gut, und einen australischen Austauschschüler am Anfang der Zehnten. Der küsste mit so wenig Zunge, dass ich mich, ohne eine Erklärung abzugeben, umdrehte und wegging. Noch vor wenigen Augenblicken hatte Levian der vierte Junge sein sollen und jetzt wollte er gehen, noch bevor irgendetwas zwischen uns passiert war. Warum hatte er sich dann überhaupt mit mir getroffen?

»Ja«, sagte ich bitter. »Dann kannst du ja jetzt gehen.«

»Und du?«, fragte er prüfend, seine Augen fest in meinen.

»Ich bleibe hier«, erwiderte ich und sah wieder auf meine Ente, die inzwischen aufgetaucht war und nun den Schnabel hektisch auf- und zuklappte. Es hatte keinen Sinn. Levian war einfach gestört.

Misstrauisch beobachtete ich, wie er etwas von mir abrückte und sich gegen den nächsten Holzpfeiler lehnte.

»Komm her«, sagte er plötzlich sanft. Er zog mich zu

sich zwischen die Beine und schlang von hinten seine Arme um mich, sodass ich mit dem Rücken an seinem Bauch lehnte.

»Deine Haare riechen gut«, flüsterte er und schnupperte an meinem Hinterkopf.

»Danke.« Und um die Stille zu überbrücken, sagte ich schließlich: »Ich bin oft hier am See.«

»Ich weiß.«

Das war alles, was wir uns an diesem Nachmittag zu sagen hatten. So saßen wir fast drei Stunden dort auf dem Steg. Ineinander gekuschelt und still. Er wollte nicht sprechen. Ich durfte nicht fragen. Und ihm etwas von mir zu erzählen, hätte den Moment zwischen uns zerstört. Es war nicht unangenehm, so schweigend beieinander zu sein, nur ein wenig ungewohnt. Dann klingelte mein Handy. Ich schob Levian ein Stück von mir weg und kramte nervös in meinen Taschen.

»Wo bist du?«, fragte meine Mutter, als ich endlich mein Telefon herausgefummelt und auf die grüne Taste gedrückt hatte.

»Im Park«, antwortete ich.

»Warst du nicht beim Ballett?«

»Nein. Ich habe mich mit Levian getroffen.«

»Aha.« Meine Mutter war offenbar stocksauer darüber, dass ich ihr nicht Bescheid gesagt hatte. »Wann kommst du nach Hause?«

»Jetzt gleich. Ich breche sofort auf, ja?«, beschwichtigte ich sie und legte auf.

»Ich muss los, meine Mutter macht sich Sorgen.«

»Es ist gut, wenn deine Mutter sich Sorgen macht«, sagte Levian. Merkwürdiger Satz. Welche Mutter machte sich denn bitte keine Sorgen? Trotz meiner Verwunderung ließ ich seinen Satz unkommentiert stehen, denn Mütter gehörten ja eigentlich zu Levians schriftlich vereinbarten Tabuthemen. Levian sprang auf, reichte mir die Hand, um mich mit festem Schwung hochzuziehen, und begleitete mich wortlos nach Hause. Sein Schweigen wirkte nun fast abweisend, aber meine Hand war fest in seiner und das war die Hauptsache.

Vor der Haustür blieben wir stehen. Er zog mich ganz nah an sich heran, strich mir zwei widerspenstige Haarsträhnen aus dem Gesicht und sah mich ernst an. Mit seinen Wahnsinnsaugen. In diesem Moment hätte eigentlich so etwas kommen müssen wie: ›war schön mit dir‹ oder ›bis morgen‹. Stattdessen küsste er mich auf die Wange, ganz weit hinten, fast beim Ohr, sagte ›tschüss‹ und ließ mich stehen.

***

Ich ließ den Fahrstuhl links liegen und nahm stattdessen die Treppen, um Zeit zum Nachdenken zu gewinnen und eine Bilanz zu ziehen. Seine Augen waren ein Wahnsinn, seine Stimme auch, aber er hatte sich so merkwürdig verhalten, dass das Treffen einen bitteren Nachgeschmack hinterließ. Und wo sollte das hinführen, wenn ich nichts fragen durfte? Und wenn jedes unserer Treffen zu einem Nachmittag des Schweigens werden würde? Und wenn ich trotzdem süchtig werden würde nach seinen Augen und seinen Umarmungen? Restlos verwirrt kam ich oben an.

»Habt ihr euch geküsst?«, fragte meine Mutter misstrauisch, als ich in unsere Dachgeschosswohnung trat. Eine normale Begrüßung hielt sie in Anbetracht der Situation offensichtlich nicht für notwendig.

»Nein, nicht wirklich.« Frustriert schmiss ich meine Schultasche in die Ecke.

»Hat er dir wehgetan?«, fragte sie schnell.

»Nein. Du lagst falsch, er ist kein Psychopath. Alles ist gut.«

»Seid ihr jetzt also zusammen?« Sie ließ einfach nicht locker. Es war zum Kotzen.

»Keine Ahnung!«, rief ich genervt, rannte in mein Zimmer, schlug die Tür zu, warf mich auf mein Bett und starrte auf meine krüppeligen Sternchen.

»Seit wann knallst du Türen? Ich dachte, aus dem Alter bist du raus«, hörte ich die Stimme meiner Mutter durch meine Zimmertür.

»Lass mich in Ruhe!«, brüllte ich und presste Annalisa auf mein Gesicht. Der alte Teddybär roch nach Staub und ungewaschenem Kopfkissen.

Meine Mutter öffnete die Tür einen Spalt weit: »Du hättest mir Bescheid sagen sollen!«

»In meinem Zimmer lag ein Zettel«, rief ich trotzig durch Annalisas Beine.

»Warum nicht in der Küche? Da hätte ich ihn wenigstens gefunden.«

»Und dann? Wärst du in den Park gekommen, um meine Leiche aus dem See zu fischen, oder was?«

»Was ist denn los mit dir?«, erkundigte sich meine Mutter irritiert.

»Nichts. Ist doch gar nichts passiert. Ich habe keinen Jungen geküsst und lebe noch. Freu dich einfach.«

»Okay, ich freue mich«, sagte meine Mutter. »Nimm den Teddybär vom Gesicht, du kriegst ja eine Allergie von dem staubigen Ding. Wirf mir das Vieh mal zu, ich wasch das mal durch.«

»Annalisa mag kein Wasser.«

Meine Mutter erstarrte: »Annika, ich warne dich. Hör sofort auf damit.«

Ich legte Annalisa neben mich auf das Kopfkissen und verschränkte die Arme.

»Gut. Ich gebe es auf!«, rief meine Mutter. »Küss, wen du willst, aber leg mir nächstes Mal bitte gut sichtbar einen Zettel hin.« Dann zog sie die Tür zu.

»In Ordnung«, schnappte ich zurück. »Liebe Mama, ich küsse gleich Levian im Stadtpark. Bitte komm doch auch vorbei.«

»Jetzt werd mal nicht frech«, ermahnte sie mich streng und kehrte noch einmal für eine kurze Moralpredigt zurück in mein Zimmer: »Solange du bei uns wohnst, hast du uns darüber zu informieren, wo du hingehst. Noch bist du nicht erwachsen.«

»Ja«, schnappte ich. »Ist ja gut.«

»Und lass dir die Pille verschreiben!«, rief meine Mutter auf dem Weg zum Wohnzimmer. Ich hätte sie erwürgen können, aber mein Handy surrte und ich verschob meine Mordpläne auf später. Es war eine WhatsApp-Nachricht von Lisanne.

»Na, wie war's?«

»Ich lebe noch«, schrieb ich zurück.

»Mehr Details bitte!«

»Kuss auf die Wange.«

»Noch mehr Details!«

»Weit hinten, fast am Ohr«, schrieb ich genervt. Was wollte Lisanne denn eigentlich wissen?

Mein Handy summte keine Sekunde später: »Das war's?«

»Ja.«

»Und dann?«

»Nichts.«

»Krass.«

»Ja.«

»Und jetzt?« Lisanne blieb also hartnäckig.

»Keine Ahnung«, schrieb ich. Ich hasste diese Art von Kommunikation. Das war doch kein Gespräch. Das war nichtssagender Blödsinn im Sekundentakt.

»Seid ihr zusammen?« Sie klang irgendwie schon wieder wie meine Mutter.

»Glaub nicht.«

»Sex-Beziehung?«

»Auf keinen Fall!«, antwortete ich.

»Wieso? Wäre doch aufregend!«

»Für Marvin und dich vielleicht. Muss lernen wegen der Fünfen.«

Ich stellte mein Handy aus, bevor Lisanne protestieren konnte, und zählte die Sternchen. Bei 73 beschloss ich, mich am nächsten Vormittag zu Levian auf die Bank zu setzen. Vor allen. Nur um zu sehen, was passieren würde. Ob es jetzt anders war. Ob er mich vor allen anderen ansehen oder vielleicht mit mir sprechen würde. Ob er noch etwas zu sagen hätte zu unserem Treffen am See.

Wolkenkratzerherzwut

Am nächsten Morgen war Levian nicht in der Schule. Zum ersten Mal seit seiner Ankunft war sein Platz leer. Frau Mint zeigte sich etwas besorgt: »Weiß jemand, was mit Levian ist?«

»Der ist krank oder macht blau!«, rief Thomas und fing sich einen strafenden Blick ein.

»Hat irgendjemand in der Klasse mit ihm auch außerhalb der Schule Kontakt?«, erkundigte sich Frau Mint. Ihr Blick wanderte prüfend durch die Klasse.

Keiner meldete sich. Lisanne trat mir unter dem Tisch heftig gegen das Schienbein. Ich zeigte ihr hinter vorgehaltener Hand einen Vogel. Ich hatte weder Levians Adresse noch seine Telefonnummer und was mit ihm los war, wusste ich auch nicht. Krank war er vermutlich nicht.

»Hat sich hier niemand mit ihm angefreundet?«, fragte Frau Mint interessiert.

»Der spricht nicht mit Mädchen«, murmelte Anell und tat ein wenig beleidigt.

»Aha. Und was ist mit den Jungs?«

»Mit uns spricht er«, antwortete Kai trocken.

»Wieso verabredet sich dann keiner von euch mit ihm?«

»Weil er ein Freak ist«, erklärte Thomas.

»Inwiefern?« Frau Mint ließ nicht locker.

»Er spricht kaum und er guckt keinen an. Das ist doch nicht normal.«

»Hat denn irgendjemand sich überhaupt mal ein bisschen um ihn bemüht?« Vorwurfsvoll stemmte Frau Mint ihre Arme in die Hüften.

Die Blicke der Mädchen richteten sich geschlossen auf mich, aber ich schüttelte nur wie alle anderen den Kopf. Was mischte die olle Barbara sich da überhaupt ein? Sie konnte Levian sowieso nicht helfen.

»Der wohnt bei mir gegenüber. Jahnstraße 7. Aber der will sich gar nicht verabreden«, sagte Thomas. »Dem macht das nichts aus, Außenseiter zu sein.«

»Keiner will Außenseiter sein!«, wies Frau Mint Thomas zurecht und beendete damit das Thema. Natürlich hatte sie keine Zeit, sich wirklich um das Problem zu kümmern. Die nächste Klausur stand an und sie wollte vorher mit der Unit durch sein.

Während Frau Mint uns mit den Vokabeln amerikanischer Kurzgeschichten quälte, schweiften meine Gedanken ab. In diesen Geschichten ging es sowieso immer nur um irgendwelche Teenager, die sich durch unverantwortliches Verhalten selbst in die Scheiße geritten hatten. Wir sollten aus ihren Fehlern lernen und ihre Probleme gewaltfrei lösen, bevor wir selber welche bekamen. Das Ganze war ziemlich durchschaubar und wir schlugen uns mit einigermaßen passablen Beiträgen durch die endlosen Charakterisierungen problembehafteter Gleichaltriger. In der Theorie waren wir alle hochmoralisch, aber in der Praxis sah es ein wenig anders aus. Mindestens drei Leute in der Klasse kifften, die Mädchen besoffen sich an ihren Geburtstagen schon in der Pause mit billigem Sekt und Lisanne hatte bestimmt bald ihre erste Abtreibung vor sich, wenn sie weiter ungeschützten Sex mit Marvin hatte. Deshalb brachte ich Lisanne regelmäßig Prospekte über gängige Verhütungsmittel mit. Aber sie baute Papierflieger aus den Prospektseiten und ließ diese aus dem Fenster fliegen. Dann beobachteten wir, wie die Fünft- und Sechstklässler die Flieger auf dem Hof auseinanderfalteten und mit offenen Mündern die Diaphragma- und Pessarbilder betrachteten.

***

Nach der Schule begab ich mich auf direktem Weg zur Jahnstraße 7. Ich dachte nicht wirklich darüber nach, warum ich das tat und wohin das führen sollte, es war eher eine Art Instinkthandlung. Die Jahnstraße war ziemlich weit weg und lag in die entgegengesetzte Richtung zu meinem eigentlichen Nachhauseweg. Das Viertel war schmuddelig und heruntergekommen. Ein paar Penner hockten auf einer Bank und tranken Bier.

»Na, schöne Maid?«, lallte einer von ihnen hinter mir her. »Wie geht's? Wie steht's?« Dann rülpste er so laut, dass mir schlecht wurde. Schnell bog ich in die Jahnstraße ein und studierte das Namensschild der Nummer Sieben. Brügge. Hinterhaus, 2. OG. Ohne zu klingeln, lief ich durch die offene Tür ins Vorderhaus, in dem es nach abgestandenem Zigarettenrauch stank. Dann überquerte ich den dunklen Hinterhof und rannte die enge Treppe des Hinterhauses hinauf bis in den zweiten Stock. Ich klingelte an der rechten Tür bei Brügge. Nichts rührte sich. Ich klingelte noch einmal. Drinnen war ein Rascheln zu vernehmen. Schritte zur Tür, die sich dann mit einem Ruck öffnete und den Blick auf Levian freigab. Er trug Sportklamotten, war völlig verschwitzt und wirkte nicht sonderlich überrascht von meinem Besuch.

»Hi«, sagte ich schließlich in die peinliche Stille hinein.

»Was willst du hier?«, fragte er ruhig.

»Nachsehen, warum du nicht in der Schule warst.«

»Ich hatte einfach nur eine ganz miese Nacht.«

»Tut mir leid.« Es schien mir völlig unmöglich, mit jemandem ein Gespräch zu führen, dem man keine Fragen stellen durfte. Durfte ich jetzt nicht mal fragen, was letzte Nacht passiert war? Ob er irgendetwas brauchte? Ob ich ihm irgendwie helfen konnte?

»Komm rein«, sagte er endlich und öffnete die Tür noch weiter. Ich betrat zögernd den Flur, der dunkel war, aber aufgeräumt.

»Gib mir deine Jacke!« Geschickt half er mir aus der Jacke und hängte sie an den Haken einer etwas außergewöhnlichen Garderobe: An ein langes, rund geschliffenes Mahagoni-Holzbrett waren sechs dicke Eisenstangen übereinander montiert, die man verschieben konnte, um Mäntel und Jacken an die angeschweißten Kleiderbügel zu hängen.

Levian führte mich in eine kleine Essküche. Hier fiel mir sofort der aparte Küchentisch ins Auge: Eine alte, furchige und mit Lackresten übersäte Holzplatte war auf schmale schwarze Eisenbeine montiert worden. Die grüne Küchenzeile war ein hässliches Überbleibsel aus den siebziger Jahren, aber die Arbeitsflächen wirkten sauber und ordentlich, was mich beruhigte. Mit echten Psychopathen-Küchen verband ich verkrustete Geschirrstapel und aus Schubladen quellende Kakerlaken.

In Levians Küche war es wohnlich und er sah in seinem Sportzeug ziemlich umwerfend aus. Er hatte eine richtig gute Figur. Breite Schultern, muskulöse Arme, schmale Hüften.

»Setz dich bitte!« Er bot mir einen Stuhl an. »Willst du einen Kaffee?«

»Nein danke. Ich trinke keinen Kaffee.«

»Ein Glas Wasser?«

»Nein. Nichts. Danke.«

»Willst du dich vielleicht auf meinen Schoß setzen?«, fragte er, indem er mir fest in die Augen sah.

Mir schoss das Blut gleichzeitig ins Gesicht und in den Bauch. Levian war so überraschend direkt und seine Direktheit war sexy. Sofort stand ich auf, setzte mich auf seinen Schoß und sah ihn fragend an. Er schlang die Arme um meine Hüften und küsste mich. Warm und fest. Es war ein Wahnsinnskuss. Irgendwie besitzergreifend. Unaufhörbar. Seine Zunge schmeckte nach Kaffee, seine Lippen nach Salz und seine Haut roch nach einem echt leckeren Männerparfum. Also schloss ich meine Augen und wir küssten uns ewig lang, ohne auch nur einmal abzusetzen. So schön der Kuss auch war, ich war dennoch heilfroh, dass Levian keine Anstalten machte, mir unter das Sweatshirt zu gehen. Es fühlte sich an, als würde er spüren, was ich nicht wollte. Schließlich löste ich mich von ihm und sagte: »Zeig mir mal dein Zimmer.« Höflich fragen durfte ich ja nicht, aber wenn ich schon hier war, wollte ich trotzdem möglichst viel über Levian in Erfahrung bringen.

Er zögerte kurz, dann nahm er mich an die Hand und führte mich in sein Zimmer. Es war winzig, keine zehn Quadratmeter groß. Die wenigen Möbel schienen von demselben Designer entworfen worden zu sein wie die Garderobe und der Küchentisch: Das Bett bestand aus einem schwarz lackierten Metallgestell und einer kunstvoll geschwungenen Mahagoni-Lehne. Auf dem Bett lag ordentlich zusammengefaltete dunkelblaue Bettwäsche. Bei dem dunkelbraun glänzenden Holzschrank waren die Türen durch zwei schmale mattierte Eisenplatten ersetzt worden. Am Fenster stand ein kleiner Schreibtisch, eine Mahagoni-Holzplatte auf einem schwarzen Metallgestell mit einem kleinen weißen Laptop darauf, daneben eine antiquierte Stereoanlage mit schwarzen Boxen und auf dem Boden in der Mitte des Zimmers lagen zwei Hanteln mit großen Gewichten. Mehr passte nicht in den kleinen Raum.

»Gefällt mir«, sagte ich und es war die Wahrheit. Erst danach fiel mir auf, dass kein einziges Bild an der Wand hing, keine Band, kein Fußballer, kein Vater, keine Mutter, kein Bruder.

»Man kann hier leider nur auf dem Bett sitzen«, entschuldigte Levian sich.

»Macht nichts. Dann lass uns einfach wieder in die Küche gehen«, erwiderte ich. Das ging mir alles viel zu schnell. Ich wollte mich nicht mit ihm auf sein Bett setzen. Wir waren beide 16, es war vielleicht normal, in unserem Alter miteinander im Bett zu liegen und wilden Sex zu haben. Es war vermutlich genau das, was man nach so einem Kuss, wie wir ihn gerade in der Küche gehabt hatten, machte. Und es war vermutlich genau das, was Levian von mir erwartete, aber wir kannten uns kaum und ich wollte das nicht.

»Okay. Du setzt dich mit mir aufs Bett und stellst mir fünf Fragen. Aber lass meine Mutter und meinen Bruder aus dem Spiel«, bot er an. Tricky. Wahrscheinlich war das seine Standard-Masche, um bei kleinen dummen Mädchen schneller ans Ziel zu kommen: Er machte sie durch notorisches Schweigen so neugierig, dass er sie mit der Aussicht auf ein paar läppische persönliche Informationen herumkriegte. Ich setzte mich trotzdem neben ihn und dachte fieberhaft nach. Fünf Fragen waren nicht viel. Im Kopf legte ich mir eine Prioritäten-Liste zurecht, dann fing ich an.

»Wie viele Mädchen hattest du schon?«

»Du bist nicht die Erste«, antwortete er und es formte sich so etwas wie ein angedeutetes Lächeln auf seinem Gesicht.

»Das ist keine genaue Antwort«, nölte ich, obwohl seine Antwort etwas ganz Aufregendes beinhaltete: Er betrachtete mich anscheinend als ›sein‹ Mädchen oder zumindest als eines, das er ›haben‹ wollte, was auch immer das genau heißen mochte.

»Ich muss dir nicht antworten, das war nicht Teil der Abmachung. Also sei froh, dass ich überhaupt etwas sage.«

»Das ist ganz schön mies. Du hättest deine Frage-Regeln vorher offenlegen sollen. Dann gilt die erste Frage nicht«, sagte ich.

»Okay.«

Ich probierte es mit einem etwas unverfänglicheren Thema: »Wer hat eure Möbel entworfen?«

»Falsche Frage.«

»So macht das keinen Spaß. Wirst du mir überhaupt irgendeine Frage beantworten?«

»Ja.«

»Wer macht hier den Haushalt?« Was für eine dämliche Frage. Egal. Sie war gestellt.

»Ich.« Ich sah Levian erstaunt an. Es war hier wirklich ordentlich.

»Wow«, merkte ich voller Bewunderung an. »Wenn ich bei uns den Haushalt führen müsste, würde in der Wohnung das reinste Chaos herrschen.«

Levian lachte verwundert auf: »Ich hätte dich anders eingeschätzt. Ordentlich und pflichtbewusst.«

»In der Schule kann ich mein Chaos ganz gut kaschieren«, erwiderte ich. »Warum hattest du eine schlechte Nacht?«

»Weil ich die ganze Zeit an dich denken musste.« Oh. Das klang gut. Das klang sogar sehr gut.

»Warum darf ich dir eigentlich keine Fragen stellen?«

»Weil ich es hasse, wenn man in meinem Leben herumkramt. Ich bin am liebsten mit mir allein.«

Ich starrte ihn entgeistert an. Levian, der einsame Wolf. Das war eine Anmache gepaart mit einem Rausschmiss.

Und so hüpfte die letzte Frage über meine Lippen wie ein eigenwilliges, aufmüpfiges kleines Kind: »Großmutter, warum hast du so ein großes Maul?«

Er lächelte amüsiert. Zum ersten Mal. Es war ganz unbeschreiblich. Nicht weil es so ein besonderes Lächeln war, sondern weil ICH es ausgelöst hatte.

»Damit ich dich besser fressen kann«, flüsterte er, zog mich mit einem Ruck noch weiter auf sein Bett und drückte mich auf die Matratze. Dann legte er sich neben mich und küsste mich, noch wärmer und noch fester als davor. Aber seine Hand blieb in meinem Nacken. Sie wanderte nicht weiter nach unten. Alles war gut. Alles war so, wie es sein sollte.

Als es dunkel wurde, setzte Levian sich auf: »Mein Vater kommt gleich nach Hause. Ich muss das Abendessen vorbereiten. Isst du mit?«

»Nein, danke, ich muss nach Hause!« Mein Bedürfnis, Levians Vater über den Weg zu laufen, nachdem ich stundenlang seinen Sohn geküsst hatte, war ziemlich gering.

»Bleib. Er wird sich freuen.«

»Nein, lieber nicht.«

Levian sprang auf. Sein Gesicht verfinsterte sich plötzlich. Seine Augenbrauen zogen sich zusammen, seine Kiefer waren angespannt. Er stand fast über mir und starrte mich wutentbrannt an.

~

Seine meerblauen Augen starren mich an. Dann verschwimmt sein Gesicht. Ich spüre seinen Griff nicht mehr auf meiner Haut.

~

»Okay, ich bleibe«, sagte ich beschwichtigend.

»Geh! Wegen mir musst du nicht bleiben.« Seine Stimme klang erschreckend hart.

»Doch. Ich bleibe wegen dir. Wegen wem soll ich sonst bleiben?«

»Hau doch einfach ab!«, presste er wütend hervor.

Aus den Augenwinkeln sah ich die Zimmertür, die ein wenig offen stand. Das war der Moment, in dem ich hätte gehen sollen. In dem jeder normale Mensch gegangen wäre. Aber ich ging nicht. Hinter diesen eisblauen Augen und unter dieser Haut, die sich über Levians zitternde Muskeln spannte, steckte ein Junge mit einem Herz so groß wie ein Wolkenkratzer. So glaubte ich. Und wenn es mir gelang, dass er sich in mich verliebte, dann würde diese harte Hülle aus Muskeln und blauem Eis und Wut aufspringen und ein Lächeln freigeben, das mein Leben verändern würde. Wie konnte ich mir damals nur so sicher sein?

Langsam stand ich auf und stellte mich ganz dicht vor ihn.

»Nein. Ich bleibe«, sagte ich mit fester Stimme. »Du kannst dich wieder beruhigen.«

Es war lange still im Raum. Er sah auf seine Hand, die er zur Faust geballt gegen die Wand stemmte. Dann sah er mich an und flüsterte: »Scheiße. Tut mir leid, Annika!«

»Schon gut. Ich bleibe. Und außerdem habe ich Hunger«, behauptete ich entschlossen, weil ich wusste, dass es das Einzige war, das die Situation jetzt noch retten konnte, und weil irgendetwas in mir schmolz, wenn er meinen Namen sagte.

***

Während ich ihm erzählte, was wir heute in den einzelnen Fächern durchgenommen hatten, beobachtete ich, wie er das Abendessen zubereitete. Er legte Kreise aus Schafskäse, in Öl eingelegtes Gemüse und Oliven auf eine große blaue Platte. In die Mitte stellte er ein weißes Schüsselchen mit Dip. Das Ganze sah echt professionell aus. In einem Restaurant hätte man das Abendessen nicht hübscher angerichtet.

»Wow. Wie im italienischen Restaurant!«, rief ich begeistert.

»Griechisch«, korrigierte er mich trocken. »Ich hasse italienisches Essen.«

»Was?«, fragte ich ungläubig. »Du isst keine Pizza, keine Spaghetti, keine Lasagne, keine –«

»Im Leben nicht.«

»Ist ja komisch. Da fällt ja praktisch die Hälfte aller möglichen Mittagessen weg.«

Er legte das Messer weg und starrte mich zornig an.

»Ist ja gut«, sagte ich, um Levians nächsten Wutanfall auszubremsen. Der Kerl tickte wirklich nicht ganz richtig. Nur weil jemand anderes Pizza mochte und man selbst nicht, musste man ja nicht gleich wütend werden.

In diesem Moment hörten wir, wie sich ein Schlüssel im Schloss der Haustür umdrehte. Wenige Sekunden später stand Levians Vater in der Küchentür und sah mich sichtlich erfreut an.

»Hallo!«, rief er freundlich und nickte mir zu. »Levian, du hast ja Besuch.«

»Guten Abend, Herr Brügge«, sagte ich, ging auf ihn zu und gab ihm die Hand.

»Papa, das ist Annika Ertmann. Sie geht in meine Klasse.« Mein Ärger über die Nummer mit dem italienischen Essen war sofort verflogen, als ich hörte, wie höflich er mich vorstellte.

»Schön, dich kennen zu lernen!« Levians Vater hatte das gleiche Lächeln wie sein Sohn und eine ähnliche Statur. Seine Haare waren schon grau und auf seiner Stirn bildeten sich Geheimratsecken. Ich schätzte ihn auf Ende Vierzig und fand ihn auf Anhieb sympathisch.

»Isst du mit uns, Annika?«

»Ja, wenn es Ihnen recht ist?«

»Aber sicher.« Herr Brügge holte einen Klappstuhl hinter der Tür hervor, setzte sich mit uns an den gedeckten Tisch und sagte anerkennend: »Mmh! Griechische Vorspeisenplatte! Na dann, guten Appetit!«

Es schmeckte köstlich und während Herr Brügge mir Löcher in den Bauch fragte über meine Familie, meine Hobbys, mein Lieblingsbuch, meinen Lieblingsfilm, stopfte ich Weißbrot und griechische Vorspeisen in mich hinein, bis ich fast platzte. Levian aß still vor sich hin, überließ seinem Vater das Gespräch und beobachtete mich währenddessen aufmerksam. Sein Gesichtsausdruck hatte sich vollkommen verändert. Er wirkte plötzlich ganz gelöst und die Kälte aus seinem Blick war für diesen kurzen Moment gewichen. Unsicher lächelte ich ihm zu und wie ertappt drehte er sich von mir weg, um noch etwas Weißbrot zu schneiden.

Herr Brügge erzählte mir, dass er seit Februar als Tischler in einem kleinen Betrieb arbeitete, dass er erst abends nach Hause kam und dass er heilfroh war, mit Levian einen so zuverlässigen, selbstständigen Sohn zu haben. Sonst würden sie das zu zweit gar nicht schaffen. Mit der Arbeit, der Schule und dem Haushalt. Er klopfte Levian dankbar auf die Schulter und Levian stand auf, um seinen Vater von hinten zu umarmen. Die Art, wie die beiden miteinander umgingen, machte mich glücklich. Sie schienen einander so nah.

»Sie haben tolle Möbel«, bemerkte ich schließlich und Levian warf mir einen bitterbösen Blick zu.

»Meine Frau hat sie entworfen und ich habe sie gebaut.«

»Oh!« Jetzt war mir klar, warum Levian die Frage nicht hatte beantworten wollen.

»Das sind wirklich schöne Möbel«, sagte ich in die betretene Stille hinein.

»Ja, ich hatte eine sehr begabte Frau«, erwiderte Herr Brügge lächelnd.

»Das tut mir leid«, murmelte ich und warf Levian einen verunsicherten Blick zu. Aber Levian ignorierte mich und begann, das Essen abzuräumen.

Herr Brügge nickte nachdenklich: »Das ist wirklich eine traurige Geschichte. Ich frage mich jeden Tag, was ich falsch gemacht habe. Ob alles anders gekommen wäre, wenn ich früher etwas gemerkt hätte.«

»Du hast nichts falsch gemacht, Papa«, sagte Levian, während er die Spülmaschine einräumte. »Was am Ende passiert ist, war nicht deine Schuld.«

Herr Brügge lächelte wieder: »Ich hoffe, du hast recht, Levian.«

Levians Mutter hatte sich umgebracht. So viel stand fest. Levian hatte das Wort »Ende« so merkwürdig betont, so als umfasse dieses Wort eine unaussprechlich schmerzhafte Wahrheit. Und sein Bruder? Was war mit seinem Bruder passiert? Mir graute.

Nachdem wir die Küche aufgeräumt hatten, verabschiedeten Levian und ich uns wie Klassenkameraden voneinander, nicht wie zwei, die sich gerade stundenlang auf dem Bett geküsst hatten. Wir gaben uns die Hand und lächelten uns freundlich an.

»Komm doch mal wieder, Annika!«, sagte Levians Vater. Levian selbst sagte nichts. Als ich aus dem Vorderhaus auf die Straße trat, nahm ich mein Handy aus der Tasche. Ich hatte nach der Schule vergessen, den Ton wieder einzuschalten. Das Display zeigte zwölf WhatsApp-Nachrichten und vier unbeantwortete Anrufe meiner Mutter. Das sah nach Ärger aus.

Tabuzonenlichtermeer

Als ich nach Hause kam, drehte meine Mutter natürlich durch.

»Wo warst du?«, fragte sie vorwurfsvoll.

Mein Vater stand hinter ihr, er trug noch seinen Anzug aus der Kanzlei und sah mich prüfend an.

»Bei Levian.«

»Wir haben uns Sorgen gemacht, Annika,« sagte mein Vater. Er hatte eine echt angestaubte Art zu sprechen, wenn er sauer auf mich war. Wie so ein strenger Vater in einem amerikanischen Spielfilm aus den 50er Jahren.

Jona kam mit einem Lego-Raumschiff in den Flur gerannt, schoss mich ab und rief: »Da bist du ja, Feindin des Universums. Wir dachten schon, wir wären dich los!«

»Jona, bitte!«, rief meine Mutter, dann wandte sie sich wieder mir zu. »Bist du von allen guten Geistern verlassen? Kannst du nicht anrufen? Hast du nicht gerade ein sündhaft teures Handy von uns geschenkt bekommen?« Die Stimme meiner Mutter überschlug sich fast.

»Welche Frage soll ich zuerst beantworten?«, fragte ich aufmüpfig, obwohl ich natürlich ein richtig schlechtes Gewissen hatte.

»Werd nicht frech, junges Fräulein!«, wies mich mein Vater zurecht.

»Ergib dich, fettes Fräulein!«, rief Jona und rammte mir das Raumschiff in den Oberschenkel.

»Ich habe bei ihm zu Abend gegessen. Sein Vater war auch da«, räumte ich ein, während ich mir das Bein dort rieb, wo sich gleich ein dunkelblauer Bluterguss in Raumschiffform bilden würde.

»Ist ja reizend.« Meine Mutter war beleidigt. Nun, da sie nicht mehr fürchtete, mich im Leichenschauhaus identifizieren zu müssen, war sie gekränkt, weil ich zuerst bei Levian gegessen hatte und nicht er bei mir. Der zukünftige Schwiegervater hatte ihre Tochter eher kennengelernt als sie ihren zukünftigen Schwiegersohn. Das grenzte an Hochverrat.

»Warst du schon beim Frauenarzt?«, fragte meine Mutter besorgt.

»Lass mich mit dem Thema in Ruhe, Mama!«, schnauzte ich sie an.

»Moment mal, was heißt hier Frauenarzt?«, erkundigte sich mein Vater gereizt. »Wer ist dieser Levian?«

»Ich habe dir von ihm erzählt. Der Neue in Annikas Klasse. Der …«, meine Mutter biss sich auf die Lippen und sah mich an.

»Psychopath!«, beendeten mein Vater und ich gleichzeitig ihren Satz.

»Was ist ein Pychosat?«, fragte Jona neugierig.

Ich schüttelte einfach nur den Kopf und verschwand

in meinem Zimmer. Bevor ich die Tür zuknallte, drehte ich mich noch einmal zu meinen Eltern um und rief: »Und übrigens: Seine Mutter hat sich umgebracht.«

»Was?«, rief Jona. »Ist ja krass. Wie denn? Hat sie sich erschossen oder erwürgt?«

»Halt die Klappe!«, schrie ich hysterisch. »Halt einfach die Klappe, sonst erwürge ich mich auch.«

»Okay. Erwürg dich. Wenn du tot bist, erbe ich deinen Computer!«

»Jona«, hörte ich meinen Vater sagen. »Hör auf, so einen Blödsinn zu erzählen! Du hast keine Ahnung von Erbrecht, also freu dich nicht zu früh. Wenn deine Schwester stirbt, erben WIR ihren Computer.«

Meine Familie war eine einzige Freak-Show. Kein Wunder, dass ich mich in einen Freak verliebt hatte und gerade selbst zu einem mutierte.

Während meine Eltern im Wohnzimmer darüber stritten, wer von ihnen was in meiner Erziehung falsch gemacht hatte, und Jona in seinem Zimmer ohrenbetäubende Laserschüsse gegen die dunkle Macht abfeuerte, entdeckte ich, dass meine Sweatshirt-Ärmel nach Levians Parfum rochen. Ich zog das Sweatshirt aus und schnupperte es ab. Es roch überall nach ihm. Also steckte ich mein Gesicht in den Stoff und sog den ganzen Levian-Geruch in mich ein, bis nichts mehr davon übrig war.

***

Die nächste Woche verging wie im Flug. Ich rannte jeden Morgen voller Freude in die Schule. Levian grüßte mich, sah mich ernst an und in der Pause saß ich mit ihm auf seiner Bank. Wir saßen einfach still nebeneinander und beobachteten die anderen, als wären sie tauchende Enten im See. Der ganze Schulhof schien sich im Flüsterton zu unterhalten und der Raum um die Bank war offensichtlich zu einer Art unbetretbarer Tabuzone erklärt worden. Wenn ich den verstohlenen Blicken der anderen begegnete, sahen diese schnell wieder weg, so als hätte man sie bei etwas ganz Peinlichem ertappt. Nur Lisanne winkte mir in jeder Pause demonstrativ lächelnd zu. Sie rechnete natürlich mit einer Einladung auf die Bank und einer kleinen Vorstellungsrunde. Ich hatte die Situation in Gedanken schon ein paarmal durchgespielt und war zu dem Schluss gekommen, dass so etwas völlig sinnlos gewesen wäre.

In amerikanischen Spielfilmen bringt man die Leute miteinander ins Gespräch, indem man ihren Namen und ihre Herkunft nennt und dann unverfängliche Details von ihnen ausplaudert, die den anderen interessieren könnten. Was also sollte ich sagen?

»Levian, darf ich vorstellen? Das ist Lisanne, Schülerin der 10a. Lisanne? Das ist Levian, auch Schüler der 10a. Stellt euch vor, ihr lebt beide in derselben Stadt! Ist das nicht ein wahnsinniger Zufall? Leider habt ihr nichts anderes gemeinsam. Du, Lisanne, redest ununterbrochen auf deine Mitmenschen ein und hast hemmungslosen ungeschützten Sex mit einem Volltrottel. Du, Levian, sprichst so gut wie kein Wort und beobachtest mit deiner einzigen, aber wahrlich nicht ersten Verehrerin drei Stunden lang tauchende Enten auf Futtersuche.«

Wie sollte man daraus ein Gespräch stricken? Es war

sinnlos, also ließ ich es bleiben, auf die Gefahr hin, dass Lisanne mich aus ihrem Freundeskreis verbannte, auf ewig verfluchte und testamentarisch enterbte. Letzteres wäre nicht ganz so schlimm gewesen. Wir hatten einander mal vor ein paar Jahren, inspiriert von den Belehrungen meines Vaters, einige Sachen testamentarisch vermacht: unsere T-Shirts, Tops und Sweatshirts (untenrum hatten wir nicht dieselbe Kleidergröße), unsere Lieblingsbettwäsche, unsere Lieblings-CDs und -DVDs und die Fotos, auf denen wir beide drauf waren. Als Gegenleistung musste man die Tagebücher der Verstorbenen verbrennen, damit nicht all unsere Geheimnisse posthum an die Öffentlichkeit gerieten. Schon allein deshalb konnte ich es mir, rein erbtechnisch betrachtet, durchaus leisten, Lisanne zu verärgern. Wenn sie mir tatsächlich damit drohen würde, mich zu enterben, würde ich ihr damit drohen, all die peinlichen und ekligen Sexszenen mit Marvin an die Schülerzeitung zu verkaufen.

Also beantwortete ich Lisannes Gewinke nur mit einem freundlichen Lächeln und beobachtete, wie sich ihre Miene jeden Tag ein bisschen mehr verfinsterte und wie sie jeden Tag ein bisschen aufgeregter auf ihre anderen Freundinnen einredete. Ich wollte gar nicht wissen, worüber sie sich unterhielten, denn ich saß neben Levian auf der Bank und das war in dieser Woche das Schönste in meinem Leben.

Doch dann fehlte Levian wieder.

»Annika, weißt du, was mit Levian ist?«, fragte Frau Mint mich an diesem Tag. Es hatte sich also im Lehrerzimmer herumgesprochen, dass ich in der Pause mit

Levian auf der Bank saß. Vermutlich hatte diese Information das Kollegium kollektiv aufatmen lassen: Die vernünftige Annika hat sich des Problemfalls angenommen. Alles ist gut, wir können uns wieder auf unseren Unterricht konzentrieren und müssen den Schulpsychologen nicht einschalten. All unsere unschlagbaren pädagogischen Maßnahmen zur Stärkung der Klassengemeinschaft waren mal wieder kaum wahrnehmbar, aber höchst erfolgreich. Der Freak ist integriert.

»Keine Ahnung«, erwiderte ich. »Wahrscheinlich ist er krank.«

»Er hat letzten Donnerstag auch schon gefehlt«, merkte Frau Mint an.

Ich zuckte mit den Schultern und schwieg, um ihr keine Informationen zu geben, die sie in einem Elterngespräch gegen Levian verwenden konnte.

***

Nach der Schule machte ich mich sofort auf in die Jahnstraße. Ich rief meine Mutter an und behauptete, Levian habe mich zum Mittagessen eingeladen. Es war ihr nicht recht, aber sie wusste, dass sie nie wieder Bescheid bekommen würde, wenn sie mir jetzt verbot, Levian zu besuchen.

Levian öffnete mir nur wenige Sekunden nach dem Klingeln die Tür.

»Hi«, sagte er.

»Hi«, erwiderte ich. »Du warst nicht in der Schule. Ich wollte nachsehen, ob du krank bist und irgendetwas brauchst.«

»Ich bin nicht krank. Ich wollte nur testen, ob du nochmal vorbeikommst.«

»Wie link!«, stellte ich erbost fest, während Levian mich in die Wohnung zog, die Haustür hinter mir zuschlug und mir die Jacke abnahm. »Habt ihr kein Telefon? Kannst du mich nicht anrufen? Kannst du mich nicht in der Schule auf der Bank einfach zu dir einladen?«

Levian sah mich mit regloser Miene an. Ich hatte ihm drei Fragen auf einmal gestellt, aber es war an der Zeit seine alberne Frag-mich-nichts-Regel zu durchbrechen.

»Wenn du immer noch nicht willst, dass ich dir Fragen stelle, gehe ich wieder.«

»Nein«, Levian drehte den Schlüssel im Schloss der Haustür um, zog ihn ab und steckte ihn in seine Hosentasche. »Du bleibst!«

»Hör auf damit, Levian!«, bat ich ihn mit fester Stimme, die Hand an der Klinke. »Hör auf damit, so komisch zu sein.«

»Ich will nicht, dass du gleich wieder gehst«, entgegnete er ruhig.

»Ich bin nicht gekommen, um gleich wieder zu gehen. Also schließ die Haustür wieder auf.«

»Nein!« Er drückte mich gegen die Tür und küsste mich. Dabei schob er sofort seine Hand unter mein T-Shirt. Besitzergreifend und irgendwie wütend. Ich packte ihn am Handgelenk und drückte ihn von mir weg. »Was soll das?«

»Warum bist du hier?«, fragte er zurück und zog seine Augenbrauen zusammen.

»Weil ich dich sehen wollte.«

»Warum?«

»Weil ich dachte, dass du krank bist.« Ich stemmte meine Hand weiter abweisend gegen seine Brust.

»Du wusstest, dass ich nicht krank bin. Warum also?«

»Weil ich wissen wollte, was los ist.«

»Du konntest dir ja wohl denken, dass ich einfach nur zu Hause geblieben bin. Warum bist du also hier, Annika?« Seine Augen bohrten sich in meine. Wie ein wütendes Tier starrte er mich an. Nein, wie ein wütendes Kind.

»Weil ich in dich verliebt bin!«, rief ich. »Ist es das, was du hören wolltest, ja? Bist du jetzt zufrieden?«

Da zog er mich an sich, schloss mich in die Arme und schob mich sanft in die Küche. Die Rollläden waren heruntergelassen und Levian hatte mindestens fünfzig Teelichter aufgestellt. Die ganze Küche war ein einziges Lichtermeer. Auf dem Tisch stand eine dunkelrote Rose in einer hohen, schlanken Glasvase. Um die Glasvase herum waren kleine Teller mit Oliven, in Öl eingelegten Auberginen, Pilzen, kleinen Feta-Würfeln und Schüsselchen mit unterschiedlichen Dips drapiert.

»Das sieht toll aus«, flüsterte ich überwältigt.

»Setz dich bitte!« Levian zog einladend einen der Holzstühle zurück.

Dann goss er jedem von uns ein Glas Rotwein ein und nahm auf dem Stuhl mir gegenüber Platz.

»Den habe ich meinem Vater aus der Speisekammer geklaut«, sagte er, als wir mit unseren Weingläsern anstießen. »Ist ein Guter.«

»Ich habe überhaupt keine Ahnung von Wein«, räumte ich ein. »Ich würde nicht einmal merken, wenn er nur zwei Euro gekostet hätte.«

»Doch, von billigem Rotwein hat man am nächsten Morgen Kopfschmerzen.«

»Ich befürchte, die kriege ich auch so. Jungs in deinem Alter trinken doch eigentlich Bier«, merkte ich an.

»Soll ich lieber mit ein paar Jungs in meinem Alter ein Bierchen trinken gehen?«, fragte Levian verschmitzt lächelnd.

Ich schüttelte den Kopf. Nein. Mit ein paar Kumpels Bier trinken in irgendeiner Kneipe, das passte überhaupt nicht zu Levian. Er war einfach anders. In jeder Beziehung.

Aus Höflichkeit nippte ich an meinem Wein. Eigentlich vertrug ich keinen Alkohol. Bier und Schnaps mochte ich überhaupt nicht, deswegen konnte ich an den meisten Wochenend-Saufgelagen schon mal gar nicht richtig teilnehmen. Zu feierlichen Anlässen durfte ich unter den Argusaugen meiner Eltern ein halbes Glas Prosecco trinken, aber selbst darauf hätte ich verzichten können.

Der Wein schmeckte bitter und klebte ein bisschen schal an der Zunge, aber es gab genug Delikatessen auf dem Tisch, mit denen ich den etwas ungewohnten Geschmack neutralisieren konnte.

»Schön, dass du gekommen bist«, sagte Levian und legte seine Hand auf meine.

Ich schwieg. Gerade hatte ich ihm gestanden, dass ich mich in ihn verliebt hatte. Dagegen klang ein »Schön, dass du gekommen bist« eher lächerlich.

»Und jetzt mach die Augen zu«, forderte er mich auf. Ich zögerte kurz. Vielleicht hatte meine Mutter recht gehabt und der Psychopath Levian würde mir in den nächsten drei Sekunden ein dreißig Zentimeter langes

Küchenmesser mit Dip in die Brust rammen. Trotzdem schloss ich die Augen und wartete. Ich hörte, wie Levian sich mit seinem Stuhl vor mich setzte. Dann schloss er seine Knie fest um meine. Mit seinem Mund presste er vorsichtig eine Olive an meine Lippen. Ich nahm die Olive entgegen und aß sie. Es folgten ein Schafskäsewürfel und ein Stückchen Weißbrot, das in meiner Speiseröhre stecken blieb und einen fiesen Schluckauf verursachte. Levian lachte leise und flößte mir mit seinen Lippen geschickt ein bisschen Rotwein ein, damit ich das Brotstück runterspülen konnte. Der Rotwein hatte in Levians Mund etwas von seiner Bitterkeit verloren.

»Mmh«, machte ich und Levian zog mich auf seinen Schoß. Die Mischung aus Zungenküssen und Rotwein stieg mir rasend schnell zu Kopf. Irgendwann nahm ich Levians warme Hand und zog sie unter mein T-Shirt. Jetzt war ich angetrunken genug, um das endlich hinter mich zu bringen.

Als das Telefon klingelte, lagen wir schon beide oben ohne auf dem Küchenboden und die Weinflasche war fast leer. Inzwischen waren so viele Teelichter erloschen, dass unsere Körper nur noch als dunkelrote Schemen wahrnehmbar waren. Ich brauchte mich also nicht zu schämen.

»Willst du rangehen?«, murmelte ich.

Levian schüttelte leicht den Kopf und küsste mich weiter, bis der Anrufbeantworter ansprang.

»Hallo Levian!« Es war Levians Vater mit ungewohnt strenger Stimme. »Deine Mutter hat angerufen. Wann rufst du sie endlich zurück? Ich habe schon Schluss und bin gleich zu Hause. Wir müssen miteinander reden.«

Abrupt setzte ich mich auf und verschränkte schützend meine Arme vor meinen Brüsten. In meinem ganzen Leben hatte ich mich noch nie so nackt gefühlt.

~

Ich blicke nach oben und stelle verwundert fest, dass ich das Licht noch von der Dunkelheit unterscheiden kann. Über mir und um mich herum ist nichts als Wasser.

~

Levian lag still auf dem Rücken, die Arme hinter dem Kopf verschränkt, und sah mich ausdruckslos an. Nervös tastete ich nach meinem T-Shirt, schnappte es mir und zog es in einem Schwung über. Der Rotwein machte es mir unmöglich, irgendeinen klaren Gedanken zu fassen. Wer hatte angerufen? Levians Mutter? Levians angeblich so tote Mutter hatte Levians Vater angerufen?

Ich sprang auf, rannte in den Flur zur Garderobe, schnappte mir meine Tasche und meine Jacke und wollte die Haustür aufreißen, doch sie war verschlossen. Wild ruckelte ich an der Klinke und hämmerte gegen die Tür, dann schrie ich: »Levian! Schließ die verdammte Tür auf!«

»Sie ist in Italien«, hörte ich Levian ruhig sagen. Er stand hinter mir an den Türrahmen der Küche gelehnt.

»Sie hat meinen Vater verlassen und ist mit meinem Bruder nach Italien gezogen. Zu ihrem italienischen Ficker.«

Mir dämmerte es langsam. Kein italienisches Essen, keine persönlichen Fragen, keine Bilder an der Wand, Herrn Brügges Schuldgefühle.

Ich wusste nicht, ob ich vor Wut schreien, vor Enttäuschung heulen oder Levian aus Mitleid in den Arm nehmen sollte. Also rannte ich auf ihn zu und schubste ihn heulend gegen die Wand.

»Warum hast du mir das nicht gesagt?«, rief ich. »Du hast mich die ganze Zeit belogen. Du hast gesagt, sie sei tot!«

»Das ist sie«, sagte er ruhig. »Für mich ist sie gestorben, verstehst du? Ich habe seit über fünf Monaten kein Wort mehr mit ihr gesprochen.«

»Wie kannst du ihr das antun?«, fragte ich entgeistert. »Sie ist doch deine Mutter.«

»Wie kann SIE mir das antun?« Er packte mich so fest an den Oberarmen, dass ich erschrocken aufschrie. »Sie ist meine Mutter! Sie hat uns einfach hier sitzen lassen. Für ein italienisches Arschloch! Du müsstest den Typen mal sehen! Ein kleiner fetter Vollidiot. Der ist über sechzig. Das musst du dir mal vorstellen. Kein Schwein weiß, was sie an dem findet.«

In dem Moment drehte sich der Schlüssel im Schloss und Levians Vater öffnete die Tür. Levian ließ von mir ab und ich stolperte rückwärts gegen die Wand.

»Was ist denn hier los?«, fragte Herr Brügge streng. »Warum brüllst du hier herum, Levian? Und warum habt ihr die Haustür zugesperrt?«

Levian schwieg trotzig und stand seinem Vater mit verschränkten Armen gegenüber. Dieser zog die Augenbrauen hoch, legte in aller Ruhe seinen Mantel ab und

gab mir die Hand. Obwohl ich meine Tränen schnell ab-
gewischt hatte, wusste er sofort, dass ich geheult hatte.
Vorwurfsvoll sah Herr Brügge seinen Sohn an.

»Ihr kommt jetzt mal beide mit in die Küche!«

Ohne einander anzusehen, trotteten wir hinter Levians
Vater in die Küche. Er zog die Rollläden hoch und stutz-
te. Ich war zwar ziemlich betrunken, aber mein Scham-
gefühl funktionierte noch hervorragend. Das herunterge-
brannte Kerzenmeer musste Herrn Brügge denken lassen,
dass wir mitten auf dem Küchenboden Sex gehabt hatten.
Bei genauerer Betrachtung entsprach das sogar den Tatsa-
chen. Herr Brügge hielt uns die leere Rotweinflasche demonstrativ vor das Gesicht und schüttelte den Kopf:

»Ich hoffe, ihr wisst, was ihr da getrunken habt.«

Wir schwiegen.

»Warum habt ihr euch gestritten?«

Wir schwiegen.

»Also gut, Levian. Deine Klassenlehrerin hat bei mir
angerufen. Du warst heute nicht in der Schule. Ich dachte, wir hätten das hinter uns!«

»Das war eine Ausnahme«, sagte Levian kleinlaut.

»Wie oft hast du an der neuen Schule gefehlt?«, fragte
Herr Brügge in scharfem Ton.

»Nur zweimal.«

»Zweimal? Stimmt das, Annika?«

»Ja!«, würgte ich hervor, dann rannte ich ins Badezimmer, sperrte die Tür hinter mir zu und schaffte es
gerade noch, den roten klumpigen Schwall, der aus meinem Magen sprudelte, direkt in die Toilette zu beför-
dern. Levian klopfte an die Badezimmertür.

»Alles in Ordnung?«

»Geh bloß weg«, bat ich Levian verzweifelt. »Ich will nicht, dass du mich kotzen hörst.«

Als der Brechreiz sich endlich gelegt hatte und ich aus dem Badezimmer gewankt kam, hatte Herr Brügge bereits alles geregelt: Er hatte bei Frau Mint angerufen und sich in ihrer Sprechstunde angemeldet. Außerdem hatte er meine Mutter angerufen und ihr mitgeteilt, dass er mich gleich nach Hause bringen würde.

»Du solltest dich noch einmal kurz hinlegen«, sagte er fürsorglich.

Ich legte mich auf Levians Bett und Levian massierte mir die Füße. Mit ziemlicher Sicherheit hatte ich nach diesem viel zu langen Tag Schweiß- und Käsefüße, aber ich war zu betrunken, um mich gegen Levians eigenwillige Wiederbelebungsmaßnahmen zu wehren.

Als ich nach einer gefühlten halben Stunde immer noch kreidebleich und reglos auf dem Bett lag, packte Herr Brügge uns kurzentschlossen ins Auto und fuhr zu meinen Eltern.

Herrn Brügges Auto war das älteste und kleinste Auto, in dem ich je gefahren war. Die Beifahrertür hatte eine riesige, leicht rostige Beule. Die Sitze waren mit einem fein gelöcherten Gummi-Plastikmaterial in ausgebleichtem Weinrot überzogen. Mein Fenster musste ich mit einer kleinen Kurbel öffnen. Es gab keinen Airbag und keine Klimaanlage, dafür aber einen Kassettenrekorder mit Radio, der genauso wenig Knöpfe hatte wie Jonas Kinderkassettenrekorder. Das ganze Auto ruckelte und klapperte, die Kupplung schleifte und Levians Vater musste beim Anfahren immer ordentlich Gas geben, damit der Wagen nicht absoff, weshalb wir nach jeder roten Ampel mit einem kleinen Hüpfer losfuhren. Als wir vor meiner Haustür ankamen, konnte ich gerade noch die Tür öffnen, um die letzten bitteren Magensäureüberbleibsel in den Rinnstein zu spucken.

Levian sah höflicherweise in die andere Richtung und Herr Brügge reichte mir ein Taschentuch. Das Ganze war unangenehm, aber irgendwie atmosphärisch gesehen noch erträglich. Gleich würden wir bei meinen Eltern in der Wohnung stehen und dann würde es hart werden. Ich sah das Drama schon kommen: wie meine Mutter weinte, wie mein Vater ihr unbeholfen ein Taschentuch reichte und wie alle wegsahen, während ich Jona im Strahl auf den Kopf kotzte.

Italienlegoliebe

Meine Eltern öffneten sofort die Tür, Jona stand zwischen ihnen und sah neugierig von einem zum anderen.

»Guten Abend. Brügge«, stellte sich Levians Vater vor.

»Bitte treten Sie doch ein, Herr Brügge!«, flötete meine Mutter. Mein Vater lächelte steif und reichte Herrn Brügge die Hand: »Ertmann. Bernd Ertmann. Nett, Sie kennen zu lernen.« Dann gab er auch Levian die Hand: »Junger Mann!«

Herr Brügge fiel gleich mit der Tür ins Haus: »Levian und Annika haben leider ohne mein Wissen eine Flasche Rotwein getrunken. Ich befürchte, Annika ist der Alkohol nicht gut bekommen.«

Fassungslos starrten meine Eltern mich an.

»Annika ist besoffen! Annika ist besoffen!«, schrie Jona und hüpfte um mich herum wie um ein Lagerfeuer. Mir wurde sofort wieder übel.

»Was hast du dir nur dabei gedacht?«, fragte meine Mutter mich kopfschüttelnd.

»Tut mir leid«, hörte ich mich lallen. Es war einfach nur noch peinlich, aber meine Zunge war plötzlich total weich und sie traf beim Sprechen irgendwie nicht mehr die richtigen Stellen im Mund.

»Setz dich! Ich mache dir eine Brühe!« Meine Mutter führte mich ins Esszimmer und setzte mich auf einen Stuhl, als wäre ich blind.

»Darf ich Ihnen auch etwas anbieten?«, säuselte sie, nachdem alle am Esstisch Platz genommen hatten. »Einen Kaffee? Oder einen Wein?«

»Ich muss noch fahren«, sagte Herr Brügge. »Aber einen Kaffee nehme ich sehr gerne.«

»Für mich bitte ein Wasser, wenn es keine Umstände macht!«, lächelte Levian. Er war kaum wiederzuerkennen. Seine Locken hatte er mit den Fingern hinter die Ohren gekämmt, sodass man ohne jedes Hindernis und Versteckspiel in ein offenes Levian-Gesicht blicken konnte. Ungläubig kniff ich die Augen zusammen und fixierte Levian angestrengt, was in meinem Zustand nicht einfach war. Warum lächelte er ununterbrochen? Warum zeigte er so offenherzig seine Augen? Das war doch sonst nicht seine Art.

Meine Mutter holte die Getränke aus der Küche und stellte einen dreistöckigen Naschteller auf den Tisch. Jona bunkerte sofort zwei Hände voll Schokolade und verschwand in seinem Zimmer.

Ich nippte an meiner Brühe und versuchte, der Konversation zu folgen.

»Sie haben eine sehr schöne Wohnung«, begann Herr Brügge.

»Ja«, seufzte meine Mutter. »Man tut, was man kann. Wir arbeiten sehr hart.« Dann lachte sie gekünstelt. Ich fragte mich, worin genau die harte Arbeit meiner Mutter bestand, kam dann aber zu dem Schluss, dass Jona ganztägig zu ertragen und zu erziehen wirklich Schwerstarbeit war.

»Sicherlich! Aber einen guten Geschmack kann man sich weder kaufen noch hart erarbeiten«, warf Herr Brügge ein. »Ihre Kunstsammlung ist ganz beachtlich!«

Tatsächlich hingen in unserer Dachgeschosswohnung einige Bilder, die sich sehen lassen konnte.

»Wir unterstützen junge aufstrebende Künstler«, merkte mein Vater an. Dass man die Bilder im Erbfall gut zwischen Jona und mir aufteilen und leicht an der Erbschaftssteuer vorbeischleusen konnte, erwähnte er selbstverständlich nicht.

»Annika tut Levian sehr gut. Wir sind ja relativ neu hier.«

»Das wissen wir«, erwiderte meine Mutter lächelnd. »Annika hat viel von Levian erzählt.«

»Ja. Ausgesprochen viel«, bestätigte mein Vater.

Ich konnte mich zwar nicht daran erinnern, mit meinem Vater jemals ein vernünftiges Wort über Levian gewechselt zu haben, aber das war in diesem Moment egal. Offensichtlich hatten meine Eltern ausnahmsweise beschlossen, einen guten Eindruck zu hinterlassen.

Jona kam wieder ins Wohnzimmer gestürmt, nachdem er seine Süßigkeiten in mindestens fünf verschiedenen Verstecken untergebracht hatte, um die Wahrscheinlichkeit zu minimieren, dass meine Mutter alle Verstecke finden würde.

»Ich weiß jetzt, wie das richtig heißt, was ihr gesagt habt, was Levian ist!«, rief er ganz stolz.

Wir sahen ihn fragend an.

»Wirklich, Schatz?«, rief meine Mutter nichtsahnend.
»Ein Psychopath!«

Nach einigen Sekunden peinlich berührten Schweigens brachen Herr Brügge und Levian gleichzeitig in schallendes Gelächter aus.

»Du kannst ja schon tolle Wörter!«, lobte Herr Brügge. Ich schüttelte nur den Kopf. Es war fast so wie mit Mamas Lobeshymnen auf Jonas Wimpernbilder. Jona blamierte die Familie in Grund und Boden und bekam ein Lob dafür. Natürlich strahlte er über das ganze Gesicht.

»Wir haben von Ihrem tragischen Schicksal gehört«, setzte meine Mutter mit ernster Miene an. »Das Ganze tut uns sehr leid. Für einen jungen Mann wie Levian ist es sicherlich nicht leicht, damit umzugehen.«

Zu meinem Erstaunen ergriff Levian sofort das Wort: »Ich habe mich inzwischen damit abgefunden, dass meine Mutter in Italien lebt. Es ist mir wichtig, dass sie glücklich ist. Mein Vater und ich kommen hier sehr gut zurecht. Außerdem bin ich froh, dass mein Bruder mit nach Italien gezogen ist. Ich hätte ein schlechtes Gewissen gehabt, wenn wir beide bei meinem Vater geblieben wären.«

Herr Brügge klopfte seinem Sohn anerkennend auf die Schulter, während ich Levian mit offenem Mund anstarrte. Was war nur in ihn gefahren? Seine unkomplizierte Offenheit machte mir richtig Angst. Was empfand er eigentlich wirklich?

»Oh, ich dachte, Ihre Mutter sei gestorben«, sagte meine Mutter verwundert.

»Nein, nein«, beschwichtigte Levian sie lächelnd. »Sie ist quietschfidel.«

»Sie hat sich nicht erwürgt?«, fragte Jona verwirrt.

»Schade!«, stellte mein Vater fest. »Ich hätte Ihnen bei der Regelung des Erbes zur Seite stehen können.«

Mir wurde so schwindelig, dass ich dagegen ankämpfen musste, nicht vom Stuhl zu kippen.

»Danke! Das ist nicht nötig«, antwortete Herr Brügge.

»Keine Ursache. Vielleicht ja demnächst.« Mein Vater holte seine Visitenkarten aus der Jackettasche und reichte Herrn Brügge eine. »Hier. Bitteschön. Nur für den Fall des Falles. Natürlich kann sich Levian im Falle Ihres Ablebens auch an mich wenden.«

»Vielen Dank, das ist sehr beruhigend«, erwiderte Herr Brügge und steckte die Visitenkarte meines Vaters in seine Hemdtasche.

Um die peinliche Stille zu durchbrechen, fragte meine Mutter: »Wo genau in Italien lebt denn Ihre Frau jetzt? Ich meine, pardon, Ihre …, wie nennt man das nur? Ihre Verflossene?«

»In Lecce.«

»Die Glückliche!«, jauchzte meine Mutter begeistert. »Süditalien ist so wunderschön!«

»Hast du jetzt auch vor, dich nach Italien abzusetzen, Liebes?«, erkundigte sich mein Vater trocken.

»Aber nein! Wo denkst du hin? Ich spreche doch gar kein Italienisch!«

Während meine Eltern sich in Taktlosigkeiten überboten und ich gegen die Anziehungskraft der Tischplatte ankämpfte, lächelte Levian mich die ganze Zeit an. Jona war mit einem Lego-Raumschiff aus seinem Zimmer zurückgekehrt und verstaute weitere Süßigkeiten im Laderaum.

»Das Raumschiff hat ja gar keine Düsen!«, stellte Levian mit gespieltem Erstaunen fest.

»Mein Raumschiff braucht keine Drüsen«, schmollte Jona. »Mein Raumschiff ist kein Stinktier.«

»Düsen«, korrigierte Levian ihn. »Zeig mir mal deine Lego-Kiste, dann baue ich Düsen an dein Raumschiff!«

»In echt?«, fragte Jona misstrauisch. Niemand in unserer Familie spielte jemals mit ihm Lego.

»In echt.«

Sofort verschwanden Levian und Jona im Kinderzimmer.

»Was für ein netter junger Mann!«, rief meine Mutter aus. »Ich befürchte, Annika hat uns ein etwas falsches Bild von Levian vermittelt.«

Spätestens jetzt war klar, dass der Abend als Gipfel aller Peinlichkeiten in mein Leben eingehen würde. Ich war zu betrunken, um mich zu wehren, und zu nüchtern, um nichts mehr mitzukriegen. Es war ein Alptraum.

»Das mit dem Rotwein tut mir leid. Das hätte nicht passieren dürfen«, sagte Herr Brügge, der offensichtlich ein sehr schlechtes Gewissen hatte. »Aber ich arbeite den ganzen Tag. Da verliert man schnell die Kontrolle über das, was die Kinder tun.«

»Das ist eine wirklich schwierige Situation für Sie«, seufzte meine Mutter verständnisvoll. »Kinder ohne die Mutter aufzuziehen ist ja ganz unmöglich. Da fehlt doch die wichtigste Bezugsperson!«

»Vielen Dank, Annemarie. Ich kann das gar nicht oft genug hören«, warf mein Vater ein.

»Bernd!«, konterte meine Mutter kopfschüttelnd. »Nun bezieh doch nicht immer gleich alles auf dich!«

Meine Eltern hätten auf der Stelle angefangen sich zu streiten, wenn Herr Brügge die Situation nicht zum gefühlten zehnten Mal an diesem Abend gerettet hätte.

»Die Mutter ist tatsächlich sehr wichtig für die Kinder. Meine Frau war voll berufstätig und sehr erfolgreich. Also bin ich zu Hause geblieben und habe mich um Levian und Sander gekümmert. Trotzdem hat Levian schrecklich unter der Trennung gelitten.«

»Und Sander?«, fragte ich, selbst erstaunt darüber, dass ich noch sprechen konnte.

»Sander geht es hervorragend«, rief Levian aus Jonas Zimmer. Offensichtlich verfolgte er von dort aus aufmerksam unser Gespräch. »Er meldet sich kaum noch.«

»Das ist wahr«, bestätigte Herr Brügge ernst. »Er hat uns seit dem Umzug nach Italien noch nicht besucht. Naja, die italienischen Schulen haben ja nur Winter- und Sommerferien. Da ist ein Besuch mitten im Schuljahr organisatorisch schwierig. Ich hoffe, wir sehen ihn im Sommer.«

»Das ist so entsetzlich!« Meine Mutter gestikulierte etwas zu theatralisch und warf meinem Vater einen bedeutungsschwangeren Seitenblick zu. »Der eine Mann zieht so liebevoll zwei Kinder groß und der andere vergisst jeden Tag vor lauter Arbeit, dass er überhaupt welche hat.«

»Möchtest du mir allen Ernstes vorwerfen, dass ich mich nicht um unsere Kinder kümmere?«, fragte mein Vater mit leicht aggressivem Unterton.

»Nicht um das Fette!«, krächzte Jona aus dem Kinderzimmer.

»Bernd! Gott bewahre, DU doch nicht!«, rief meine

Mutter aus. »Ich wollte damit nur sagen, dass Levian natürlich jederzeit die Nachmittage bei uns verbringen kann. Ich bin immer zuhause. Es ist ja ganz egal, ob ich für vier oder fünf Mäuler Essen auf den Tisch stelle.«

»Das ist ein sehr nettes Angebot! Ich bin mir sicher, Levian wird die Einladung das ein oder andere Mal dankbar annehmen, aber er kann sich auch sehr gut selbst versorgen. Er ist ein hervorragender Koch.«

»Tatsächlich?« Meine Mutter sah mich vorwurfsvoll an. »Annika kann nicht mal Spiegeleier braten.«

»Ich möchte dich daran erinnern, Liebes«, warf mein Vater ein, »dass du, als wir uns kennenlernten, nur zwei Gerichte kochen konntest: Pfannkuchen und Spaghetti mit Harzer Käse!«

Viel mehr konnte meine Mutter heute auch nicht, stattdessen verfügte sie über einen beachtlichen Stapel Speisekarten der besten Restaurants mit Lieferservice. In diesem Moment kam Jona ins Esszimmer. Vor sich trug er mit feierlicher Miene und äußerster Vorsicht ein riesiges Raumschiff.

»Toll!«, sagten mein Vater und meine Mutter mit gekünsteltem Staunen. Sie rissen ihre Augen auf und gaben noch ein paar pädagogische Ohs und Ahs von sich.

Behutsam stellte Jona das Raumschiff auf dem Esstisch ab und verkündete ehrfurchtsvoll: »Dieses Raumschiff hat vier Düsen! Das bedeutet, es kann mit 400 km/h Lichtgeschwindigkeit durch den Weltraum düsen.«

»Bravo! Bravo!«, jubelte meine Mutter mit betont italienischem Akzent.

»Und Levian ist mein bester Freund«, sagte Jona voller Inbrunst. »Er erbt alles, was ich habe.«

»Das ist sehr großzügig von dir, kleiner Mann!« Mein Vater klopfte Jona anerkennend auf die Schulter.

»Baust du noch ein Raumschiff mit mir?«, fragte Jona Levian, der zufrieden lächelnd in der Tür des Kinderzimmers stand.

»Dafür ist es nun leider zu spät«, bemerkte meine Mutter mit einem Blick auf die Wanduhr. »Du müsstest eigentlich schon längst im Bett sein.«

»Das nächste Mal!«, tröstete Levian meinen kleinen Bruder.

»In echt?«, fragte dieser misstrauisch.

»In echt.«

»Und du knutscht dann nicht mit meiner doofen Schwester?«

»Nein. Ehrenwort!«

»Dann hatte meine Mama doch recht«, sagte Jona zufrieden.

»Hatte ich?« Meine Mutter war sichtlich beglückt über das Kompliment.

»Ja! Du hast gesagt, Levian ist schwul.«

Das muss der Moment gewesen sein, in dem ich mein Bewusstsein verlor. Als ich auf der Couch im Wohnzimmer aufwachte, war es mitten in der Nacht und die Brügges waren schon lange nach Hause gegangen. Ich tastete mich in mein Zimmer und ließ mich auf mein Bett sinken. Der Abend war gelaufen, morgen war Schule. Schlafen war die einzige Lösung.

Buttercroissantblümchensex

Von diesem Tag an war vieles anders: Ab und zu kam Levian mit zu mir, spielte mit Jona Lego und kochte ein paarmal für uns, nachdem meine Mutter in ihrer Hilflosigkeit mehrmals hintereinander sündhaft teuer Asiatisch bestellt hatte. Wenn wir bei mir waren, hörte Levian mir beim Klavierspielen zu und las dabei in der Tageszeitung, was meine Mutter schrecklich romantisch fand. Es erinnerte sie an ihre ersten Jahre mit meinem Vater und das wiederum beunruhigte mich etwas. Würden Levian und ich eines Tages so eine abgestandene, unbefriedigende Beziehung führen wie meine Eltern? Oder sollten wir einfach hoffen, dass wir es nur ansatzweise schafften, so lange zusammenzubleiben wie sie? Konnten wir das, was wir miteinander hatten, überhaupt Beziehung nennen?

Manchmal trafen wir uns auch am See, aber dort sprachen wir nicht, obwohl Frühling war. Alle anderen Menschen schienen mit einem Lächeln im Gesicht und ein paar netten Worten auf den Lippen um den See zu spazieren. Selbst die Alten mit ihren Brotkrümeln in Plastiktüten unterhielten sich mit den sich auf die Brotkrümel stürzenden Enten. Ich dachte damals, ich hätte keine Ahnung, warum der See Levian und mich verstummen ließ, aber ich hatte eine Ahnung. Eine leise Ahnung, die ich nicht wahrhaben wollte.

Natürlich reizten uns Lego, Kochclub und Schweigen am See weniger als Levians sturmfreie Bude. Levians Vater kam nun oft noch später nach Hause, da er sich des Öfteren mit einer Frau namens Babsi traf. Er gab weder zu, dass es sich bei Babsi um seine neue Freundin handelte, noch wollte er uns Babsi vorstellen. Deswegen entwickelten Levian und ich einige Theorien zu Babsis Identität. Meine Haupttheorie bestand darin, dass sich hinter dem Namen Babsi eine kleine, in ein knallenges Leoparden-Minikleid gepresste, dralle Blondine mit einem schweren D-Körbchen versteckte. Babsi mit den Leoparden-Möpsen war eine reine Sex-Affäre und ihr gesamtes Auftreten war Herrn Brügge so peinlich, dass er sich nur heimlich mit ihr traf. Meine zweite Theorie äußerte ich gegenüber Levian nur ein einziges Mal, denn er reagierte ziemlich sauer: Babsi war eine sympathische Prostituierte, die Herr Brügge beim Einkaufen kennengelernt hatte. Nachdem er sie einige Male zum Essen ausgeführt und ihr ein paar neue Schuhe gekauft hatte, erfuhr er von ihrem Beruf und beschloss, Levian lieber nichts von seiner neuen Freundin zu erzählen. Levian vermutete, dass Babsi entweder Geheimagentin oder schon allein rein äußerlich ein ganz billiger Abklatsch seiner Mutter war.

Wer auch immer diese Babsi war, Prostituierte oder Geheimagentin, sie schenkte uns viel Gesprächsstoff und viel Zeit zu zweit in Levians Zimmer.

In der Schule arbeitete Levian immer noch nicht mit. Inzwischen wusste ich aber, wie er es schaffte, im Unterricht nie aufgerufen zu werden und trotzdem gute mündliche Zensuren einzuheimsen: Er schrieb in jeder Klausur und in jedem Test viel mehr als die Aufgabenstellung eigentlich erforderte, um zu beweisen, dass er im Unterricht aufpasste und zu Hause lernte. In einem abschließenden Dreizeiler bat er die jeweilige Lehrkraft, ihn weiterhin mündlich zu schonen, da es ihm immer noch nicht gut gehe, und bedankte sich für ihr Verständnis und den guten Unterricht. Die Lehrer hatten anscheinend beschlossen, seinem Anliegen nachzukommen, und werteten das, was er zusätzlich in die Arbeiten schrieb, als mündliche Note. Ich fand, dass Levian seine Situation und das Verständnis unserer Lehrkräfte schamlos ausnutzte, aber er lachte nur, wenn ich ihm das vorhielt.

»Du kannst das doch auch machen«, sagte er. »Schreib einfach unter jede Arbeit: Mein Vater ist auf Erbrecht spezialisiert und freut sich, wenn andere Menschen sterben, meine Mutter ist Hausfrau, aber ohne Putzfrau und den Lieferservice zahlreicher Restaurants würden mein legosüchtiger Bruder und ich verwahrlosen und verhungern. Bitte haben Sie Mitleid mit mir und verschonen Sie mich, bis ich für meinen Bruder einen Therapieplatz, für meine Mutter einen Kochkurs und für meinen Vater einen neuen Job gefunden habe.«

»Gar nicht witzig!«, rief ich. »Überhaupt gar nicht witzig!«

Und dann schmissen wir uns aufs Bett und kuschelten und küssten uns. Stundenlang.

Sogar Lisanne war einigermaßen zufrieden, weil ich

ihr immer wieder ein paar Informationen darüber zukommen ließ, wann und wie lang mir Levian unter das T-Shirt ging und wie genau er küsste. Offensichtlich hatte sie das Gefühl, Levian könnte möglicherweise viel besser küssen als Marvin, woran ich keine Sekunde zweifelte. Deshalb forderte sie mich mehrmals auf, sie genauso zu küssen, damit sie einen Vergleich hatte, aber den Gefallen tat ich ihr nicht. Es reichte mir schon, wenn ich sie auf Partys ganz kurz mit der Zunge küssen musste, weil sie wissen wollte, ob sie nach Zigaretten oder Alkohol schmeckte. Lisanne drängte mich außerdem, meine Jungfräulichkeit endlich »an den Nagel zu hängen«, eine wirklich treffende Formulierung. Natürlich wollte sie eigentlich nur wissen, wie mein Sex mit Levian im Vergleich zu ihrem Sex mit Marvin sein würde und ob sich alles genau so anfühlte wie bei ihr und ob und wie ich einen Orgasmus bekam und wie groß Levians Penis war und ob Levian, der Psychopath, mich beim Sex schlug oder ans Bett fesselte oder mir mit einem Messer Herzchen in die Haut ritzte.

Eigentlich hätte ich beleidigt sein müssen, aber ich konnte die Gespräche mit Lisanne gar nicht ernst nehmen und amüsierte mich später mit Levian über ihre dämlichen Fragen und von Splatter-Filmen geprägten Horror-Sex-Visionen, die wir (angezogen) nachspielten und uns dabei kaputtlachten.

***

Alles in allem hatten Levian und ich eine wirklich gute Zeit. Ich war furchtbar verliebt in ihn. Er war großartig, er war zärtlich, er sah gut aus, und obwohl er die meiste Zeit todernst war, konnte er zwischendurch wahnsinnig witzig sein. Ich sah von seinem Bett aus zu, wie er hantelte und Liegestütze machte, und er bereitete unser Abendessen zu, während ich am Esstisch unsere Hausaufgaben machte. Das mit dem Rotwein ließen wir lieber sein, aber die Kerzen blieben. Levian ließ sich zu jeder Mahlzeit irgendetwas Liebes einfallen. Mal formte er auf dem Esstisch ein Herz aus Teelichtern, mal dekorierte er meinen Teller mit dunkelroten Rosenblättern. Einmal umwickelte er sogar meinen Lieblingsschokoriegel mit Geschenkbändchen und versteckte ihn so im Kühlschrank.

Beim Essen sprachen wir über alles – außer über seine Mutter, seinen Bruder und das, was wir beide miteinander hatten. Und deswegen war unsere wirklich gute Zeit trotzdem weit davon entfernt, sich perfekt anzufühlen. Außerdem bekam Levian immer noch diese Anfälle, in denen er mich festhielt und wutentbrannt anstarrte und nicht gehen ließ. Sie wurden allerdings seltener und ich wusste ja nun, woher sie kamen.

»Beziehungen sind nicht perfekt«, sagte meine Mutter. »Es stört einen immer etwas an dem anderen. Außerdem steckt immer einer von beiden tiefer in der Beziehung als der andere. Und der, der emotional tiefer drinsteckt, macht irgendwann Schluss, weil er die Demütigungen nicht mehr erträgt.« Danach lief sie weinend ins Schlafzimmer.

»Du bist undankbar«, sagte Lisanne. »Marvin ist weder witzig noch zärtlich, er ist einfach nur gut im Bett. Du solltest mitnehmen, was du hast. Wenn ein Neuer kommt, kannst du immer noch Schluss machen. Und du solltest endlich mit Levian schlafen. Seine Geduld ist bestimmt bald am Ende.«

»Levian ist MEIN Freund!«, sagte Jona. »Er kommt nur MICH besuchen. Er will, dass du stirbst, damit wir endlich in Ruhe spielen können.«

Mein Vater sagte gar nichts. Er hatte entweder schon wieder vergessen, dass seine Tochter einen Freund hatte, oder er hatte vergessen, dass er eine Tochter hatte.

»Gesteh ihm bloß nicht deine Liebe und frage ihn niemals, ob er dich liebt. Männer wollen in dieser Beziehung nicht unter Druck gesetzt werden!«, war die einhellige Meinung im Chat. Oder: »Lass ihn zappeln. Er muss um dich kämpfen. Männer brauchen das Gefühl, eine Frau erobert zu haben.«

Damit hatte ich mal wieder viele Menschen, die mir kluge Ratschläge erteilten, aber niemanden, mit dem ich sprechen konnte, und niemanden, der mir half, Levian zu verstehen, seine vielen kleinen Zeichen zu verstehen. Mich zu verstehen. Das allerdings änderte sich an einem Dienstag Ende April.

An diesem besagten Dienstag stand Levian unter der Dusche. Er hatte gehantelt, war verschwitzt und wollte sich frisch machen. Ich stand in der Küche vor dem Kühlschrank und überlegte, was ich als Nächstes essen könnte. Hunger hatte ich nicht, es war eher Frustfresserei. Da klingelte das Telefon auf dem Esstisch. Auf dem Display sah ich eine lange Nummer, die mit 0039 begann. Italien. Levian hatte gerade erst angefangen zu duschen, das gab mir mindestens fünf Minuten, also drückte ich auf die Taste mit dem kleinen grünen Telefonhörer.

»Bei Brügge.«

»Cecile Brügge. Mit wem spreche ich?«, sagte eine helle Frauenstimme.

»Mit Annika Ertmann.«

»Annika!«, rief Frau Brügge. »Marten hat mir schon so viel von dir erzählt! Wie schön, dass Levian so eine nette Freundin gefunden hat!«

»Danke«, sagte ich. Mir schlug das Herz bis zum Hals. Was für ein Verrat es war, mit Levians Mutter zu sprechen! Levian selbst wäre nie ans Telefon gegangen.

»Ist Levian da?«, fragte Frau Brügge.

»Er duscht«, erwiderte ich trocken. Sie wusste ja, dass Levian nicht mit ihr sprechen wollte.

»Oh!« Die Enttäuschung war ihr anzuhören. Einige Sekunden schwiegen wir beide. Dann fragte Frau Brügge: »Kann er uns hören?«

»Nein.«

»Gut. Hör zu, Annika«, ihre Stimme klang dringlich. »Wollt ihr beide nicht im Sommer nach Italien kommen? Davides Tochter verbringt den ganzen Sommer in Amsterdam. Ihr könnt ihr Zimmer haben, wenn ihr kommt. Wir würden uns ein paar Tage für euch frei nehmen.«

»Levian will nicht mal mit Ihnen sprechen«, gab ich zu bedenken.

»Es geht nicht nur um mich. Sander würde Levian auch gerne sehen. Die zwei waren früher unzertrennlich.«

»Levian ist ganz schön sturköpfig. Er hört bestimmt nicht auf mich. Er hört eigentlich auf niemanden.«

Levians Mutter lachte laut und hell auf. »Das ist Levian.

So war er schon immer. Er hat sich als Kind im Supermarkt auf den Boden geschmissen, wenn er nicht das bekam, was er wollte. Einmal hat er vor Wut eine Delle in die Autotür getreten.«

»Die in der Beifahrertür?«

»Mein Gott. Hat Marten immer noch diesen alten Schrottwagen? Warum sagt er nicht Bescheid? Ich kann ihm doch einen neuen Wagen kaufen!«

Ich sagte nichts. Sie hatte Geld und Levian und sein Vater mussten an allen Ecken und Enden sparen. Das hatte ich nicht gewusst.

»Also, Annika, lass dir etwas einfallen«, rief Frau Brügge. »Männer sind Sturköpfe, aber wenn sie einen lieben, werden sie weich wie Buttercroissants.«

»Levian liebt mich nicht«, sagte ich und die Tränen schossen mir in die Augen.

Nach einer kurzen Pause fragte Levians Mutter vorsichtig nach: »Woher willst du das wissen?«

»Weil er es mir noch nie gesagt hat. Und er wird immer so wütend, dann guckt er mich so hasserfüllt an.«

»Ja, er ist furchtbar jähzornig. Das hat er von mir. Früher war ich genauso, aber das Alter lässt einen ruhiger und weiser werden.« Sie lachte hell auf.

Ich begann zu schluchzen und schämte mich in Grund und Boden. Diese Frau kannte mich nicht mal und musste sich anhören, wie ich in Selbstmitleid zerging. »Wahrscheinlich ist das normal in einer Beziehung, dass einer mehr liebt als der andere.«

»Woher hast du denn den Schwachsinn?«, fragte Frau Brügge empört. »So etwas kann nur von irgendeiner frustrierten, völlig gestörten, untherapierten, …«

»Von meiner Mutter«, unterbrach ich sie schnell, bevor sie in ihrem Fettnäpfchen ertrank.

»Mein Gott, muss deine Mutter frustriert sein. Wenn Levian dich nicht liebt, solltest du ihn verlassen. Irgendwo da draußen sitzt ein Mann, der dich über alles lieben wird. Verschwende deine Zeit nicht mit jemandem, der nicht erkennt, wie großartig du bist, der dir nicht jeden Tag die Welt zu Füßen legt. Das kannst du deiner Mutter auch gleich ausrichten.«

»Vielleicht braucht er ja einfach nur das Gefühl, dass ich nicht leicht zu haben bin, dass er um mich kämpfen muss«, gab ich schniefend zurück.

»Was?« Frau Brügge klang entsetzt. »Nein, nein, nein. Ich könnte kotzen. Wer erzählt dir so etwas? Deine Mutter? Wahre Liebe fühlt sich ganz einfach an, Annika. Da muss keiner kämpfen. Im Gegenteil. Man ist sich des anderen ganz sicher. Man hat keine Angst davor, nicht geliebt oder irgendwann einmal verlassen zu werden. Das Leben ist hart und funktioniert nie richtig. Du kannst dich gleich in dein Grab legen, wenn Lieben auch hart ist und nicht richtig funktioniert. Das sage ich dir. Das erträgt kein Mensch.«

Levian hatte die Dusche abgestellt. Ich hörte das leise Surren seines Rasierapparates und traute mich nicht mehr zu sprechen.

»Ich muss jetzt auflegen«, flüsterte ich.

»Kommt nach Italien! Offensichtlich gibt es einiges zu klären«, sagte Frau Brügge und legte noch vor mir auf. Schnell legte ich das Telefon zurück auf den Tisch, nahm mir einen Joghurt, setzte mich damit an den Tisch und löffelte geistesabwesend vor mich hin, bis Levian mit einem Handtuch um die Hüften in die Küche trat.

»Was guckst du so komisch?«, fragte er grinsend. »Ist der Joghurt schlecht?« Dabei zupfte er an seinem Handtuch herum.

»Lass jetzt bloß nicht dein Handtuch fallen!«, rief ich entsetzt. »Ich bin noch nicht so weit. Ich will das nicht sehen.«

»Sicher?«

»Ganz sicher.«

»Schade. Er ist echt hübsch.«

Ich hielt mir die Ohren zu und schloss die Augen: »Geh weg, Levian. Zieh dir was an.«

Statt wegzugehen, setzte er sich mit dem Handtuch auf meinen Schoß und küsste mich auf die Stirn und aufs Haar. Es war einer dieser Momente, in denen man sich sagt, dass man sich liebt. Aber wir sagten uns nichts. Wahre Liebe ist ganz einfach, schoss es mir durch den Kopf. Vielleicht war das mit Levian nichts Halbes und nichts Ganzes. Vielleicht gab es da draußen jemanden, der für mich bestimmt war, der nur darauf wartete, mich zu treffen, der mich sah und wusste, dass ich es bin. So wie ich eigentlich sofort gewusst hatte, dass Levian für mich bestimmt ist.

~

Die letzten Sonnenstrahlen verirren sich zu uns. Meine Hände greifen ins Leere, bis ich mich vollkommen in Dunkelheit verliere.

~

»Was denkst du gerade?«, fragte Levian und küsste meine Nase. »Du siehst so ernst aus.«

Lisanne hatte mal gesagt, dass die Beziehung vorbei ist, wenn einer den anderen fragt, was er gerade denkt. Keine Ahnung, warum, aber sie war sich in diesem Punkt ganz sicher.

»Was denkst du, das ich denke?«, fragte ich zurück.

»Ich denke, dass du denkst, dass du jetzt unbedingt Sex mit mir haben möchtest.«

»Du verwechselst uns.«

»Vermutlich.« Levian lachte. »Also, was denkst DU, kleine Annika?«

»Ich denke, wir sollten reden.«

»Oh, nein.« Levian formte einen Schmollmund. »Bitte nicht reden, lieber Sex haben, ja?«

»Lass uns im Sommer nach Italien fahren«, schlug ich möglichst beiläufig vor.

Levian stand abrupt auf und starrte mich entgeistert an: »Bist du verrückt?«

Weich wie ein Buttercroissant fühlte sich bestimmt anders an.

»Ich will deine Mutter kennenlernen und deinen Bruder.«

»Das willst du nicht.«

»Erzähl mir nicht, was ich will oder nicht will«, wies ich ihn schroff zurecht.

»Okay, ICH will das nicht. Ich will nicht, dass du sie kennenlernst, und ich will sie nicht sehen.«

»Liegt Lecce eigentlich am Meer?«, fragte ich nach einer kurzen Stille.

Levian nickte.

»Ich will ans Meer.«

»Du willst ans Meer? Cool!«, rief Levian. »Ich bin dabei. Lass uns im Sommer an der Nordsee campen.«

»Die Nordsee ist so schwarz, dass man den Boden nicht sehen kann«, entgegnete ich, »und man kann nicht mal zum Pinkeln ins Wasser gehen, weil die Wellen so stark sind. Ich will ans Mittelmeer. Ich will türkisfarbenes Wasser. Ich will einen Tauchkurs machen.«

»Einen Tauchkurs? Warum willst du einen Tauchkurs machen?«

Ich setzte an, aber ich bekam es einfach nicht über die Lippen. Irgendetwas in mir ließ einfach nicht zu, Levian zu erzählen, wie sehr ich mich vor dem Wasser fürchtete und dass der Tauchkurs für mich die einzige Möglichkeit war, das Meer überhaupt zu berühren.

»Ich liebe das Meer«, trumpfte ich auf und es war nicht einmal gelogen.

»Okay, also Griechenland«, schlug Levian vor.

»Gut, DU zahlst Flug und Hotel.«

»Wieso das denn? ICH will ja gar nicht ans Meer.«

»Aber ich! Bitte!«, sagte ich flehend. »Ich war erst einmal in meinem Leben am Meer.«

»Echt?«, fragte Levian ungläubig. »Warum?«

»Wir haben ein kleines Haus in der Schweiz. Mit Pool. Da fahren wir in den Ferien immer hin.«

»Ihr seid reich.«

»Ist nur geerbt.«

»Macht das einen Unterschied?«, hakte Levian mit hochgezogenen Augenbrauen nach.

»Lenk jetzt bloß nicht ab!«

Levian verschwand in seinem Zimmer, um sich anzuziehen und das Thema endgültig zu beenden.

»Wenn du mit mir nach Lecce fährst, schlafe ich mit dir!«, rief ich ihm hinterher. Ich war selbst überrascht von meinem spontanen Angebot. Aber es wäre ja sowieso bald passiert. Warum sollte ich nicht den Moment nicht nutzen und eine Gegenleistung einfordern.

Levian kam postwendend zurück: »Jetzt? Hier?«

»Nein, dann. In Italien.«

»Das ist Prostitution!«, bemerkte er kalt. »Mit jemandem zu schlafen, um dafür etwas zu bekommen.«

»Gut, dann nicht«, konterte ich. »Dann kannst du noch lange warten.«

Levian zog die Augenbrauen hoch und sah mich prüfend an: »Wer garantiert mir, dass du den Deal auch einhältst?«

»Ich. Das ist reine Vertrauenssache.«

»Okay.« Er schien wenig überzeugt.

»Okay?«, quietschte ich begeistert und fiel Levian um den Hals. »Danke! Danke! Danke! Danke!«

»Ich wollte nur betonen«, flüsterte Levian in mein Ohr, »dass ich nicht mit dir nach Italien fahre, weil du dort mit mir schläfst. Du wärst früher oder später sowieso schwach geworden.«

Ich verpasste ihm einen lauten Klaps auf den Nacken, aber Levian fuhr unbeirrt fort: »Ich fahre mit dir nur nach Italien, weil du das Meer sehen möchtest. Leider kann ich es mir nicht leisten, meiner kleinen Luxusbraut einen Griechenland-Urlaub zu spendieren. Ich begnüge mich deshalb auch mit ganz einfachem, täglichem Blümchen-Sex und verzichte auf extravagante Praktiken.«

»Blümchen-Sex ja, täglich nein?«, verhandelte ich.

»Keine Sorge. Sex ist nicht nur für den Mann spaßig. Wie wäre es eigentlich mit einer kleinen Vorleistung?«, fragte er und lächelte verschmitzt.

»Na gut. Du kannst dein Handtuch fallen lassen und ich versuche, die Augen offen zu halten.«

»Sicher?«

»Nein.«

Er ließ sein Handtuch fallen. Levian hatte einen schönen Körper und das betraf zu meinem Erstaunen auch den Teil seines Körpers, den ich noch nicht gesehen hatte.

Wasserglasohrfeigen

Lisanne war völlig aus dem Häuschen, als ich ihr erzählte, wie ich Levian dazu bekommen hatte, mit mir nach Italien zu reisen.

»Du bist ja total clever, Mädchen. Gib zu, dass du Levian absichtlich so lange hingehalten hast, um ihn dann zu erpressen. Einfach genial!«

Natürlich konnte Lisanne sich überhaupt nicht vorstellen, dass man das erste Mal so lange wie möglich hinauszögert, wenn man es noch nicht hinter sich hat. Ihr erstes Mal lag Jahre zurück. Sie war sturzbetrunken und konnte sich am nächsten Morgen an nichts mehr erinnern. Aber das Laken war voller Blut, der Typ neben ihr ziemlich heiß, also schlief sie einfach noch einmal mit ihm, bis seine Mutter ins Zimmer kam und den Wäschekorb fallen ließ vor lauter Schreck. Dieses Mal hatte Lisanne nicht vergessen. Sie lachte bis heute darüber und behauptete steif und fest, dass sie nur deswegen keinen Orgasmus bekommen hatte, weil sie zu früh gestört worden waren. Mit dem Typen danach bekam sie keinen Orgasmus, weil er schlecht im Bett war, und mit Marvin bekam sie keinen Orgasmus, weil Marvin

Marvin war. Aber der Sex mit Marvin war angeblich trotzdem toll.

Da Lisanne sich nur selbst einen Orgasmus machen konnte, aber noch nie einen Orgasmus mit einem Jungen gehabt hatte, und ich eigentlich kein einziges Mädchen kannte, das mit einem Jungen einen Orgasmus hatte, und meine Mutter über so etwas nicht sprach, ging ich davon aus, dass Frauen rein biologisch gesehen nur allein, nicht aber mit einem Mann zu einem Orgasmus fähig waren. Nur in Filmen, Talkshows und Büchern kamen Frauen beim Sex. In Wirklichkeit hatte doch das, was der Mann beim Sex mit der Frau machte, nicht viel mit dem zu tun, was eine Frau mit sich selbst machte. Mir war überhaupt nicht klar, wie das funktionieren sollte.

Aber Lisanne war von meinem Vorhaben uneingeschränkt begeistert und plante mein erstes Mal mit Levian im Detail durch.

»Du lässt dir am besten jetzt schon die Pille verschreiben, denn das mit dem Kondom ist kompliziert und unromantisch. Außerdem schmeckt es nach Gummi. Du kannst ja mal ein Gummiband lutschen, dann bekommst du einen ungefähren Eindruck, wie das schmeckt. Und leg dir ein Handtuch unter die Hüfte, denn du wirst bluten wie ein abgestochenes Schwein. Man fühlt sich übrigens auch so wie ein abgestochenes Schwein. Also mir hat das erste Mal, an das ich mich erinnern kann, höllisch wehgetan. Am besten nimmst du etwas Gleitcreme oder Babyöl, dann wird es nicht ganz so schlimm. Da gibt es auch welche mit Erdbeergeschmack. Und tu um Gottes willen so, als ob es dir ge-

fällt. Du musst schwer atmen. Ungefähr so.« Sie hechelte erst, dann stöhnte sie etwas lauter.

»Sei leise!«, schnauzte ich sie an. »Meine Mutter
denkt sonst noch, wir hätten Sex. Ich weiß schon, wie
man stöhnt.«

»Ja, schon gut. Wenn es richtig weh tut, denk einfach
dran, dass es sowieso in drei Minuten vorbei ist. Länger
hält ein Mann beim ersten Mal nicht durch.«

»Ich glaube, es ist nicht sein erstes Mal.«

»Es wundert mich wirklich, dass vor dir noch andere auf diesen Psychopathen reingefallen sind. Wie auch
immer. Es ist sein erstes Mal mit DIR, er wird sich nicht
beherrschen können. Und lieg nicht einfach nur da,
sondern beweg dein Becken. So.« Sie ließ ihr Becken vor
mir kreisen und bewegte es erst langsam und dann hektisch vor und zurück.

»Twerking?«, fragte ich skeptisch. »Dein Ernst?«

»Genau. Und mach auf keinen Fall das Licht aus. Das
ist prüde. Männer wollen was sehen. Aber wenn das
Licht zu hell ist, sieht man deine Orangenhaut.«

»Das klingt alles irgendwie so unromantisch.«

»Ooooh!«, seufzte Lisanne mit vorgetäuschtem Mitleid
und tätschelte mir die Wange. »Das erste Mal ist nicht
romantisch. Man kommt sich ziemlich blöd dabei vor.«

»Und es tut höllisch weh. Ich habe dich schon verstanden.«

»Gut, dann haben wir jetzt alles Wesentliche geklärt«,
stellte Lisanne zufrieden fest. »Sollen wir noch besprechen, was du vorher alles mit ihm machen kannst?«

»Nein, danke«, lehnte ich schnell ab. Für diesen Tag
hatte ich genug. Außerdem wollte ich nicht, dass Lisanne

so intensiv an meinem Sexleben teilhatte. Es kam mir so vor, als hätte sie sich am liebsten zwischen uns gelegt, dabei war das Ganze nun wirklich eine Sache, die nur Levian und mich etwas anging.

***

Es war erstaunlich leicht, unsere Eltern von der Italienreise zu überzeugen. Herr Brügge befürwortete die Reise aus zwei Gründen: Erstens wollte er, dass Levian wieder ein normales Verhältnis zu seiner Mutter und seinem Bruder aufbaute. Zweitens wollte er sturmfreie Bude mit Babsi haben. Letzteres gab er natürlich nicht zu, aber er traf sich immer öfter mit der vollbusigen Prostituierten und es lag auf der Hand, dass er sie irgendwann mal mit zu sich nach Hause nehmen wollen würde.

Auch meine Mutter sah die Notwendigkeit der Reise sofort ein, denn natürlich sollte Levian seine Mutter besuchen. Sie versuchte uns lediglich vergebens davon zu überzeugen, zusätzlich zum Tauchkurs einen Italienischkurs zu belegen. Mein Vater war gegen die Reise, gegen die Kurse und gegen Levian, hatte aber keine Zeit, seinen Standpunkt zu vertreten. Also kauften meine Mutter und Herr Brügge uns die Flugtickets nach Italien und Cecile spendierte uns einen deutschsprachigen Tauchkurs, wobei die Organisation immer noch ausschließlich über Levians Vater lief, weil Levian sich konsequent weigerte, mit seiner Mutter zu sprechen.

Wir versprachen, das Geld bis Ende Juli in Form von Frondiensten abzuarbeiten: Die nächsten zwei Monate würden nur aus Babysitten, Einkaufen, Keller ausmisten und Fensterputzen für meine Mutter bestehen. Levian musste außerdem im Unterricht mitarbeiten, denn Frau Mint hatte Herrn Brügge in der Sprechstunde mitgeteilt, dass Levian sich immer noch nicht am Unterricht beteiligte. Seitdem hielten Mint und Brügge erschreckend oft Rücksprache in Bezug auf Levians Leistungen. Auch meine Eltern hatten gute schulische Leistungen zur Grundbedingung für den Italienurlaub gemacht: Bei nur einer einzigen Vier auf meinem Zeugnis würden meine Eltern mein Flugticket stornieren. Da ich Levian auf keinen Fall alleine nach Italien fahren lassen wollte, meine Leistungen aber seit Levians Ankunft deutlich abgefallen waren, musste ich wie verrückt für die Schule lernen. Zusätzlich trainierte ich für die öffentliche Abschlussaufführung meiner Tanzschule. Also sahen Levian und ich uns kaum noch außerhalb der Schule und überhaupt selten allein.

Mein schlechtes Gewissen wuchs. Ich tat das Ganze, weil ich verliebt war, weil ich mit Levian in Italien Urlaub machen und seine Mutter kennenlernen wollte. Vielleicht würde ich sogar mit ihrer Hilfe herausfinden, was Levian wirklich für mich empfand. Levian aber nahm das alles nur auf sich, weil er endlich mit mir schlafen wollte. Er zahlte einen ganz schön hohen Preis für drei Minuten Sex. Bestimmt würde er enttäuscht sein von dem, was er von mir geboten bekam.

***

In dieser Zeit der Schufterei, der Warterei und der schnellen, aber intensiven Treffen gab es genau drei Momente mit Levian, in denen er mir zu nahe kam. Nicht körperlich, sondern anders:

Im Juni verbrachte ich einen ganzen Nachmittag bei ihm. Wenn man einen ganzen Nachmittag miteinander verbringt, sich stundenlang über das ganze Alltagszeugs unterhalten und dann stundenlang geküsst hat, dann kommt man zu einem Punkt, der überschritten werden muss. Einem Punkt, an dem mindestens einer dem anderen etwas von sich offenbaren muss. Also öffnete Levian seinen Laptop und sagte: »Ich will dir etwas zeigen.«

Sein Desktop war übersät mit Bilderordnern. In jedem Ordner waren nur einige Fotos von jeweils ein und demselben Menschen: Eine alte Frau im Park, eine Verkäuferin an der Kasse im Supermarkt, ein Mann an der Bushaltestelle. Die Fotos zeigten den Menschen immer näher, bis man nur noch sein Gesicht sah. Und all diese unterschiedlichen Menschen hatten eines gemeinsam. Es war ihr Blick. Ein Blick ohne Lächeln. Eine Mischung aus Ernst, Versunkenheit und Leere. Ein Blick, der den Betrachter des Fotos aus dem Bewusstsein der Fotografierten ausschloss.

»Sie sind toll«, sagte ich beeindruckt.

»Ehrlich?«, fragte Levian.

»Ehrlich.«

»Ich kann damit leben, wenn sie dir nicht gefallen.«

»Sie gefallen mir.«

»Darf ich dich fotografieren?«, bat Levian vorsichtig.

»Jetzt?«

»Jetzt.«

»Ich bin aber nicht so ernst wie die«, gab ich zu bedenken.

»Wirklich nicht?«

»Nein.«

»Macht nichts.« Levian holte seine Kamera aus dem Schrank. Als er die Schranktür öffnete, sah ich den Brief, den ich Levian vor ein paar Monaten geschrieben hatte: eine Zeile auf einem Collegeblockpapier. Er war säuberlich auf die Innenseite der Schranktür geklebt. Das heißt doch was, dachte ich. Ich bedeute ihm was.

Umso fröhlicher grinste ich in die Kamera, Levian lachte. Bei jeder Pose, die ich für die Kamera einnahm, versuchte ich, dem Betrachter das Gefühl zu geben, ein Teil meiner Welt zu sein, indem ich möglichst glücklich lächelte, meine Augen möglichst weit aufriss und überhaupt möglichst nicht so ernst in die Welt guckte wie all diese Menschen auf Levians Bildern. Ich wollte nicht so ernst sein, ich wollte einfach nur glücklich durch mein Leben gehen.

Levian drückte mehrmals schnell hintereinander ab, checkte sein Display und lächelte zufrieden. Dass er so zufrieden war, irritierte mich.

»Was ist?«, fragte ich skeptisch, während er mich weiter fotografierte.

»Nichts«, sagte er, beobachtete mich wieder, wartete kurz und drückte dann ab.

»Das reicht«, stellte er irgendwann zufrieden fest und schloss die Kamera an seinen Laptop an. »Du darfst erst gucken, wenn ich es dir sage.«

Also machte ich uns in der Küche eine griechische Vorspeisenplatte und stellte dabei zufrieden fest, dass ich meine Mutter in Bezug auf ihre Kochkünste überrundet hatte. Meine Kinder würden nicht mit 15 Restaurant-Flyern, sondern mit 15 mediterranen Gewürzen groß werden.

»Fertig!«, rief Levian, als ich gerade das Pita-Brot in den Ofen schob.

Gespannt trat ich vor den Laptop. In dem Ordner »Annika« waren genau fünf Bilder: Annika sieht gedankenversunken auf ihre nackten Unterschenkel. Zoom. Annika betrachtet ernst ihre Handinnenfläche. Zoom. Annikas Blick weilt, nicht lächelnd und nichts sagend, auf der Kamera. Zoom. Annika blickt leer auf die leere Wand über dem Bett. Zoom. Annika mit gesenkten Lidern und ausdruckslosem Mund.

Erst betrachtete ich die Bilder ungläubig, denn ich konnte mich nicht an die Momente erinnern, in denen sie aufgenommen worden waren. Levian hatte anscheinend in meinen Denk- und Posingpausen abgedrückt und auf diese Weise eine Seite von mir eingefangen, die ich selbst nicht sehen konnte. Nicht sehen wollte. Eine ernste, in sich versunkene Annika, an deren Gedanken der Betrachter nicht teilhaben durfte. Eigentlich waren die Bilder wunderschön, aber ihr Anblick lähmte mich. Sie zeigten, wie Levian in mich hineingesunken war und etwas heraufgeholt hatte, das nicht für andere Menschen bestimmt war. Es war ein kleines bisschen Annika-Sand. Etwas, das unten bleiben sollte im sicheren Dunkel.

»Sie sind schön, aber das bin nicht wirklich ich«, log ich und klickte die Bilder weg.

Am nächsten Tag in der Schule hatte ich einen richtigen visuellen Flash: Ich sah die Welt auf einmal durch Levians Augen. All diese Menschen in meiner Klasse, wie sie lästerten und lachten und lauthals lamentierten und zwischendrin plötzlich für den Bruchteil einer Sekunde restlos verloren wirkten in dem Stimmen- und Menschengewirr. Ernste Seelen, die für einen kurzen Moment ihre Einsamkeit entblößten, ohne sich dessen bewusst zu sein. Selbst das allzeit gut gelaunte Spaßbündel Lisanne hatte diese Momente, in denen sie gedankenverloren zum Fenster hinaussah, und nicht einmal ich, ihre allerbeste Freundin, hatte eine leise Ahnung, was in ihrem Kopf vorging. Welcher Gedanke hatte sie für einen kaum merklichen Moment aus der Klasse in ihr eigenes Ich katapultiert?

***

Das zweite Mal, das Levian mir zu nahe kam, war während meines letzten Tanztrainings Anfang Juli. Wir hatten die Aufführung erfolgreich hinter uns gebracht. Wie jedes Jahr hatte meine Tanzlehrerin für die letzte Modern-Stunde vor den Ferien einen Pianisten engagiert und die Stunde für unsere besten Freunde und engsten Verwandten geöffnet. Es war die Stunde, in der wir noch einmal das Training des letzten Jahres zelebrierten. Wir tanzten keine Choreographien, sondern ergaben uns ein letztes Mal in die Routine unseres Warm-ups, in die endlosen Wiederholungen, die unseren Körper stählten, die ihn funktionieren ließen in befriedigender Zuverlässigkeit. Es war der Tag, an dem wir hofften, unseren Körper über diese Zuverlässigkeit hinauszuheben und ihm etwas abzuverlangen, das wir am Anfang des Jahres oder vielleicht noch vor zwei Wochen für unmöglich gehalten hätten.

Die Zuschauerbänke im Ballettsaal waren in dieser Stunde wie immer rappelvoll. Levian saß nicht weit von mir entfernt auf einer der vordersten Bänke und beobachtete mich aufmerksam. Ich war heute viel zu nervös, um wirklich gut zu sein, und bereute schon, ihn mitgenommen zu haben zu dieser letzten, heiligen Tanzstunde vor den Ferien. Es gab außerdem einige hübsche Tänzerinnen im Saal, manche noch ehrgeiziger und talentierter als ich. Vielleicht würde Levians Blick bald von mir abgleiten zu einer der anderen. Zu Gina Paula Sofia, von allen der Einfachheit halber GPS genannt: Eine bildschöne Hippie-Braut mit schwarzbraunen Locken, riesigen Augen und einem unschlagbaren Teint. Sie ging auf unsere Schule in die zwölfte Klasse, trug ausschließlich Batikshirts, Leder-Flipflops, weite Hosen und Muschelschmuck an Lederbändern um ihren Hals, ihre Handgelenke und ihre Fußgelenke. Das ganze Outfit war, so dachte ich zumindest, nur eine Abwehrhaltung gegenüber dem geschmacklosen Goldkettchen-Reichtum ihrer Eltern, aber sie sah darin verdammt gut aus. Wahrscheinlich war sie Levian schon in der Schule aufgefallen und er hatte sie in ihren engen schwarzen Trainingsklamotten sofort wiedererkannt.

Inmitten meiner Eifersuchtsgedanken begann der Pianist zu spielen. Die ersten Akkorde rauschten durch den Saal.

»Augen geschlossen!«, befahl Elly, unsere Lehrerin.

Ich schloss die Augen.

»Bounces! And a one and a two and a three and a four!«

Und unsere Körper bogen sich in die Bounces, ergaben sich in eine endlos anmutende Anzahl extrem anstrengender, aber höchst ästhetischer Übungen, zum letzten Mal in diesem Sommer, zum letzten Mal in diesem Körper, überhaupt zum letzten Mal. So fühlte sich diese Tanzstunde immer an. Wie ein letztes Mal. Und ich versank. Und Levian war vergessen. Und die Klaviermusik spülte durch meinen Körper wie das Ende von Wellen am Strand. Und mein Körper gehorchte dem, was ich hörte, und mein Körper war das, was ich fühlte.

Irgendwann verstummte das Klavier, ich tauchte auf und Elly rief laut in den Raum: »Ich danke unserem wundervollen Pianisten, ich danke meinen wundervollen Tänzerinnen und ich wünsche allen hier schöne Ferien!«

Der Applaus setzte ein und ich warf Levian einen prüfenden Blick zu. Er klatschte nicht, sondern saß einfach nur da und sah mich abwesend an.

»Was ist?«, fragte ich irritiert, als der Applaus abebbte und die Leute aus dem Saal drängten.

Er schüttelte nur den Kopf. Dann stand er auf und nahm mich in die Arme. Richtig in die Arme.

»Annika«, sagte er leise an meinem Ohr vorbei.

»Ja?«

»Was denkst du, wenn du tanzt?«

»Ich zähle und gebe Befehle an meine Körperteile«, stellte ich trocken fest.

»Nein«, flüsterte Levian und schüttelte den Kopf. »Da ist mehr. Was denkst du?«

»Nichts. Ich denke nichts.«

»Hast du eine Ahnung, wie es ist, dich tanzen zu sehen? Hast du eine Ahnung, wer du bist, wenn du aufhörst zu denken und einfach nur du selbst bist?«

»Nein. Keine Ahnung«, entgegnete ich und drückte ihn ein bisschen von mir weg. »Da gibt es diesen Schweizer Clown. Er heißt Dimitri und er behauptet, dass man auf der Bühne irgendwann aus sich heraustreten und sich selbst sehen kann. Aber davon bin ich noch meilenweit entfernt.«

»Wenn du beim Tanzen aus dir heraustreten und dich sehen könntest, würdest du dich lieben«, sagte Levian zärtlich. Er drehte sich um und rief im Weggehen: »Ich warte draußen auf dich.«

***

Am nächsten Tag kam ich erst später in der Pause zu unserer Bank, weil ich vorher noch mit Lisanne auf die Toilette gegangen war. Zu meinem Erstaunen saß Levian nicht alleine dort. Ein zierliches, unverschämt braungebranntes Mädchen mit dunkler Lockenpracht hatte sich zu Levian auf die Bank gesellt. Gina. Gina Paula Sofia. GPS. Mir wurde spontan schlecht. Ginas rechte und Levians linke Schulter berührten sich und ihre Gesichter waren dicht beieinander, weil sie sich leise und angeregt unterhielten. Was war das? Seit Neuestem sprach mein schweigsamer Psychopath also auch mit den Mädchen dieser Schule. Bis dahin war ich noch nicht wirklich in die Verlegenheit gekommen, richtig eifersüchtig zu sein, aber auf einmal schien Levians Charme sich auf bedrohliche Weise auch dem Rest der Damenwelt zu erschließen. Es war zum Kotzen.

»Levian?«, rief ich und blieb mit etwas Abstand stehen. Die beiden drehten mir synchron ihre Gesichter zu. Gina lächelte und winkte mir zu: »Hey, Annika!«

»Hi, Gina!« Was wollte die alte Schlampe von meinem Freund?

»Setz dich zu uns!«, forderte mich Levian mit einem einladenden Lächeln auf. Doch ich rührte mich nicht von der Stelle, sondern starrte mit hochgezogenen Augenbrauen von einem zum anderen.

»Guck nicht so böse«, raunte Gina. Zum ersten Mal fiel mir auf, dass ihre tiefe rauchige Stimme einen extrem attraktiven Kontrast zu ihrer zierlichen Figur bildete. Ein Grund mehr, sie zu hassen. Ein Grund mehr, selbst kein Wort herauszubringen.

Da lachte Gina ein tiefes raues Lachen und rief: »Ach, komm schon, Annika! Du bist ein Glückskind. Der Typ neben mir auf der Bank ist echt heiß. Aber er scheint dir zu gehören. Er ist dir restlos verfallen. Die Bank und Levian sind dein ausgewiesenes Eigentum. Da nehme ich doch lieber mal die Finger weg.«

Es sollte lustig sein und klang nicht einmal fies, aber es fühlte sich an wie eine gut platzierte Ohrfeige. Endlich nahm Gina ihre Hand von Levians Knie und gesellte sich zu einigen Jungs aus ihrem Jahrgang in die illegale Raucherecke hinter den Bäumen. Man sah die Raucher natürlich von Weitem, aber die Lehrer hatten es schon längst aufgegeben, die nikotinsüchtigen Kinder anderer Leute immer wieder aufs Neue aus der Ecke zu verscheuchen.

Levian streckte seine Hand nach mir aus, zog mich neben sich und lächelte mich an. Eine Glanzleistung. In dieser Situation lächelte es sich einfach für ihn.

»Was wollte die Hippie-Schlampe?«, fragte ich frostig.

»Uns auf ihre Geburtstagsparty einladen.«

»Uns?«

Levian nickte eine unentschlossene indische Acht: »Mich. Und ich habe ihr gesagt, dass ich dich als Begleitung mitnehme!«

»Wow. Ich fühle mich so erwünscht. Es war sicherlich nicht Ginas ursprünglicher Plan, ein Pärchen auf ihre Party einzuladen. Die Einladung galt doch nur dem heißen Typen neben ihr auf der Bank.«

»Mir egal.« Levian zuckte gelassen mit den Schultern. »Ich will auf diese Party. Die haben ein riesiges Haus am See. Der teure Rotwein aus dem Weinkeller ihrer Eltern wird in unaufhaltsamen Strömen in unsere Kehlen fließen, wir werden nackt im Mondlicht baden und wenn du betrunken genug bist, vergnügen wir uns mit der süßen Gina.«

Ich schlug ihm mit voller Kraft die Faust in den Oberarm. »Geht's noch?«

Levian hielt mich grinsend am Handgelenk fest, damit ich nicht weiter auf ihn einschlagen konnte, und seufzte: »Ich fand die Vorstellung romantisch.«

Dann küsste er mich. Auf der Bank. Zum ersten Mal vor allen anderen. Es war kein Zungenkuss, aber ein langer, warmer Kuss auf den Mund. Als seine Lippen sich wieder von meinen lösten, sagte er: »Lass uns einfach mal unter Leute gehen. Ich war so lange nicht mehr auf einer Party und du auch nicht. Und zusammen waren wir sowieso noch nie richtig aus. Komm, Annika. Wir haben ein Date, ja? Ich nehme dich am Samstagabend mit auf diese Party und wir amüsieren uns.« Seufzend fügte er hinzu: »Und ich verzichte auf die süße kleine Hippie-Braut. Du reichst mir. Du bist mehr, als ich verdient habe. Wirklich.«

Levian legte den Arm fest um mich und ich lehnte meinen Kopf an seine Schulter. Wir hatten ein Date. Auf einer Rich-Kid-Party. Mal abgesehen von der Gastgeberin war der Gedanke an die Einladung verlockend. Meine Eltern waren gutbetuchte Akademiker, mit und von denen es sich gut leben ließ, aber wir waren nicht im eigentlichen Sinne reich und ich war noch nie auf einer Rich-Kid-Party gewesen. Ich war überhaupt schon lange nicht mehr auf einer Party gewesen.

Nachtseideninsel

Meine Mutter war begeistert von der Einladung. Endlich ging ihr kleines, viel zu braves Mauerblümchen mal wieder aus. Und insgeheim hoffte sie bestimmt, dass ihre Tochter auf dieser Elite-Party den Sohn eines reichen Geschäftsmannes kennenlernen würde. So hätte das Geld der Ertmann-Familie nicht nur erhalten bleiben, sondern sich durch eine romantische Hochzeit im großen Stile sogar vermehren können. Levian war zwar ein ganz netter Kerl, der Zeitung las, gut in der Schule war und sich vor allem ganz rührend um Jona kümmerte, aber die Brügges waren finanziell gesehen einfach keine gute Partie. Da kam ja nicht einmal ein anständiges Erbe rein.

Also schleppte meine Mutter mich in den Designer-Second-Hand-Shop, in dem sie selbst ihre Kleidung abgab, und kaufte mir ein hauchdünnes, ultra-elegantes schwarzes Sommerkleidchen und schwarze, mit winzigen Strass-Steinen besetzte Pumps, die mir so hoch vorkamen wie das Empire State Building.

»DU kannst das noch tragen, mein Schatz!«, rief meine Mutter seufzend aus, als ich aus der Umkleidekabine trat. »Das Kleid sieht einfach umwerfend aus! Ach, in deinem Alter hatte ich auch noch so eine Figur, aber zwei Kinder ruinieren deinen Körper, sage ich dir. Eins kann der Körper ja noch verkraften, aber die Schwangerschaft mit Jona hat mein Bindegewebe zerstört.«

Meine Mutter ließ mich nicht nur ihre Anti-Falten-Creme benutzen, sie lieh mir auch noch eine ihrer Silberketten mit passenden Ohrringen und mein Outfit war perfekt.

Lisanne war völlig am Ende, als sie vorbeikam, um das Resultat zu bewundern. Ich wollte ihr das Ganze eigentlich ersparen, aber sie hatte darauf bestanden, wenigstens mein Outfit zu fotografieren, wenn sie schon nicht mitkommen konnte. Sie schoss gefühlte hundert Fotos und bettelte ungeniert: »Bitte, Annika, nimm mich mit. Du kannst alles haben, was du willst. Meine Dessous, meine Hausaufgaben für die nächsten fünf Jahre, Marvin.«

»Nein, danke«, lachte ich. »Ich würde dich wirklich liebend gerne mitnehmen, aber ich bin doch selbst nur Begleitung.«

»Ich mache mich auch so klein, dass ich in deine Handtasche passe. So klein wie ein Kaugummi unter deinem ultraschicken Schuh.«

»Hör auf. Ich habe doch sowieso schon ein schlechtes Gewissen, weil ich dich nicht mitnehmen kann. Eigentlich will ich gar nicht auf diese bescheuerte Party. Ich werde die Vorstellung nicht los, dass Gina mich heute Abend in einen tiefen Brunnen schmeißt und Levian mit ihren Lederhalsbändern für immer an ihr Bett fesselt.«

Lisanne hob den Zeigefinger: »Du solltest nicht so viele Horrorfilme und erst recht keine Pornos gucken.«

»Ich gucke weder noch.«

»Ach ja, das war ja ich«, räumte Lisanne kichernd ein.

In diesem Moment betrat Levian das Zimmer und Lisanne verschlug es ausnahmsweise mal die Sprache. Levian hatte sich eine Krawatte und ein weißes Hemd von seinem Vater geliehen und sein Vater hatte ihm einen schicken grauen Anzug spendiert. Er hatte sich etwas Gel in die Locken geknetet und sah aus wie ein Gott. Selbst Lisanne erkannte offensichtlich endlich, wie sexy Levian eigentlich war, und das erfüllte mich mit unbändigem Stolz. Total albern, ich weiß, aber so war es eben.

»Seit wann bist du hier?«, fragte ich, nachdem Lisanne aufgehört hatte, im Kreis zu springen und kreischend Levians Aussehen zu kommentieren. »Ich habe die Klingel gar nicht gehört.«

Levian sah mich schuldbewusst an und schien nach einer Erklärung zu suchen: »Deine Mutter hat den Fahrstuhl gehört und mir die Tür geöffnet. Wir haben uns noch kurz in der Küche unterhalten.«

»Unterhalten? Worüber denn? Kochrezepte und Restaurantflyer?«

»Über den Urlaub.« Levian war seltsam kurz angebunden, aber vielleicht war er einfach nervös wegen Lisannes Reaktion auf seinen Look und wegen der bevorstehenden Party.

***

Als Levian und ich aus dem Wagen meiner Mutter stiegen und Hand in Hand das Anwesen betraten, waren wir ein Paar. Nie zuvor war mir dieser Sachverhalt so bewusst gewesen. Menschen, die Hand in Hand auf Partys auftauchten, waren zusammen. Offiziell und für die ganze Welt. Allerdings hatte ich mir das Ganze etwas anders vorgestellt. Ich hatte mir Paarsein als etwas vorgestellt, das irgendwann einmal ausgesprochen wurde. Also ungefähr so:

»Was ist das nun eigentlich zwischen uns?«

»Du meinst das zwischen dir und mir?«

»Ja, was ist das zwischen dir und mir?«

»Ich glaube, wir sind zusammen.«

»Sind wir das?«

»Ich hoffe es. Ich wäre gerne mit dir zusammen.«

»So richtig?«

»Ja. So richtig und für immer. Und du?«

»Ich wäre auch gerne mit dir zusammen. So richtig und für immer.«

Und dann küsst man sich und weiß endgültig, dass man zusammen ist. So richtig. Und für immer. Aber so ein Gespräch hatte zwischen Levian und mir nie stattgefunden. Es kam mir vor, als seien wir uns irgendwie mit der Zeit immer näher gekommen und nun waren wir eben aus Versehen zusammen. Stillschweigend. Hand in Hand.

Das riesige Flügeltor stand offen und gab den Blick auf eine breite Auffahrt frei, die zu einer dreistöckigen Villa führte. Nur das Erdgeschoss war hell beleuchtet, die oberen Stockwerke standen offensichtlich nicht für die Party zur Verfügung. Rechts neben der Villa befanden sich drei geschlossene Garagen für den Fuhrpark der Familie. Links vor dem Haus parkte das Geburtstagsgeschenk: ein mit großen Schleifen eingebundenes Cabriolet. Klein, aber fein. Und über der Eingangspforte prangte in großen Leuchtbuchstaben der Name des Geburtstagskindes: Gina Paula Sofia. In diesem Moment wurde mir schlagartig klar, was für ein Leben GPS' Familie führte: GPS' Eltern flogen mit einem Privatjet ein, um sie vom alljährlichen Segelkurs an der Nordsee abzuholen. Und GPS war von vier Kindermädchen und einem Gärtner großgezogen worden, weil GPS' Papa sich abwechselnd geschäftlich in Saudi Arabien und zur Erholung auf den Top-Golfplätzen dieser Welt aufhielt, und ihre Mutter, die mindestens fünfundzwanzig Jahre jünger war als GPS' grau melierter Papa, zwanzig Wochen im Jahr Wellness-Kuren in Fünfzehn-Sterne-Hotels machen musste. GPS würde ihre Batik-Shirts irgendwann gegen Gucci-Shirts eintauschen und dachte deshalb über eine Brustvergrößerung nach. Sie schmierte sich schon seit ihrem zwölften Lebensjahr irgendeine teure Faltencreme mit Selbstbräuner auf den ganzen Körper. Ihr älterer Bruder würde eines Tages die Firma seines Vaters übernehmen, deswegen studierte er an irgendeiner Elite-Universität in England und trug jetzt schon maßgeschneiderte Anzüge von Armani. Er hatte an jedem Finger eine Verehrerin, weil er aussah wie ein Armani-Model und auftrat, als gehöre ihm bald die ganze Welt. Und dieser Gedanke war nicht einmal so abwegig.

In der Eingangshalle der Villa standen zwei Butler, um die Gäste zu empfangen. Wahrscheinlich nennt man diese Menschen gar nicht mehr so, aber die beiden sahen aus wie der Typ aus »Dinner for One«: schwarz gekleidet, mit einer weißen Stoffserviette über dem Arm.

Lächelnd hielten sie uns ein Tablett mit rosa Sekt entgegen. Also waren es Butler.

»Herzlich Willkommen!«, begrüßten uns die beiden nun leise.

»Dankeschön!«, antworteten wir und nahmen uns jeder ein Glas rosa Sekt.

»Es dürfen heute Abend leider keine Bilder gemacht werden«, entschuldigte sich einer der Butler und nahm Levian die Kamera ab.

»Okay«, sagte Levian mit einem höflichen Lächeln. »Passen Sie gut auf mein Baby auf.«

»Selbstverständlich!«

»Lecker, der Sekt«, flüsterte ich Levian zu.

»Champagner«, flüsterte Levian zurück. Er sah in seinem grauen Anzug mit Krawatte mindestens fünf Jahre älter aus. »Arschteuer, das Zeug, und schmeckt auch nicht viel besser als normaler Sekt.«

»Levian!«, hörten wir GPS in diesem Moment rufen. Mit ausgebreiteten Armen kam sie auf Levian zugestürmt. Mir blieb der Mund offen stehen bei ihrem Anblick. Sie trug eine schwarze Schlaghose und ein weites weißes Feinstrick-Oberteil. Beides war derart durchsichtig, dass es den Blick auf die schwarze Spitzenunterwäsche darunter freigab. Das ganze Outfit wirkte völlig überreizt und verwandelte die wirklich hübsche GPS in das Sexobjekt des Abends.

»Wow! Du bist barfuß!«, merkte Levian an und drückte zur Beruhigung meine Hand. GPS lachte gekünstelt auf, küsste erst Levian, dann mich auf beide Wangen und sagte: »Schön, dass ihr gekommen seid. Fühlt euch wie zu Hause.« Sie warf ihre Lockenpracht hinter die

Schultern und begrüßte die nächsten Gäste mit der gleichen Überschwänglichkeit wie uns. Die ganze Nummer wirkte insgesamt ziemlich lächerlich.

»Ich fühle mich wie zu Hause!«, raunte Levian und zog mich einigen Gästen hinterher ins nächste Zimmer. Wir durchquerten einen riesigen Raum, der mit einem bordeauxroten Teppich, schweren Sofas, dunkelbraunen Regalen, goldenen Beistelltischen und Skulpturen ausgestattet war.

»Oh mein Gott, wie geschmacklos«, wisperte ich in Levians Ohr.

»Tja, liebe Annemarie«, Levian gelang es erstaunlich gut, die angestaubte Ausdrucksweise und die Stimme meines Vaters zu imitieren. »Geschmack kann man eben nicht kaufen.« Er fand die ganze Einrichtung also auch abgrundtief hässlich.

Ich ahmte die aufgesetzt hohe Stimme meiner Mutter nach: »Kitsch as Kitsch can!«

»Bitte nicht so laut, Liebes, sonst erben wir diese Villa nie.«

»Gott bewahre«, flüsterte ich. »Oder der schwule Psychopath, der mit unserer Tochter ausgeht, hört uns, bringt dich um und vergewaltigt mich anschließend.«

»Oh, Ersteres wäre ganz fürchterlich!«

Während wir kichernd die Lounge durchquerten, stellte ich fest, dass ich die meisten Gäste noch nie gesehen hatte. Hier war praktisch niemand aus unserer Schule anwesend, geschweige denn irgendjemand aus unserer Jahrgangsstufe. GPS verkehrte eindeutig in anderen Kreisen. Neugierig musterte ich die Outfits der anderen Mädchen mit ihren Seitenscheitel-Bart-und-

Anzug-Freunden, um festzustellen, dass Levian und ich im Vergleich zu den anderen Gästen hoffnungslos underdressed waren. Ich bildete mir ein, jedes dieser Kleider schon einmal in einer Modezeitschrift beim Arzt gesehen zu haben. Mein Kleid dagegen war zwar hübsch, aber bestimmt nicht von dieser Saison und auch nicht von der letzten.

»Was für ein schönes Haus!«, rief ich in Richtung GPS, die uns gefolgt war.

Levian versetzte mir mit seinem Ellbogen einen Stoß in die Rippen und sah mich streng an. Ich setzte meinen unschuldigen Blick auf und formte mit meinen Lippen das Wort »Notlüge«.

»Danke«, warf GPS mir über die Schulter zu. »Das ist das Verbrechen eines angesagten Innenarchitekten, ich habe damit nichts zu tun.«

Sie wollte so gern ein armer Hippie sein, aber den Stolz auf das Vermögen ihrer Eltern konnte sie dennoch nicht verbergen.

Wir gelangten zum Buffet, das sich über drei lange Tische erstreckte. Ich scannte die Platten und wusste innerhalb von Sekunden, dass ich heute nur Kroketten essen würde. Der Rest bestand aus wabbeligen Tintenfischen, wurmartigen Krabben, kakerlakenartigen Hummerviechern und Garnelen, deren Fühler zitterten, als hätte man sie vergessen zu schlachten.

»Yammi!«, murmelte Levian anerkennend und grinste mich an. Er wusste natürlich, dass mir nichts von alldem schmecken würde. Ich hasse Fisch. Ich hasse alles, was aus dem Wasser kommt.

Zwei Kellnerinnen standen rechts und links vom

Buffet und lächelten uns an. Wahrscheinlich nannte man diese Frauen, die auf großen Partys reiche Leute bedienten, auch nicht Kellnerinnen, aber sie sahen aus wie Kellnerinnen und mein Vokabular reichte für die Dimensionen dieses Reichtums einfach nicht aus.

GPS klatschte in die Hände und rief: »Esst, was das Zeug hält, Freunde. Lasst nichts kalt werden!«, woraufhin sich die ersten Grüppchen Richtung Buffet bewegten und zu den Tellern griffen.

Nachdem ich meine vierzehnte Krokette mit Curry-Ketchup in mich hineingestopft hatte, musste ich feststellen, dass sich mein Kleid im Bauchbereich alarmierend ausbeulte und Levian immer noch auf seinen Meeresfrüchten herumkaute. Mir wurde schon vom Zusehen schlecht.

Zu meiner Erleichterung kam GPS in diesem Moment an unseren Tisch und verkündete: »Auf geht's! Wir verlagern die Party in den Garten!«

Also ließen wir unsere Teller stehen, folgten dem Strom der Partygäste nach draußen und stellten uns auf der Terrasse an einen der mit weißen Hussen umhüllten Stehtische, auf denen die Butler kleine Tabletts mit Orangensaft und rosafarbenem Champagner platziert hatten. Das Grundstück verlief leicht abfallend und mündete in einen Uferabschnitt und mit einem langen Holzsteg, der in den See führte. Der gesamte Garten lag im Abendschatten und war mit langen dunkelroten Lichterketten geschmückt, die wie ein Weichzeichner wirkten. Wir sahen alle aus wie braungebrannte, knackige Pfirsiche.

Kaum hatten wir uns nach draußen bewegt, setzte extrem basslastige Musik ein, die Leute jubelten und durch ein Mikrofon begrüßte ein DJ in rasendem Sprechtempo die Gäste. In den nächsten zwei Stunden dröhnte uns Hip Hop und amerikanischer Mainstream in den Ohren. Den anderen Partygästen ging es wie uns: Man musste jubeln, man musste zu einem Sektglas greifen, man musste tanzen. Das Leben war schön. Die Luft war warm, der See glänzte in der letzten Abendsonne und die Musik vibrierte in unseren Körpern.

Ich sah Levian an diesem Tag zum ersten Mal tanzen. Wir waren vorher ja nie miteinander ausgegangen. Er tanzte mehr mit sich alleine als mit mir und er hatte einen ziemlich eigenwilligen Tanzstil, aber er sah beim Tanzen wirklich sexy aus. Dass ich beim Tanzen eine einigermaßen gute Figur machte, wusste ich. Mein jahrelanges Training garantierte mir die anerkennenden Blicke der Jungs und die neidischen Blicke insbesondere der Mädchen, die auf der Tanzfläche völlig gehemmt waren und im schlimmsten Fall nur ein Schritt-Tip-Schritt-Tip neben dem Takt der Musik hinbekamen.

Irgendein angetrunkener Typ tanzte mit GPS. Man sah sie entweder ihre Hüften in allen möglichen Variationen aneinander reiben oder eng umschlungen irgendwo in der Ecke stehen. Im Laufe der Party würden sie sich bestimmt in eines der Zimmer im oberen Stockwerk zurückziehen.

Nachdem die Nacht sich wie eine schwarze Samtdecke über den ganzen Himmel gelegt hatte und nur noch die Lichterketten sanfte rote Kugeln in die Dunkelheit malten, begannen die ersten nassgeschwitzten Partygäste, vom Steg in den See zu springen.

Auch Levian zog sich ohne Vorankündigung aus und rief: »Komm, Annika! Ab ins Wasser!«

»Ich habe keinen Bikini drunter«, entgegnete ich und rührte mich nicht vom Fleck.

»Dann spring im Schlüpfer rein. Machen die anderen doch auch!« Und schon lief Levian zum Steg hinunter und sprang kopfüber ins Wasser. Ich stürzte hinter ihm her ans Ufer des Sees. Dort war es schon so dunkel, dass das Wasser schwarz und scheinbar endlos tief vor mir lag. Ein feiner Lichtersaum aus hell erleuchteten Fenstern markierte das plötzlich viel zu weit entfernte andere Ufer. Die Lichter würden Himmel und Wasser nur noch so lange voneinander trennen, bis auch der letzte Mensch schlafen gegangen war. Nervös suchte ich die Wasseroberfläche nach Levian ab, bis ich ihn endlich erspähte. Er paddelte ohne Halt für seine Füße im schwarzen Wasser herum und tauchte immer wieder unter. Die Zeit, die er unter Wasser blieb, erschien mir unerträglich lang. Verängstigt starrte ich auf den See, um Levian, der immer weiter hinaus auf den See schwamm, nicht aus den Augen zu verlieren. Irgendwann tauchte er unter und blieb solange unter Wasser, dass ich die Tränen nicht mehr zurückhalten konnte.

»Hey, er kommt schon wieder raus«, beruhigte mich die Blondine neben mir und klopfte mir aufmunternd auf die Schulter. Sie hatte als Erste entdeckt, dass ich weinte.

»Ich weiß«, erwiderte ich, ohne die Stelle aus den Augen zu lassen, an der Levian untergetaucht war. »Ich habe einfach nur Panik.«

»Warum?«, fragte die Freundin der Blondine mit besorgter Miene. »Das ist doch nur ein See. Da passiert schon nichts. Kannst du nicht schwimmen?«

»Natürlich kann ich schwimmen«, erwiderte ich pikiert.

»Warum springst du dann nicht einfach mit rein?«

»Ich hatte einen Unfall, als ich sieben Jahre alt war. Ich bin ins Eis eingebrochen und wäre beinahe ertrunken.«

»Das ist ja dann noch einmal gut ausgegangen«, sagte die Blondine mit aufgesetzter Fröhlichkeit.

»Ja, für mich«, flüsterte ich kaum hörbar. Wie einfach es war, mit Fremden über diese Dinge zu sprechen, und wie schwer es war, die ganze Wahrheit zu erzählen.

»Und jetzt ist der See doch gar nicht zugefroren«, fügte die Freundin der Blondine hinzu.

»Das ist schwer zu erklären«, murmelte ich. »Ich habe es einfach nicht so mit offenem Gewässer.«

In diesem Moment kam Levian über die Leiter zurück auf den Steg geklettert und schüttelte seine Locken über mir aus wie ein Hund. Das war gut, denn so sah er nicht, dass ich geweint hatte. Er schnappte sich ein Handtuch von dem auf einem Gartentisch platzierten Handtuchstapel, trocknete sich ab und schlüpfte ohne Unterhose wieder in seinen Anzug. Natürlich erzählte ich ihm nicht, dass ich eben noch voller Panik die schwarze Wasseroberfläche nach ihm abgesucht hatte.

Wir hörten, wie der DJ eine deutsche Schlager-Schnulze auflegte, und sahen vom Ufer aus, wie sich auf der Tanzfläche eng umschlungen tanzende Pärchen in Bikini und Badehose bildeten.

Auf einem der Stehtische waren neue Tabletts mit

frisch gefüllten Champagnergläsern, also gönnten Levian und ich uns einen weiteren Schluck. Ich nippte an meinem Champagner, sah mir die Leute an und kam mir vor wie die Kabelträgerin in einer Baccardi-Werbung.

Schließlich legte Levian mir von hinten die Arme um die Hüfte, schunkelte ganz dicht an mir und sagte: »Entweder du tanzt jetzt einen Blues mit mir auf diese unglaublich romantische Musik oder du folgst mir unauffällig.«

»Wohin?«, fragte ich misstrauisch. Doch Levian schob mich schon von der Tanzfläche in Richtung Lounge und flüsterte mir ins Ohr: »Komm! Wir sehen uns die Villa mal genauer an.«

»Zerr mich bloß nicht in eines der Zimmer im oberen Stockwerk! So läuft das nicht!«, zischte ich leise zurück. Während die beiden Kellnerinnen unzählige Schüsselchen mit süßer Nachspeise auf dem Buffet platzierten, sahen sie neugierig zu uns rüber.

»Warum nicht?«, wollte Levian wissen.

»Weil wir das, was du vorhast, in Italien machen wollten. Außerdem sind hier so viele Leute. Und jeder merkt, wenn wir jetzt verschwinden. Das ist mir peinlich. Und ich will hier keine weißen Satin-Bettlaken vollbluten. Hast du überhaupt Kondome dabei?«, erkundigte ich mich in der Hoffnung, dass unser Vorhaben schon allein an den fehlenden Kondomen scheitern könnte.

Aber natürlich zog Levian zwei kleine Päckchen aus seiner Hosentasche: »Zwei.«

»Warum zwei?«, fragte ich irritiert.

»Wenn's mit dem ersten nicht klappt, brauchen wir vielleicht ein zweites.«

»Levian, bitte nicht hier.«

»Okay.« Levian schien sichtlich enttäuscht. »Nicht hier, aber lass uns trotzdem sehen, was das alte Haus alles zu bieten hat.«

»Sprichst du von der Villa oder von mir?«, fragte ich schnippisch.

»Annika …« Levians Stimme wurde plötzlich ganz zärtlich. Er zog mich an sich heran und erklärte: »Du musst mir gar nichts bieten. Wie kommst du denn darauf? Ich will doch keine Nummer schieben oder so etwas. Ich will einfach nur deine Haut spüren, dich küssen, ganz nah bei dir sein, verstehst du?«

»Ja, klingt gut.«

»Hör zu«, sagte er und zog mich noch enger an sich. »Eines Tages, wenn es so weit ist und du das wirklich willst, dann musst du gar nichts machen. Mach einfach nur die Augen zu und leg die Arme um mich. Mehr ist es nicht. Mehr will ich nicht.«

»Und wenn ich die Augen zumache, fesselst du mich ans Bett?«

»Nein.«

»Und du ziehst mich nicht plötzlich auf dich drauf und ich muss Dinge machen, die ich gar nicht kann?«

»Nein. Versprochen.«

»Okay. Aber nicht hier und heute.«

»Nein. Nicht hier und heute.« Levian nahm mich in die Arme und küsste mich lange. Irgendwie spürte ich, dass er endlich verstanden hatte, was das erste Mal eigentlich für mich bedeutete: Angst. Angst davor, dass etwas kommen könnte, dem ich nicht gewachsen war oder das ich einfach nicht wollte.

»Und jetzt erkunden wir das Schloss, Prinzessin«, flüsterte Levian und schob mich an den neugierigen Blicken der Kellnerinnen vorbei durch eine Holztür, die breite Treppe hinauf bis in einen spärlich beleuchteten Flur, von dem mehrere Türen ausgingen.

Die erste Tür war verschlossen. Levian wollte sein Ohr an die Tür legen, um zu lauschen, aber ich zog ihn weg und schüttelte vorwurfsvoll den Kopf. Die zweite Tür führte in ein Kinderzimmer mit Stockbett, die dritte Tür gehörte zu einem kleinen Abstellraum.

»Wie wäre es mit einem Quickie in der Besenkammer?«, schlug Levian leise vor.

»Nicht witzig«, erwiderte ich trocken.

Die vierte Tür war die letzte in diesem Gang. Vorsichtig drückte Levian die Klinke runter und wir spähten durch den Türspalt. Nichts regte sich. Nachdem wir uns versichert hatten, dass das Zimmer leer war, schlüpften wir hinein und schlossen die Tür hinter uns ab.

Im schummrigen Licht, das von den Lichterketten im Garten durch die Fenster drang, erkundeten wir das riesige Zimmer. Auch hier dominierte dunkles glänzendes Holz das französische Bett, den schmalen Schrank und die riesige Kommode. Auf der Kommode lagen sorgfältig gebügelte weiße Handtücher. Daneben war ein weißes Waschbecken mit goldenen Armaturen an die mit dunklem Holz verkleidete Wand montiert. Eine schmale Tür führte zum WC. Das Bett war frisch bezogen und zwar, wie ich befürchtet hatte, mit feinstem weißen Satin. Ehrfürchtig setzte ich mich auf die Matratze und streichelte über den Bezug. In meinem ganzen Leben hatte ich noch nie in so samtweicher Bettwäsche geschlafen.

Ich zog vorsichtig mein Kleid etwas hoch und sah prüfend an mir hinunter. In diesem Licht war keine Orangenhaut zu sehen und meine Beine und meine Arme sahen gut aus auf dem weißen Satin-Bettlaken.

»Du bist schön!« Levian beugte sich zu mir herunter und küsste mich. Erst küsste ich ihn zurück, doch als er versuchte, mich auf das Bett zu drücken, stemmte ich mich gegen den Druck seiner Hände und sagte: »Du weißt, dass ich das nicht will!«

»Sorry«, flüsterte Levian, bestürzt über seine eigene Aufdringlichkeit, und zeigte auf den Wulst, der sich durch seine Hose nach vorne drückte. »Ich kann nichts dafür. ER treibt mich dazu, Gewalt gegen dich anzuwenden. Ich will wirklich nur kuscheln, aber er denkt einfach anders.«

»Er denkt?«, wiederholte ich skeptisch.

»Ständig. In einer Tour. Ununterbrochen. Es ist wirklich lästig. Du kannst dir das gar nicht vorstellen.«

»Oh, doch. Ich kann mir das sogar sehr gut vorstellen, denn ich denke auch in einer Tour und ununterbrochen«, entgegnete ich und zog ihn neben mich auf das Bett.

»Ach, DU darfst Gewalt anwenden, ja?«, fragte er mit gespieltem Entsetzen und nahm die Hände hoch.

»Ich kann nichts dafür«, sagte ich lachend und zeigte zwischen meine Beine. »SIE hat gerade das Kommando übernommen.«

»Das klingt aufregend«, murmelte Levian und begann erneut, mich zu küssen.

»Sie will wirklich einfach nur kuscheln«, betonte ich, aber wir wussten beide, dass es vermutlich nicht dabei bleiben würde.

»Sie und mein Kopf sind sich einig«, flüsterte Levian zärtlich und wir küssten und streichelten uns, bis ich an Levians schneller flacher Atmung erkannte, wie erregt er war. Sofort musste ich an Lisannes Drei-Minuten-Prognose denken, an rote Blutflecken auf Satin-Bettwäsche und daran, dass ich mir nicht sicher war, ob ich das alles eigentlich wollte. In Anbetracht der Gedanken, die mir durch den Kopf gingen, kam ich mir ziemlich schäbig vor.

»Du kannst dich nicht wirklich entspannen, oder?«, fragte Levian in meine Zweifel hinein. Es war kein Vorwurf, sondern eine besorgte Feststellung.

»Nicht wirklich«, gab ich zu.

»Weißt du was? Leg dich einfach auf den Rücken, ja? Heute Abend geht es nur um dich, nicht um mich. Du fasst mich nicht an, sondern lässt dich nur anfassen, okay? Ich verspreche dir, dass ich nicht versuchen werde, mit dir zu schlafen, und du kannst jederzeit meine Hand wegziehen, wenn dir irgendetwas zu weit geht, einverstanden?«

»Einverstanden«, flüsterte ich.

Ich legte mich auf den Rücken und Levian begann, mich auf den Mund zu küssen und meine Brüste zu streicheln. Dass ich mich nicht gleichzeitig um ihn kümmern musste, entspannte mich irgendwie und ich ließ Levian einfach machen. Er zog mir das Kleid aus und küsste meine Brüste, nicht fordernd, sondern so, als wolle er jeden Zentimeter meines Körpers mit seinen Lippen und mit seiner Zunge erkunden. Als er meinen Slip vorsichtig von meinen Hüften streifte, überlegte ich kurz, ob ich eingreifen sollte, aber ich war zu neugierig. Was würde er tun? Wie würde er mich anfassen? Wusste er, wie das geht?

Vorsichtig legte Levian seine Hand zwischen meine Beine und begann, sie langsam auf- und abzubewegen. Er wusste, wie es geht, keine Frage. Was er machte, fühlte sich gut und richtig an, aber fast etwas zu vorsichtig. Verwundert über meinen eigenen Mut, nahm ich seine Hand und führte sie. Sein Atem ging immer schneller, er rieb seine Hüfte immer dringlicher an meine und ich fand es wahnsinnig aufregend, dass er derart erregt war, obwohl er nichts weiter tat, als mich zwischen den Beinen zu streicheln.

»Annika?«, stieß er hervor.

»Was ist?«, fragte ich leise und bemerkte beim Sprechen meine eigene Atemlosigkeit.

»Ich mach kurz meine Hose auf, damit da keine Flecken drauf kommen.«

»Okay.«

Levian öffnete seine Hose und kam sofort in das sündhaft teure Satin-Laken. Ich lauschte auf sein unterdrücktes Stöhnen. Vor einem anderen einen Orgasmus zu haben, war ziemlich intim, stellte ich in diesem Moment fest. Man offenbarte dem anderen etwas, das sonst keiner an einem kannte. Bevor ich Skrupel vor meinem eigenen Orgasmus bekommen konnte, konzentrierte ich mich wieder auf Levians immer schneller werdende Handbewegungen zwischen meinen Beinen. Und kurz danach kam ich. Zum ersten Mal mit einer fremden Hand zwischen meinen Beinen. Zum ersten Mal mit einem Jungen. Zum ersten Mal mit Levian. Erste Male hauen einen echt um.

Wir blieben noch lange aneinandergekuschelt liegen.

»Danke«, flüsterte Levian schließlich. »Das war der Hammer.«

»Ich danke«, erwiderte ich. »Und ich will nicht wissen, woher du so genau weißt, was zu tun ist.«

»Keine Sorge, ich werde es dir nicht verraten. Außerdem hast du mir geholfen und das war ziemlich sexy. Du bist echt sexy, Annika.«

Wir rückten unsere Kleidung zurecht und versuchten, das Bett wieder einigermaßen frisch aussehen zu lassen. Dann schlichen wir uns aus dem Zimmer hinaus die Treppe hinunter und an den letzten restlos betrunkenen Partygästen vorbei. Levian holte sich von den Butlern noch seine Kamera zurück, bevor wir die Party verließen, ohne uns von GPS zu verabschieden. Das Taxi brachte erst mich und dann Levian nach Hause. Meine Eltern hatten nicht erlaubt, dass ich die Nacht bei Levian verbringe. Das, was sie mit diesem Verbot eigentlich verhindern wollten, war trotzdem geschehen.

***

Am nächsten Morgen trafen wir uns bei Levian zum Frühstücken. Er hatte den Tisch schon mit lauter kleinen Leckereien gedeckt und eine Kerze angezündet. Die vorangegangene Nacht hatte etwas zwischen uns verändert. Unser Zusammensein hatte sofort etwas ungewohnt Intimes, obwohl wir beide angezogen und ohne Körperkontakt am Frühstückstisch saßen.

Als ich zu meinem Glas griff, entdeckte ich Levians Geschenk. Es war ein kleiner silberner Anhänger mit einem hellblauen rechteckigen Stein. Levian hatte ihn in dem Wasserglas versenkt, das neben meinem Teller stand.

»Danke«, sagte ich, nachdem ich den Anhänger aus dem Wasser gefischt und glücklich betrachtet hatte. »Das ist ein wirklich schönes Geschenk in einer wirklich merkwürdigen Verpackung.«

»Ja.« Levian lächelte und schwieg. Offensichtlich wartete er auf irgendetwas. Schließlich sagte er: »Wie du.« Und das war der dritte Moment, in dem Levian mir zu nahe kam.

»Ich bin ein schönes Geschenk in einer merkwürdigen Verpackung? Wie soll ich das denn jetzt verstehen?«, fragte ich gekränkt.

»Nein.« Levian schüttelte frustriert den Kopf. »Das meinte ich damit eigentlich nicht.«

»Vielleicht könntest du dich ein wenig deutlicher ausdrücken.«

»Ich?« Levian wurde plötzlich wütend. »Ich soll mich deutlicher ausdrücken? Kannst du mir bitte mal verraten, warum du dich nicht einfach freuen kannst? Wenn dir der Anhänger nicht gefällt, kann ich ihn umtauschen.«

»Es geht mir nicht um den Anhänger. Der Anhänger ist schön und ich freue mich über ihn. Das habe ich doch gesagt. Es geht mir nur um deine sonderbaren Andeutungen.«

»Andeutungen worauf?« Seine Stimme war laut geworden.

Ich schwieg trotzig.

»Was für Andeutungen?«, hakte Levian wütend nach.

Und Levian sank in mich hinein. Noch ein Stückchen weiter. Noch näher an das, was nicht für ihn bestimmt war. Annika-Sand in einem dunklen Wasserglas.

»Ach, vergiss es«, zischte ich, schnappte mir den Anhänger, rannte in Levians Zimmer, knallte die Tür hinter mir zu und schmiss mich auf sein Bett. Vielleicht hätte ich damals lieber auf die Straße laufen und mich vor ein Auto werfen sollen. Vielleicht war es das, was man von mir erwartete, was ich wollte, was all meine Probleme lösen würde. Vielleicht war ich der Psychopath in unserer Beziehung und nicht Levian. Ich hatte nämlich keine Ahnung, warum ich nicht sprach, warum ich Levian nicht erzählen konnte, was damals passiert war, warum ich keinen schönen kleinen Anhänger geschenkt bekommen wollte, der in einem Wasserglas ertrunken war.

Levian betrat den Raum, legte sich neben mich und streichelte mir den Kopf. »Jetzt beruhig dich mal wieder!«

Ich schwieg trotzig.

»Was ist los mit dir? Warum redest du nicht darüber, Annika?«, flüsterte Levian und strich mir über den Rücken, aber ich dachte nicht daran, ihm zu antworten.

Seufzend nahm Levian seine Hände von meinem Rücken und drehte sich mit einem Ruck von mir weg: »Manchmal machst du mich so wütend, Annika! Du erzählst mir nichts, aber auch rein gar nichts von deinem Leben, von deiner Vergangenheit, von dir. So läuft das einfach nicht. Hast du eine Ahnung, wie wütend mich das macht? Wie ich mich fühle?«

Ich schwieg. Ich hätte mich nie auf Levian einlassen sollen, hämmerte es in meinem Kopf. Ich hätte mich nie auf irgendjemanden einlassen sollen.

~

Es dringt mit betäubendem Tosen in meine Ohren. In meinen Mund quillt eine erstickender, salziger Schwall. Mit aller Kraft unterdrücke ich das Bedürfnis zu atmen. Ich presse meine Lippen fest zusammen.

~

Langsam drehte ich mich zu ihm. »Du hast recht«, flüsterte ich schließlich, obwohl ich ihn eigentlich hätte anschreien wollen. »Ich habe überhaupt keine Ahnung, was du fühlst. Null. Niente. Nada. Was fühlst du? Vielleicht redest DU einfach mal darüber!«

Levian starrte mich kopfschüttelnd an.

»Sag es mir! Was fühlst du?«

»Ich …«, setzte Levian an und ich spürte, wie er nach den richtigen Worten rang. Zwei weitere hätten mir gereicht, aber er flüsterte: »Ich habe noch dieses Band hier gekauft.« Er zog ein dunkelrotes Samtband aus seiner Tasche und legte es mir auf den Bauch. »Das ist für den Anhänger.«

»Ein rotes Band mit hellblauem Stein? Das ist eine merkwürdige Kombination.«

Levian lächelte aufmunternd: »Wir sind ja auch eine merkwürdige Kombination.«

»Bin ich der Stein oder das Band?«

»Im Moment denk ich eher darüber nach, ob ich dich mit dem Stein erschlagen oder mit dem Band erwürgen soll. Ich wollte dir doch nur ein kleines Geschenk machen. Wieso müssen die Dinge bei uns immer so kompliziert sein?«

Wahre Liebe fühlt sich ganz einfach an, dachte ich frustriert. Ich hätte damals wissen müssen, was Levian mir mit dem Anhänger hatte sagen wollen.

***

In der Nacht vor unserer Abreise hatte ich einen ziemlich verstörenden Traum: Wir befanden uns auf einem kleinen Boot im Meer. Levian und ich. Das Boot hatte keine Ruder mehr und es war weit und breit kein Land in Sicht. Ich trug ein weißes, schlichtes Kleid aus dem 19. Jahrhundert. Zumindest tragen die Frauen solche Kleider meines Wissens nach in Filmen, die in dieser Zeit spielen. Levian trug Jeans, ein weißes Hemd und einen hohen schwarzen Zylinder. Wir tranken Rotwein aus zwei goldenen Kelchen und wussten, dass wir bald sterben würden.

»Du solltest mich töten und aufessen. Vielleicht kommt noch Rettung«, sagte ich zu Levian. Mein Mund war trocken. Ich hatte schrecklichen Durst.

»Aber nein«, erwiderte Levian ruhig und sah melancholisch auf die endlose Wasserfläche um uns herum. »Siehst du die einsame Insel dort?« Und er zeigte weit hinaus aufs Meer. Nichts war dort zu sehen, außer feine graue Wellen, die sich vor dem Horizont kräuselten.

»Ich sehe nichts«, sagte ich.

»Ich weiß.« Levian starrte weiter auf den unsichtbaren Punkt am Horizont. »Wenn das Boot sinkt, werde ich zu dieser Insel schwimmen.«

»Und ich?«

»Du nicht. Du siehst sie ja nicht. Schade. Wir hätten dort zusammen leben können. Du und ich.«

Ich sah ihn zornig an und begann, vor lauter Wut mit beiden Fäusten ein Loch in den Boden des Bootes zu schlagen.

»Hör auf damit«, ermahnte er mich ruhig. »Wir werden beide ertrinken.«

Dann stellte er seinen Kelch ab, lüpfte zum Abschied seinen Zylinder ein kleines Stück vom Kopf, sprang kopfüber ins Meer und kraulte davon.

Ich stand schon bis zu den Knien im Wasser und es würde nicht mehr lange dauern, bis auch der Rand des Bootes in den grauen Kräuselwellen versank. Levians Kelch tanzte vor mir im Wasser, das sich in endloser Weite um mich herum erstreckte, und mir wurde schrecklich kalt. Da begann das Wasser, um mich herum zu frieren. Auf den Wellen bildeten sich winzige Eissplitter, die sich rasend schnell ausbreiteten, bis das ganze Meer von einer dünnen splittrigen Eisdecke übersät war. Das Wasser darunter war schwarz und kalt und ich wusste, das Eis würde mein Boot nicht lange tragen. Also legte ich mich auf den Boden des Bootes und sah in den Himmel. Kaltes, leeres Blau. Es gibt keine Insel, dachte ich, dann atmete ich tief ein.

Als die Eisdecke unter mir brach, schlug das schwarze Meer sprudelnd über mir zusammen und meine Lungen füllten sich mit Wasser. Plötzlich begann ich, panisch zu strampeln, aber jeder Schlag meiner Arme und Beine ließ mich noch tiefer ins Meer hinabsinken.

~

… bis ich mich vollkommen in Dunkelheit verliere. Dann schwindet die Panik, sehr langsam. Ich bewege mich nicht mehr, sondern lasse mich vom Wasser tragen. Ich muss nicht mehr atmen, darf mich nur noch treiben lassen, denn ich weiß, dass ich sterbe.

~

Vorsichtig öffnete ich meine Augen und starrte auf die sternenbetupfte Decke meines Zimmers. So würde es sich anfühlen, zu sterben. So würde es sein.

Der Traum saß mir noch den ganzen nächsten Tag wie ein böser Alp im Nacken. Selbst als wir nach der Sicherheitskontrolle am Düsseldorfer Flughafen Herrn Brügge und meinen Eltern zum Abschied winkten, spukten mir die Bilder durch den Kopf. Während des gesamten Fluges nach Bari war ich heilfroh, dass wir nicht mit dem Boot nach Lecce gefahren waren.

»Du bist so still«, stellte Levian fest, während wir händchenhaltend auf die winzigen italienischen Häuser unter uns schauten. »Hast du Angst vor dem Fliegen?«

»Nein«, erwiderte ich. »Ich habe nur schlecht geträumt.«

»Hast du geträumt, dass wir abstürzen?«

»Nein, dass wir in einem Boot auf dem Meer sitzen

und du ins Wasser springst, um zu irgendeiner Insel zu schwimmen, die gar nicht existiert, und mich alleine in dem Boot zurücklässt. Und dann verwandelte sich das Meer in Millionen von Eissplittern. Das war einer dieser Träume, die sich so fürchterlich real anfühlen.« Das mit dem Ertrinken verschwieg ich lieber, wie immer.

»Eissplitter? Ich frage mich, wann du mir endlich vertraust«, sagte Levian ernst.

»Das war doch nur ein Traum«, beruhigte ich ihn und küsste ihn auf den Mund. Aber natürlich wusste er genauso gut wie ich, dass manche Träume etwas bedeuteten.

Meerweinfamilie

Nachdem wir eine halbe Ewigkeit auf unser Gepäck gewartet hatten, traten wir in den ziemlich leer gefegten Ankunftsbereich des Terminals, aber niemand wartete dort auf uns. Also schulterten wir unsere Taschen und begaben uns nach draußen auf den Parkplatz. Sofort verschlug uns die Hitze den Atem.

Ich schwitze selten. Manchmal denke ich, ich habe viel zu wenig Schweißdrüsen. Meine Tanzlehrerin fährt mir nach dem Training oft mit dem Zeigefinger den Rücken hinunter und sagt abfällig: »Annika, du hast nicht geschwitzt. Du musst härter arbeiten.« Man darf Tanzlehrerinnen nicht widersprechen, wenn sie einen kritisieren, sondern man muss ernst nicken oder sich für die Kritik bedanken, sonst ist man gleich unten durch. Also sage ich nichts und denke mir, dass ich einfach mit zu wenig Schweißdrüsen geboren bin, weniger stinke und ganz viel Gift in meinem Körper speichere, was laut Lisanne irgendwann zu Arterienverkalkung oder einer unheilbaren Autoimmunkrankheit führen wird. Das Wissen über die Risiken hat bisher leider nichts an meiner mickrigen Schweißproduktion geändert.

Umso erstaunter war ich darüber, wie meine Schweißdrüsen auf die süditalienische Hitze reagierten: Schweiß
perlte mir auf der Stirn, Schweiß lief mir den Rücken hinunter und Schweiß bildete sich in meinen Kniekehlen.
Willkommen in Süditalien. Ich strahlte Levian an und
schwitzte glücklich vor mich hin.

Schließlich rief eine laute Männerstimme hinter
uns:»Levian! Annika! Benvenuto!«

Ein weißhaariger Mann stand mit weit geöffneten
Armen vor dem Taxistand und winkte uns zu. Levians
Mutter war nirgends zu sehen.

»Das ist Davide«, stellte Levian trocken fest.

Schnell winkte ich zurück, Levian nicht. Stattdessen
stiefelte er mit finsterer Miene auf Davide zu. Je näher
wir kamen, desto kleiner wurde der Mann. Und als er
mich in die Arme schloss, war er gerade mal genauso
groß wie ich.

»Annika! Bella! Come stai? How arre you?«, fragte
Davide mit starkem italienischen Akzent. Er rollte das R
so auffällig, dass es sich anhörte, als würde jedes engli-
sche Wort ein R enthalten. »I am Davide Gianelli. How
was your trip?«

Dass wir uns hier nur auf Italienisch oder Englisch
verständigen konnten, hatte ich bis zu diesem Moment
vollkommen verdrängt. Jetzt kramte ich gedanklich in
Frau Mints Englischstunden, um nicht sofort dem Kli-
schee einer sprachdebilen Deutschen zu entsprechen.

»Fine! We are fine! Nice to meet you, Davide!«, erwiderte ich und mein Englisch klang wohl ungefähr so
deutsch, wie Davides Englisch italienisch klang.

Wir haben damals mehr oder weniger den ganzen Urlaub Englisch gesprochen, aber in meiner Erinnerung laufen die Dialoge mit Davide alle auf Deutsch ab. Das zeigt doch nur eins: Wir erinnern uns nie an die ganze Wahrheit.

Davide wandte sich Levian zu und klopfte ihm fest auf die Schulter: »Levian! Amico!«

Levian stand stocksteif da und murmelte: »Hi, Davide.«

Davide ignorierte Levians trockene Begrüßung und rief: »Andiamo! Mein Auto steht da hinten.« Dabei zeigte er auf einen hellgrünen Fiat Punto. »Es sind noch 150 km nach Lecce und Cecile hält eine schöne Überraschung für euch bereit!«

Er nahm mir die Tasche ab und führte uns zu seinem Auto. Der Punto war voller Dellen, ziemlich verschmutzt und mindestens zwanzig Jahre alt. Anscheinend hatte Levians Mutter ein Faible für Männer mit Schrottautos. Levian zwängte sich freiwillig nach hinten, um nicht mit Davide kommunizieren zu müssen.

Im Schneckentempo krochen wir über die Schnellstraße nach Lecce, während uns ganz Italien überholte und ich mir auf dem schwarzen Plastikbezug des Beifahrersitzes den Po verbrannte. Aber das machte nichts, denn die Straße führte am Meer entlang und bot uns ein Mittelmeer-Panorama wie aus dem Reisekatalog.

Ich liebe das Meer. Ich liebe es wirklich. Mit zwölf habe ich es zum ersten und einzigen Mal gesehen. Meine Eltern waren mit uns ausnahmsweise nicht in die Schweiz gefahren, sondern in eine Ferienanlage auf Samos geflogen. Als ich am ersten Tag am Strand saß und meine Augen über die türkisfarbene Weite des Mittelmeeres gleiten ließ, saß ein paar Meter von mir entfernt ein Neuseeländer auf einem ausgewaschenen Badehandtuch. Er war um die zwanzig Jahre alt und sah ziemlich verwegen aus. Plötzlich wandte er sich zu mir und sagte in seinem merkwürdigen neuseeländischen Englisch: »Du liebst das Meer.«

»Ja«, räumte ich verlegen ein.

»Die meisten Menschen mögen das Meer«, fuhr er fort. »Aber du liebst es. Das sehe ich an deinen Augen. An der Art, wie du das Meer ansiehst.«

Ich lächelte, starrte weiter aufs Meer und sagte gar nichts mehr, weil ich zwölf Jahre alt war und nicht von einem Zwanzigjährigen angegraben werden wollte. In Wirklichkeit wollte der Neuseeländer mich gar nicht angraben. Noch am selben Abend lag er nämlich mit zwei weißblonden Skandinavierinnen seines Alters im Bett. Sie sprangen kichernd und splitternackt durch den Flur unseres Hotels. Seit diesem Tag also wusste ich, dass ich zu den Menschen gehöre, die das Meer nicht nur mögen, sondern lieben. Und jeder weiß, wie riesig der Unterschied zwischen diesen beiden Wörtern ist. Außerdem nahm ich mir an diesem Tag vor, später nie nackt durch die Gänge eines Familienhotels zu toben und irgendwann einmal richtig ins Meer zu gehen. Ganz ohne Angst. Weil ich den gesamten Griechenland-Urlaub nur bis zu den Knien ins Meer ging, spendierte meine Mutter mir einen Schnuppertauchkurs im Swimmingpool. Sie dachte, wenn ich unter Wasser atmen und sehen könnte, hätte ich keine Angst mehr vor dem Wasser. Wie immer hatte sie recht. Mehr als das. Tauchen war das Gegenteil von Angst. Das Gegenteil von dem, was damals an der kleinen Brücke passiert ist. Aber daran möchte ich jetzt nicht denken.

Ich saß also in Davides Auto, blickte auf das süditalienische Mittelmeer und dachte an den Neuseeländer und die nackten Skandinavierinnen, bis Davide, der mich aus den Augenwinkeln beobachtet hatte, sagte: »Das Meer ist wunderschön. Ich liebe das Meer.«

»Ja, ich liebe es auch«, erwiderte ich, ohne ihn anzusehen. »Es ist wunderschön, aber auch gefährlich.«

Davide lachte laut auf: »Das stimmt, Annika! Das Meer ist wie eine Frau.«

Damit hatte sich unsere Konversation erst einmal erschöpft. Levian hatte in der Zwischenzeit seinen Fotoapparat aus der Tasche gekramt und richtete nun das Objektiv auf mich. Ich freute mich darüber, dass er mich fotografierte, weil ich auf diese Weise nach dem Urlaub selbst meinen Blick würde sehen können, diesen Blick, der besagte, dass ich das Meer nicht nur mochte, sondern liebte.

Bald ließen wir das Mittelmeer hinter uns und durchquerten Brindisi. In Brindisi gab es zwar Ampeln, aber Davide ignorierte ungefähr jedes dritte Rotlicht, wenn die Verkehrslage es zuließ. Dabei redete er ununterbrochen auf uns ein: »Cecile freut sich riesig auf euch! Sie ist ganz aufgeregt. Sie hat extra auf dem Markt frischen Fisch für euch gekauft.«

Offensichtlich erwartete er einen freudigen Aufschrei. Levian half mir nur allzu gerne aus der Patsche: »Annika mag keinen Fisch.«

»Was?«, fragte Davide ungläubig. »Du magst keinen Fisch? Warum nicht? Bist du Vegetarier?«

»Nein«, sagte ich und Levian fügte trocken hinzu: »Sie mag einfach keinen Fisch.« Dann zischte er auf Deutsch: »Oh Mann, ich hasse diesen Typen.«

Ich warf Levian einen strafenden Blick zu.

»Was?«, fragte er gereizt. »Der Ficker versteht mich doch sowieso nicht.«

Abrupt drehte ich mich nach vorne, schenkte Davide mein süßestes Lächeln und nahm mir vor, Levian für den Rest der Fahrt zu ignorieren.

Davide schüttelte den Kopf: »Wie kann man nur keinen Fisch mögen? Aber keine Sorge. Ich koche dir eine leckere Pasta. Du wirst in meinem Haus nicht verhungern.«

Ein Blick auf Davides Bauch verriet mir, dass er recht hatte. Es würde sicherlich genug zu essen geben.

»Ich liebe die italienische Küche«, sagte ich versöhnlich.

»Ich auch«, schwärmte Davide, dann bog er abrupt ab und hielt auf dem Hinterhof eines kleinen Ladens, dessen Sortiment von außen nicht erkennbar war.

»Ich muss Rotwein kaufen«, erklärte Davide. »Es dauert nur einen kleinen Moment. Wir erwarten heute Abend Gäste.«

Er verschwand im Laden und verstaute wenige Minuten später zwei von Hand abgefüllte Fünfliter-Weinflaschen im Kofferraum: »Ich kaufe jeden Tag zwei große Flaschen Rotwein. Wir haben sehr viele Gäste. Ihr werdet schon sehen.«

Wir waren inzwischen schon einige Kilometer auf einer etwas holprigen Landstraße an kleinen, alten Häusern und hohen Mauern aus unregelmäßigen Steinen vorbeigefahren. Mein Top war am Rücken und unter dem BH-Bügel völlig durchgeschwitzt und ich hatte schon lange beschlossen, dass ich Davide mochte, als wir kurz vor Lecce an einem großen Eisentor anhielten und Davide verkündete: »Wir sind da!«

Das Tor öffnete sich elektrisch und wir fuhren auf einer langen Schotterstraße über ein weitläufiges Grundstück direkt auf einen kleinen weißen Bungalow zu. Eine blonde Frau in einem langen bordeauxroten Kleid stand auf der Türschwelle und winkte uns von Weitem zu.

»Beautiful Cecile!«, rief Davide durch das offene Autofenster und parkte rechts neben dem Haus.

Cecile kam uns entgegen, streckte Levian die weit geöffneten Arme entgegen und fiel ihm schließlich jauchzend um den Hals. Levian tätschelte ihr etwas unbeholfen den Rücken. Man merkte, dass er sie gar nicht umarmen wollte.

»Herzlich willkommen«, sagte Cecile schließlich zu mir und umarmte mich ebenfalls überschwänglich. »Ich bin so froh, dass ihr endlich da seid!«

Dann rief sie: »Ciao, amore!«, und küsste Davide auf den Mund, während Levian sich angewidert wegdrehte.

»Kommt rein. Ich zeige euch das Haus«, Cecile winkte uns ins Haus. Wir nahmen unsere Reisetaschen und betraten nach Cecile unser Heim für die nächsten zwei Wochen. Die Haustür führte direkt in ein großes Wohnzimmer, in dessen Mitte ein riesiger alter Holztisch mit zwölf alten Stühlen stand. Über die gesamte Längsseite des Raumes zog sich ein robustes Einbauregal, das von oben bis unten mit Büchern und Schallplatten vollgestopft war.

»Abends kommen die jungen Leute aus der Stadt, um sich durch Davides Schallplattensammlung zu hören.«, erzählte Cecile. »Davide hatte mal doppelt so viele Platten, aber im letzten Winter haben sie uns das Haus leer geräumt, als wir bei Luisa in Amsterdam waren.«

Wir warfen einen kurzen Blick in die winzigen Räume, die vom Wohnzimmer abgingen: die Küche, das Schlafzimmer, Sanders Zimmer und schließlich standen wir vor Luisas Zimmertür.

»Luisa hat im Moment ein Engagement an einem kleinen Theater in Amsterdam. Sie wird uns diesen Sommer leider nicht besuchen, aber sie lässt euch lieb grüßen und hofft, dass ihr euch in ihrem Zimmer wohlfühlt.«

»Dai! Cecile«, rief Davide aus der Küche. »Luisa hasst dich, Levian. Sie hat dir eine Nachricht hinterlassen.«

Und tatsächlich - an Luisas Zimmertür klebte ein Zettel, auf dem stand: »Fuck off, Levian!«

Mit einem amüsierten Grinsen öffnete Levian die Tür. Luisas Zimmer war klein und nur mit einem französischen Bett und einer riesigen Spiegelkommode möbliert. Die Wände waren über und über mit Fotos, flippigen Taschen, Schmuck, bunten Tüchern, alten Eintrittskarten, Briefen und Hüten behängt. Es gab keinen einzigen freien Fleck mehr an der Wand. Staunend ließen wir unseren Blick an den unzähligen Erinnerungsstücken entlangwandern. In der Mitte über Luisas Bett prangte das Foto einer blond gelockten, dramatisch geschminkten Schönheit, die uns mit halb geschlossenen Augen anlächelte.

»Das ist Mariella Gianelli, Luisas Mutter«, erklärte

Cecile. »Sie hat sich aus dem Fenster gestürzt, als Luisa neun Jahre alt war. Eine schöne Frau mit einer traurigen Geschichte.«

Ein weiteres imposantes Schwarz-Weiß-Foto klebte am Spiegel der Kommode: Davide mit Sonnenbrille, Mariella mit Sonnenhut und Luisa in einem viel zu großen Kleid ihrer Mutter strahlten in die Kamera. Ich fragte mich, wie Cecile mit Davides Vergangenheit umging, mit dieser alles dominierenden Schönheit seiner verstorbenen Frau, mit diesem Familienglück der Gianellis, das nicht mit einer banalen Scheidung, sondern mit einem Sprung aus dem Fenster zerstört worden und für immer verloren war.

»Ihr könnt eure Kleidung ruhig in die Schubladen legen«, unterbrach Cecile meine Gedanken und deutete auf die Spiegelkommode, auf deren Schubladen mit Tesafilm kleine Zettelchen geklebt waren: »Don't open or I kill you. Luisa«

Levian zog die oberste Schublade auf. Sie war leer bis auf ein DIN-A4 großes Foto von Luisa mit steil nach oben toupierten Haaren in einem knallroten Hosenanzug. Sie hatte die riesigen blauen Augen ihrer Mutter und schwarze Kräuselhaare. Quer über das Foto hatte Luisa mit einem Edding »War nur ein Witz!« gekritzelt.

Aus der zweiten Schublade quoll ein buntes Sammelsurium aus Kleidungsstücken. Obenauf lag noch ein Zettel: »Hey Annika. Ich hoffe, du bist nicht allzu hübsch. Nimm dir aus dieser Schublade, was du brauchst.«

Luisa war also ein weiterer liebenswerter Freak in meiner Sammlung.

»Wie alt ist sie?«, fragte ich Cecile.

»Sie ist 23 und völlig verrückt, aber eine wirklich talentierte Schauspielerin und zwar überall und zu jeder Zeit. So, und jetzt schmeißt eure Sachen aufs Bett und kommt essen. Es gibt Fisch.«

»Ich mag leider keinen Fisch«, sagte ich kleinlaut.

Cecile sah mich mit hochgezogenen Augenbrauen an: »Du magst keinen Fisch? Bist du allergisch?«

»Nein.«

»Oh! Amore!«, rief Cecile in die Küche, »Pasta per Annika!«

»Si, si!«, tönte Davides tiefe Stimme zurück.

Ich konnte mir ein erstauntes Lächeln nicht verkneifen, denn in Gedanken hörte ich, wie meine Mutter die beiden in vorwurfsvollem Ton zurechtwies: »Wenn ihr euch etwas zu sagen habt, bewegt gefälligst euren Hintern, anstatt durch das ganze Haus zu brüllen!«

***

»Wo ist eigentlich Sander?«, erkundigte sich Levian beim Essen.

»Er ist am Strand«, antwortete Cecile. »Aber es ist zu spät, jetzt noch hinterherzufahren. Sander kommt heute Abend nach Hause und bringt bestimmt ein paar Freunde aus der Stadt mit.«

»Er scheint es ja kaum erwarten zu können, mich zu sehen«, merkte Levian schnippisch an.

»Du hast ein Jahr gebraucht, um uns endlich zu besuchen, Levian, was hast du erwartet?«, fragte Cecile kopfschüttelnd. Dann fügte sie leise hinzu. »Er hat dich vermisst.«

»Keine Sorge«, brummte Davide. »Dein Bruder liebt dich. Er spricht sehr oft von dir.«

»Verstehst du deutsch?«, fragte ich irritiert.

»Ein bisschen«, nickte Davide. »Meine Freundin ist Deutsche. Natürlich möchte ich ihre Sprache lernen.«

Was hatte Levian im Auto noch mal über Davide gesagt? Ich hasse diesen Ficker? Großartig.

»Was sagt Sander denn, wenn er über mich redet?«, fragte Levian trocken.

»Dass du ein talentierter Fotograf bist, dass du gut in der Schule bist und dass du eher der schweigsame Typ bist«, erzählte Davide.

Levian grinste und versuchte erfolglos, zu verbergen, wie sehr er sich über diese Einschätzung freute und wie gut ihm Davides Fisch schmeckte. Meine Pasta war auch lecker, obwohl sie nur aus Nudeln, Öl und Knoblauch bestand. Während ich aß, sah ich mich im Wohnzimmer um. Auch hier hing ein riesiges Foto von Mariella, eingefasst in einen pompösen goldenen Rahmen.

»Meine Ehefrau«, erklärte Davide, als er bemerkte, wie ich das Bild anstarrte.

»Ich weiß«, antwortete ich und sah zu Cecile. Sie musste diese Frau, die hier überall herumhing, einfach abgrundtief hassen.

Auch Levian warf seiner Mutter einen prüfenden Seitenblick zu, doch diese lächelte nur und betrachtete gedankenverloren Mariellas Porträt. »Sie war außergewöhnlich schön«, flüsterte sie.

»Grazie, amore«, sagte Davide leise und nahm Ceciles Hand. »Ti amo.«

»Ich weiß.« Cecile küsste Davide so lange auf den Mund, bis Levian sich laut räusperte.

Ich war maßlos beeindruckt davon, wie Cecile und Davide miteinander umgingen. So musste sich wahre Liebe anfühlen. Ob Levian und ich auch so wirkten? Wohl kaum. Wir hatten uns seit der Ankunft weder geküsst noch überhaupt miteinander geredet. Levian starrte eigentlich nur die ganze Zeit verdrossen vor sich hin. Er hatte keine Lust auf Italien, er verabscheute Davide, er war enttäuscht von Sander, befremdet von Cecile und wahrscheinlich hasste er mich inzwischen dafür, dass ich ihn hierher geschleppt hatte. Also legte ich unter dem Tisch meine Hand auf seinen Oberschenkel. Wenige Sekunden später nahm er meine Hand, führte sie an seinen Mund und küsste sie. Öffentlich. Über der Tischplatte. Vor allen. Es war nur ein winziger Moment. Ein winziger Bruchteil von all der Zeit, die wir bis dahin miteinander verbracht hatten. Aber es war der Moment, in dem ich begann Levian zu lieben. Oder in dem ich zum ersten Mal spürte, dass ich Levian wirklich liebte. Vielleicht lag es daran, dass wir so weit weg waren von der ausgetrockneten Liebe meiner Eltern, in der es keinen Kuss mehr gab, kein Streicheln der Wange, kein liebes Wort. Vielleicht lag es an Davides Haus, in dem Liebe so selbstverständlich gelebt wurde und so einfach schien. Vielleicht aber spürte ich meine Liebe zu Levian erst in diesem Moment, weil meine Liebe zu Levian nicht einfach war. Ich war nicht einfach. Ich war irgendwie verquer.

***

Wir deckten gerade gemeinsam den Tisch ab, als draußen wildes Hupen zu hören war. Ein kleines schwarzes Auto preschte mit Vollgas über den Schotterweg auf das Haus zu und kam mit quietschenden Reifen neben Davides Auto zu stehen. Wenige Sekunden später quollen fünf Teenager aus allen vier Türen.

»Ciao, Sander!«, rief Cecile, die bereits winkend in der Haustür stand, »Ciao a tutti!«

»Ciao, Mama!«, grüßte Sander zurück. »Sind Levian und seine Schnecke schon angekommen?«

Macho, dachte ich, und trat lächelnd hinter Cecile in die Haustür. Levian schob sich langsam an mir vorbei und stand unentschlossen auf der Türschwelle. Da rannte Sander auf Levian zu und fiel seinem Bruder in die Arme. Er war zwar fast zwei Jahre älter, aber etwas kleiner und schlanker als Levian und trug die hellblonden Haare deutlich kürzer.

Sander stellte Levian seinen italienischen Freunden vor und Levian wurde geküsst, geknufft, geklopft und umarmt. Er verstand zwar kein Wort, strahlte aber über das ganze Gesicht.

Schließlich stellte Levian mich vor: »Das ist Annika. Annika, das ist Sander.«

»Hi«, sagte ich und lächelte verlegen.

»Hi.« Sander musterte mich grinsend. Er war echt hübsch, seine Gesichtszüge waren weich, fast weiblich, aber Levians kantiges Gesicht gefiel mir viel besser. Man sah den beiden nicht an, dass sie Brüder waren.

»Ich hätte schwören können, dass du hässlich bist«, stellte Sander fest, nachdem er mich einmal von oben bis unten in Augenschein genommen hatte.

Ich war so platt, dass ich nicht in der Lage war, irgendetwas zu kontern. Ich registrierte lediglich, wie mein Lächeln sich langsam aus meinem Gesicht verabschiedete.

»Levian, alter Charmeur, wie bist du nur an diese Schönheit gekommen?«

»Tja. Schöne Frauen stehen eben auf Männer, die nicht so viel Blödsinn erzählen wie du, Sander!«, rief Levian. »Keine Sorge. Das lernst du auch noch, wenn du mal so groß bist wie ich.«

Sander lachte laut auf, umarmte mich und drückte mir einen Kuss auf die Wange: »Wurde Zeit, dass ihr kommt. Du kannst mir jetzt ja alle lebenswichtigen Dinge beibringen, Brudi!« Sander lachte laut auf und zeigte auf Levians Kette, die ich um den Hals trug: »Aparte Kombination. Rotes Band und blauer Stein?« Dann drehte er sich um und zog eine kleine Italienerin mit ziemlich großen Brüsten zu sich heran: »Amore, Annika, Annika, das ist Mara.«

»Ciao«, grüßte Mara lächelnd und gab mir die Hand. Ich starrte Mara auf die gigantischen Brüste und grüßte leicht verunsichert zurück. Schon schob sich die ganze Meute an uns vorbei in das Wohnzimmer hinein. Sander und seine drei italienischen Freunde kramten in den Platten und brachten den Plattenspieler in Gang. Mara und Cecile setzten sich an den Esstisch und unterhielten sich angeregt auf Italienisch, während Davide zwei Gläser Rotwein auf die Terrasse brachte.

»Vino?«, fragte er Levian und mich im Vorbeigehen.

»Nein, danke«, antwortete ich.

»Ich gerne«, antwortete Levian. Ich überdachte meine Entscheidung, keinen Alkohol zu trinken, noch mal, denn wenn Levian gleich heute Nacht die Bezahlung für diesen Trip erwartete, sollte ich doch lieber einen kleinen Schwips haben. Ich würde mich schon noch an den bitteren Rotwein-Geschmack gewöhnen. Oder sollte ich das erste Mal lieber nüchtern angehen? Ich blieb unentschlossen und entschied mich, noch ein bisschen abzuwarten. Der Abend war ja noch lang.

Innerhalb der nächsten Stunden trudelten weitere Gäste ein, die laut und herzlich begrüßt wurden und sich zu Davide und Cecile auf die Terrasse gesellten. Sie lachten, tranken und spielten Karten. Gegen Mitternacht waren mindestens 30 Leute im und ums Haus. Es waren enge Freunde von Davide und Cecile, einige Bekannte aus Lecce und ein paar völlig fremde Leute, die von irgendjemandem mitgebracht worden waren.

Levian und ich waren zwar todmüde, aber wir saßen eng aneinander gekuschelt auf der Terrasse, hielten uns inzwischen beide an einem Rotweinglas fest und guckten fasziniert in die Runde. Der Lärmpegel war hoch, da sich alle relativ laut miteinander unterhielten. Sander, dessen Freunde sich unermüdlich durch die Plattensammlung ackerten, kam immer wieder zu uns und umarmte Levian oder wuschelte mir durch das Haar. Den Rest der Zeit klebte Mara an ihm und himmelte ihn an.

Irgendwann schlief ich in Levians Armen ein und er schleifte mich ins Bett. Vielleicht hätte ich noch Zähne putzen sollen, aber wir hatten noch nicht einmal unsere Koffer ausgepackt, also ließ ich es und schlief angezogen und ungewaschen ein – Hand in Hand mit Levian in unserer ersten gemeinsamen Nacht.

Mondlichtungskratzer

Als wir aufwachten, war es mittags. Levian blinzelte mich an und sagte mit italienischem Akzent: »Good
morrrning, bella Annika!« Dann rollte er sich auf mich
drauf und wollte mich küssen, aber mir war schlecht
vom Rotwein und ich stank bestimmt ganz widerlich
aus dem Mund, weil ich mir seit über 24 Stunden die
Zähne nicht geputzt hatte. Also drückte ich Levian von
mir runter und setzte mich auf die Bettkante. Die Sonne
knallte in Luisas Zimmer. Wir hatten letzte Nacht nicht
mal die Vorhänge zugezogen. Ich gähnte ausgiebig in die
Sonne und pellte mich aus dem Bett.

»Amore!«, bettelte Levian. Er trug einen blau-grau-
karierten Schlafanzug und musterte mich mit hinter
dem Kopf verschränkten Armen vom Bett aus. »Organi-
sier mir bitte einen Espresso!«

»Mach selber, du Macho!«, grinste ich und warf ihm
ein Sweatshirt ins Gesicht, das ich gerade aus meiner Rei-
setasche gezogen hatte. Annalisa warf ich direkt hinterher.

»Ist das dein Ernst, Kleine?«, fragte Levian amüsiert.
»Du hast deinen Teddybären eingepackt?«

»Das ist normal«, sagte ich etwas zu überzeugt. »Lisanne

schleppt alle vier Pinguine aus ›Madagaskar‹ mit, wenn sie verreist.«

Levian lachte laut auf, dann rief er mit gespieltem Kommandoton: »Amore! Espresso, per favore!«

»Vergiss es!« Ich warf mir ein Handtuch über die Schultern und verließ das Zimmer. Auf dem Weg ins Bad kam mir Davide in einer riesigen weißen Unterhose entgegen. Er war ziemlich blass, ziemlich behaart und hatte einen ziemlichen Bauch. Über seinen Bauch zogen sich heftige Kratzspuren, die leicht bluteten.

»Was ist denn mit dir passiert?«, fragte ich besorgt.

»Cecile ist eine Raubkatze im Bett«, raunte Davide lachend und ließ mich peinlich berührt im Flur stehen. »Espresso?«, rief er dann aus der Küche.

»Nein, danke!«, rief ich zurück und linste möglichst unauffällig durch die halb geöffnete Schlafzimmertür. Cecile lag splitternackt auf ihrer Bettdecke und schlief. Ich konnte mich nicht entscheiden, ob ich das alles wahnsinnig peinlich oder irgendwie cool finden sollte. Also duschte ich erst einmal. Sollte ich Levian beim Sex auch die Brust aufkratzen? Lisanne hatte mich mit einigen Details doch ganz schön im Stich gelassen. Ich nahm mir vor, ihr gleich eine vorwurfsvolle Nachricht zu schreiben.

Schließlich klopfte Levian an die Badezimmertür: »Lass mich auch rein.«

»Nein, ich bin nackt.«

»Eben. Mach endlich die Tür auf.«

Ich stellte das Wasser ab, schlang mir mein Handtuch um den Körper und öffnete die Tür. Levian trat in seiner Schlafanzughose ein und guckte enttäuscht auf mein Handtuch. »Lass es fallen.«

»Auf keinen Fall.«

»Ich ziehe es dir weg.«

»Dann schreie ich laut und Davide sieht mich nackt.«

Levian schloss die Tür ab, nahm mich in die Arme und küsste mich, dabei versuchte er mir vorsichtig, das Handtuch runterzuziehen. Ein Klopfen an der Tür rettete mich. Schnell öffnete ich, Mara betrat oben ohne das Bad und setzte sich völlig ungeniert auf die Toilette.

»Sorry«, lächelte sie uns an. »Ich muss Pipi.«

Levian ergriff sofort die Flucht und stürmte in die Küche, um sich einen Espresso zu holen. Ich aber blieb wie angewurzelt stehen. Während ich der lächelnden Mara beim Pinkeln zuhörte, starrte ich gebannt auf ihre braun gebrannten Brüste. Sie war eher klein, maximal 1,65 m, aber sie hatte mindestens ein D-Körbchen.

»Sorry«, sagte sie noch einmal lächelnd, dann putzte sie sich ab. Irritiert raffte ich meine Kleidung zusammen und verließ das Badezimmer. Auf dem Flur begegnete ich Sander. Auch er trug nur Boxershorts und rieb sich wohlig die Brust. Peinlich berührt verschwand ich in Luisas Zimmer, während Sander mir lachend »Guten Morgen, unnahbare Schönheit!« hinterherrief.

Als ich die Zimmertür hinter mir schloss, fasste ich meinen ersten Eindruck an diesem Morgen kurz gedanklich zusammen: Hier waren alle nackt und fanden es auch noch lustig oder zumindest völlig normal. Ich stellte mich vor den Spiegel und öffnete vorsichtig mein Handtuch. Mariella lächelte mich vom Bild über dem Bett aus an. Mein Körper war schön. Warum schämte ich mich so?

Kurzentschlossen nahm ich ein langes blaues Kleid mit tiefem Ausschnitt und großen weinroten Blumen aus Luisas Schublade und zog es über. Dazu setzte ich einen der riesigen Strohhüte auf, die Luisa an ihre Wand gehängt hatte. Ein Blick in den Spiegel zeigte mir, dass ich heute schon besser hierher passte als gestern.

»Luisa liebt dieses Kleid!«, rief Davide begeistert aus, als ich mich an den Tisch setzte. Er stellte mir einen Espresso hin, den ich nicht bestellt hatte, und ich kippte ihn aus Höflichkeit hinunter. Wenige Minuten später war ich wach, hibbelig und voller Tatendrang.

»Schnell ans Meer!«, drängte ich aufgedreht und zwang Mara und die Jungs innerhalb von dreißig Minuten ins Auto.

***

Mara fuhr. Sie war also mindestens achtzehn. Während der Autofahrt redete sie ununterbrochen auf Sander ein, zwischendurch hupte sie und beschimpfte andere Autofahrer. Levian und ich saßen Händchen haltend auf dem Rücksitz. Ich genoss den Blick aus dem Fenster auf die ausgetrockneten Felder und die kleinen Olivenbaum-Plantagen. Levian sah auf seiner Seite zum Fenster hinaus und zelebrierte seine plötzliche schlechte Laune.

Auch der Strand haute mich um. Das Meer war hellblau und glasklar, die Sonne brannte auf die kleinen Felsen im Meer. Mara lief im Stringtanga ins Wasser. Ihr Hintern war so schön wie ihr Busen. Sander stürzte hinter Mara her und sprang kopfüber ins Wasser.

Währenddessen saß ich im Bikini auf meinem

Strandtuch, fühlte mich leichenblass und flach wie ein Brett unter den ganzen braungebrannten, vollbusigen Italienerinnen. Verunsichert warf ich Levian einen Seitenblick zu, aber der interessierte sich weder für Maras Brüste noch für meine, sondern starrte nur missmutig auf seine eigenen Unterarme.

»Ist doch schön hier«, stellte ich zufrieden fest.

Er sagte: »Geht so.« Dann sprang er auf und holte uns zwei Flaschen Cola und zwei Tüten Wassereis von der Strandbar.

»Griechenland ist schöner. Hast du Davides Bauch gesehen?«, murmelte er, als er mir meine Cola und mein Wassereis in die Hand drückte.

»Ja.«

»Das ist doch peinlich.«

Ich war erleichtert. Das also hatte Levian die Laune verdorben. Kratzen beim Sex fand er also peinlich, die SMS an Lisanne konnte ich mir sparen.

»Meine Mutter benimmt sich wie ein Teenager.«

»Kratzen Teenager sich gegenseitig den Bauch auf?«, fragte ich schnippisch.

»Keine Ahnung«, sagte Levian. Dann rollte er sich auf mich. »Kratzt du?«, fragte er und küsste mich auf den Mund.

»Ich kratze und beiße!«, erwiderte ich und biss ihn in die Nase.

»Sexy!« Levian grinste.

»Bei mir ist es sexy und bei deiner Mutter ist es peinlich? Das macht nun wirklich keinen Sinn.« Ich war selbst verwundert über meine moderne Sichtweise dieser Dinge.

»Davide könnte sich wenigstens morgens ein T-Shirt anziehen.«

»Mara könnte sich auch mal ein T-Shirt anziehen.«

»Ach. Das ist nun wirklich nicht nötig«, grinste Levian und ich schob ihn von mir runter.

»Tut mir leid, dass ich kein D-Körbchen habe.«

»Du hast die schönsten Brüste der ganzen Welt, Annika.«

»Elender Lügner!«, rief ich und schlug ihn mit der Faust auf den Oberarm. Meine Brüste waren ganz ansehnlich, aber bestimmt nicht schöner als Maras.

»Wenn du mir nicht glaubst, zieh dein Oberteil aus.«

»Hallo? Logik?«

»Vertrau mir.«

Äußerst skeptisch zog ich mir das Bikini-Oberteil aus, legte mich hin und machte die Augen zu, um meine Brüste ein wenig anzubräunen und dabei nicht vor Scham im Erdboden zu versinken.

»Wow!«, hörte ich wenige Minuten später eine laute Frauenstimme. »Was für schöne Brüste!«

Ich schlug die Augen auf, blinzelte in die Sonne und sah, wie Mara sich über mich beugte und meine Brüste begutachtete. Spätestens jetzt wusste der ganze Strand, dass ich oben ohne war. Danke, Mara.

Mit meiner Hand schirmte ich die Sonne ab und sagte: »Deine sind größer.«

»Ja.« Mara griff sich an die Brüste und wog sie mit den Händen. »Aber deine bleiben länger schön.«

Sander nickte anerkennend: »Echt schöne Brüste.«

Sofort zog ich mir ein T-Shirt über, griff nach meiner leeren Cola und kaute verlegen auf meinem Strohhalm herum.

»Meine Worte«, flüsterte Levian mir ins Ohr. »Genau meine Worte.«

Wir blieben nur ein paar Stunden am Strand, denn dort gab es keinen Schatten, sodass die Sonne uns die Haut verbrannte und die Hitze nicht mehr zu ertragen war. Während die anderen sich immer wieder im Wasser abkühlten, saß ich mit Levian schwitzend am Strand und beäugte das Mittelmeer. Irgendwann in diesem Urlaub würde auch er seine Lustlosigkeit überwunden haben und sich ins Meer stürzen. Dann würde ich entweder mit ihm ins Wasser gehen oder ihm erklären müssen, warum ich es nicht tat.

***

Als Mara neben Davides Auto einparkte, tönte uns aus dem Haus lautes Geschrei entgegen. Levian und ich wechselten verunsicherte Blicke. Cecile und Davide stritten so heftig miteinander, wie ich meine Eltern noch nie hatte streiten hören. Was war nur geschehen?

»Sie streiten jeden Tag so laut«, erklärte Sander gelassen auf dem Weg ins Haus.

»Warum?«, fragte ich erstaunt. Sollte die große Liebe doch nicht so groß oder doch nicht so einfach sein, wie Cecile behauptet hatte?

»Sie sitzen über den Plänen für das Haus.«

»Für welches Haus?«, fragte Levian.

»Ganz hinten auf diesem Grundstück ist ein planiertes Stück Land. Sie hatten sich sofort geeinigt, wo sie das Haus bauen wollen, und innerhalb von zwei Wochen hatten sie das Stück roden und planieren lassen. Doch dann begannen sie sich über die konkrete Umsetzung zu streiten. Davide ist ein avantgardistischer Architekt. Seine Ideen sind völlig verrückt, aber sie funktionieren. Also zumindest stehen seine Häuser noch. Cecile ist eine klassisch orientierte Innenarchitektin. Alles muss gerade und schlicht sein.«

»Warum entscheidet Davide dann nicht einfach über außen und Cecile über innen?«

»So einfach scheint das nicht zu sein«, entgegnete Sander mir lachend. Damit betraten wir das Wohnzimmer. Cecile schenkte uns einen kurzen Blick, rief: »Ciao a tutti« und redete dann weiter auf Davide ein. »Amore. Die Fenster müssen symmetrisch sein!«

»Du entscheidest über innen, ich entscheide über außen.«

»Die Fenster sind innen und außen, Davide! Die Fenster sind die Augen, die Ohren und die Nasenlöcher des Hauses. Das Haus muss atmen können, das weißt du doch!«

»Warum muss das Haus symmetrisch atmen, amore? Das verstehe ich nun wirklich nicht.«

»Unsere Augen, Ohren und Lungen sind auch symmetrisch.«

Davide lächelte verschmitzt: »Unser Arschloch aber nicht.«

»Davide, du atmest nicht durch dein Arschloch.«
»Manchmal schon.«

Cecile seufzte auf und verdrehte die Augen: »Du weißt ganz genau, was ich meine. Aber je mehr ich recht habe, desto alberner wirst du.«

»Jetzt wirst du wirklich kompliziert. Und außerdem:

Du atmest auch nicht mit deinen Augen und deinen Ohren, oder?«

Cecile schlug auf den Tisch: »Hör auf damit! Sofort! Ich brauche symmetrische Fenster. Mehr will ich doch gar nicht.«

»Nein, amore. Bei aller Liebe. Darauf kann ich mich nicht einlassen.«

»Warum nicht? Die Fenster sind nicht die Arschlöcher unseres Hauses. Warum können sie nicht einfach symmetrisch sein?«

Davide machte eine Pause und musterte Cecile liebevoll. Mara und Sander waren schon in Sanders Zimmer verschwunden, aber Levian und ich blieben gefesselt von dem Schauspiel, das Cecile und Davide uns boten, im Wohnzimmer stehen.

»Sieh dir deine Locken an«, sagte Davide schließlich leise und strich Cecile durch ihre blonden Locken. »Ich liebe deine Locken. Ich liebe sie, weil sie wild sind. Sie machen, was sie wollen, sie drehen sich nie in die Richtung, in die sie sich drehen sollen. Sie sind total verrückt. Sie sind einzigartig, weil sie NIEMALS symmetrisch sein werden. Ich möchte, dass die Fenster unseres Hauses wie deine Locken sind. Wild und unvorhersehbar.«

»Wie romantisch!«, seufzte ich, während Cecile und Davide sich innig küssten. Levian verdrehte die Augen und zog mich in unser Zimmer.

***

Wir hatten gerade mal Zeit, uns Sand und Sonnencreme vom Körper zu duschen und Davides Tortellini zu verdrücken, bis die ersten Gäste eintrudelten und sich im Wohnzimmer und auf der Terrasse niederließen. Der Abend wäre genauso gelaufen wie der vorherige: Vino, Karten, Platten, Reden, Lachen, Familie, Freunde. Aber Levian wurde ungeduldig. Er wollte nicht hier sein. Er konnte das alles nicht genießen, weil er Davides und Ceciles Glück nicht ertrug. Umso mehr wollte er, dass ich endlich mein Versprechen einlöste. Deswegen war er schließlich überhaupt hierher gekommen und deswegen war er auch den ganzen Abend näher an mir dran als sonst.

Er streichelte mich ununterbrochen am Arm, an der Hand, an meiner Schulter, an meinem Knie, an meinem Oberschenkel und forderte einen Kuss nach dem anderen ein. Es waren keine Ich-liebe-dich-so-sehr-Küsse, sondern es waren Schlaf-heute-Nacht-mit-mir-Küsse. Ich bin mir sicher, jeder, der schon mal richtig geküsst hat, kennt den Unterschied. Außerdem erzählte er mir die ganze Zeit, dass er müde sei und unbedingt schlafen gehen wolle. Das Ganze war so abschreckend platt, dass ich stumpf auf der Terrasse sitzen blieb, bis die letzten Gäste sich verabschiedet hatten.

»Komm, wir sehen uns mal das Baugrundstück an!«, schlug ich schließlich vor, um die Nacht noch weiter hinauszuzögern.

»Jetzt?«

»Ja. Jetzt. Es ist warm und hell genug.«

»Es ist mitten in der Nacht und ich will schon seit Stunden ins Bett gehen.«

»Bitte. Nur eine kurze Runde«, bettelte ich.

Wir hatten nicht damit gerechnet, dass Davides

Grundstück so weitläufig war. Hinter dem Haus führte der Weg noch weiter über eine Schotterstraße und schließlich durch einen Pinienwald, bis wir auf einer Lichtung im hinteren Drittel des Anwesens das planierte Grundstück fanden.

»Hier ist es«, sagte ich.

»Ja, das muss es sein.« Levian nickte.

»Liegt schön.«

»Was für ein Haus würdest du hier bauen?«, fragte Levian und nahm mich von hinten in den Arm. Zusammen betrachteten wir die Lichtung und bauten in Gedanken unser Haus.

»Ein symmetrisches, weißes Haus mit hohem Giebel und Südbalkon. Die Eingangstür kommt in die Mitte, so wie bei den Häusern, die man als Kind immer gemalt hat.«

»Oh bitte, Cecile!«, rief Levian und imitierte dabei Davides Stimme und Akzent. »Ich ertrage keine symmetrischen Fenster. Die Fenster müssen aussehen wie kleine Arschlöcher.«

Ich lachte: »Wie viele Zimmer hat unser Haus?«

Levian küsste mein Ohr und fragte zurück: »Wie viele Kinder haben wir denn?«

»Zwei oder drei«, antwortete ich zu meinem eigenen Erstaunen.

»Oh, dann sollten wir aber schnell in Produktion gehen. Bis die vielen Kinder mal gemacht und ausgetragen sind, ist das Haus ja schon wieder eine Ruine.«

»Die machen wir aber nicht hier«, wendete ich ein.

»Warum nicht?«, fragte Levian enttäuscht.

»Hier ist es so hell. Ich fühle mich irgendwie beobachtet.«

»Dann nichts wie weg hier!« Levian zog mich in Richtung Pinienwald. Als wir am Ende des Wäldchens angekommen waren, drehte er mich zu sich und küsste mich. Es war warm, ich hörte die Grillen und spürte den Mond auf meiner Haut wie in einem schlechten Liebesfilm und trotzdem oder gerade deswegen war es perfekt.

Ja, wir waren nackt in dieser Nacht, und ja, Levian bekam ein bisschen das, was er wollte. Er half mir, alles so zu machen, wie er es wollte. So wie ich ihm damals auf GPS' Party geholfen hatte. Auf dieser vom süditalienischen Sommermond beschienenen Lichtung bestätigte sich Lisannes Drei-Minuten-Regel ein weiteres Mal in der Geschichte der Menschheit. Miteinander geschlafen haben wir in dieser Nacht aber nicht.

Monstermüttertiramisu

Wir erwachten wie alle Bewohner des Hauses erst gegen Mittag. Nervös sprang ich aus dem Bett, denn es war unser erster Tauchkurstag. Uns erwarteten ein wenig Theorie und ein Übungstauchgang im Pool, also noch nichts sonderlich Aufregendes. Ich traf Davide wieder in seinen riesigen weißen Boxershorts im Flur.

»Guten Morgen!«, sagte ich lächelnd.

»Buon giorno, bella!«, grüßte Davide auf dem Weg in die Küche. »Ihr hattet gestern Abend Sex. Das ist gut für dieses Haus. Sex ist gute Energie. Ein Haus braucht gute Energie. Espresso?«

Ich antwortete nicht, sondern schloss mich sofort beschämt im Badezimmer ein. Beim Zähneputzen sah ich durch das Fenster über dem Waschbecken genau auf den Teil des Waldes, in dem Levian und ich in der Nacht zuvor auf den Waldboden gesunken waren. Das Ganze war unfassbar peinlich.

Es klopfte an die Tür und Mara betrat ohne Unterhose, aber dafür mit T-Shirt und verheulten Augen das Bad. Sie entschuldigte sich leise, setzte sich auf die Toilette und pinkelte.

»Alles okay?«, fragte ich vorsichtig.

»Nein«, erwiderte sie leise. »Sander ist ein riesiges Stück Scheiße!« Dann putzte sie sich ab, stand auf und ging, ohne ein weiteres Wort zu sagen.

Am Frühstückstisch herrschte Stille. Mara war gefahren und kam nicht mehr zurück. Cecile warf Sander vorwurfsvolle Blicke zu und räusperte sich mehrmals.

»Was ist, Mama?«, fragte Sander schließlich genervt.

»Das weißt du ganz genau.«

»Komm! Sie war einfach zu alt für mich.«

»Mara war zu alt, Antonia war zu jung, Francesca war zu italienisch, Frida war zu …«

»Ja!«, fiel Sander seiner Mutter ins Wort. »Vielen Dank, ich habe dich verstanden.«

»Wow, wie viele Italienerinnen hattest du denn im letzten Jahr?«, erkundigte Levian sich interessiert.

»Bitte zähl nicht. Wir wollen es nicht wissen«, sagte Cecile streng. »Die armen Mädchen.«

»Espresso?«, fragte Davide laut in die Runde.

Keiner antwortete.

»Acht«, sagte Sander schließlich.

»Acht?« Levian verschluckte sich fast vor Bewunderung.

»Acht«, murmelte Cecile kopfschüttelnd in Davides Richtung.

Davide zog die Augenbrauen leidend zusammen und seufzte: »Ja. Viele Frauen sind unwiderstehlich.«

»Ich kann nichts dafür«, warf Sander ein. »Ich will ja eine Pause. Aber dann steht schon wieder die nächste vor der Tür.«

Levian grinste: »Jammern auf hohem Niveau.«

»Hör doch auf!«, schimpfte Cecile. »Sobald eine gegangen ist, holst du deine Gitarre raus, spielst ein paar Lieder und schon liegt dir die nächste zu Füßen.«

»Du kannst Gitarre spielen?«, fragte ich beeindruckt.

»Sicher, amore«, antwortete Sander mit einem Augenzwinkern. »Ich spiel dir was vor.«

»Sander! Ich warne dich!«, zischte Levian, aber Sander holte unbeirrt eine ziemlich ramponierte Gitarre aus seinem Zimmer und spielte ein italienisches Lied. Seine Stimme klang rau und er sang wirklich gut.

Alle – bis auf Levian - klatschten, als er fertig war.

»Was war das?«, fragte ich.

»Ein Liebeslied. Es heißt ›Tiramisu‹.«

»Das heißt ›Zieh mich hoch‹«, übersetzte Cecile.

»Ach. Ich dachte, das heißt Quarkspeise«, sagte Levian zynisch. Sein Gesicht verfinsterte sich.

»Total schön«, räumte ich anerkennend ein.

Levian sah mich verächtlich an: »Spiel doch noch was auf der Gitarre, Sander. Dann tanzt sie bestimmt für dich. Das wäre doch richtig romantisch.«

Sander schüttelte irritiert den Kopf: »Brudi-Herz, jetzt sei nicht albern.«

Aber es war zu spät. Wutentbrannt schlug Levian mit der Faust auf den Tisch, sprang auf und verließ das Haus.

»Dreht der jetzt völlig durch?«, fragte Sander sichtlich betroffen.

»Genau das meine ich«, sagte ich zu Cecile. »Total unberechenbar.«

»Gut!«, rief Cecile entschlossen. »Ich rede mit ihm.«

Sander schnappte sich seine Gitarre und murmelte:

»Das hier ist nicht meine Baustelle.« Dann verschwand er in seinem Zimmer.

Davide seufzte und sah mich ruhig an: »Warte, Annika, ich hole die Karten.«

Er zog ein Tarotkartenset aus dem Regal und schob die Frühstücksteller zur Seite. Dann mischte er mit konzentriertem Blick die Karten und breitete sie in einem großen Halbkreis vor mir aus.

»Zieh eine! Konzentriere dich auf die Karten. Welche Karte ist deine? Welche Karte springt dir ins Auge?«

Es war das erste Mal, dass jemand für mich Tarotkarten legte. Obwohl ich nicht an diesen Kram glaubte, war er mir jetzt eine willkommene Ablenkung. Ich konnte mir ein Grinsen nicht verkneifen, als ich merkte, mit welcher Ernsthaftigkeit Davide über den Rand seiner kleinen Brille auf die Rückseite der Karten blickte.

»Deutest du jetzt meine Zukunft?«

»Nein!« Davide sah mich kopfschüttelnd an. »Die Karten sind wie ein Spiegel deiner Seele. Sieh sie dir genau an und sie werden dir zeigen, wie es in deinem Inneren aussieht.«

Das klang interessant. Es war genau das, was ich brauchte. Ich nahm die Karten mit zusammengekniffenen Augen ins Visier. Welche war meine Karte? Welche von all diesen gleich aussehenden Dingern zog mich am meisten an? Da entdeckte ich eine Karte, die sich fast vollständig hinter einer anderen versteckt hatte, nur eine winzige Ecke verriet, dass sie da war. Immer wieder musste ich hinsehen, bis ich sie endlich ein kleines Stück aus dem Halbkreis zog: »Die hier.«

Langsam drehte Davide die Karte um, auf der zwischen zwei majestätischen Säulen eine Frau in langen Gewändern mit einer Art Krone auf dem Kopf abgebildet war: »Die Hohe Priesterin. Aha.«

Er schien sehr zufrieden, seine Stirnfalten glätteten sich und er blitzte mich verschmitzt an: »Im Moment ist dein Leben ein Kompromiss. Ein Leben sollte kein Kompromiss sein. Aber die Hohe Priesterin ist weise. Sie weiß, dass es für alles eine Lösung gibt, dass es immer einen Ausweg gibt.«

Die Sache mit Levian war der Kompromiss in meinem Leben. Das war völlig klar. Ich war mit jemandem zusammen, der mich nicht liebte. Alles andere konnte ich nicht beeinflussen, meine Familie, die Schule und all das. Oder es war kein Kompromiss, wie das Tanzen und meine Freundschaft zu Lisanne. So unterschiedlich wir auch waren, so anstrengend sie auch sein konnte, sie war eine echte Freundin, die zu mir hielt und in vielen wirklich beschissenen Situationen für mich da gewesen war. Nicht immer mit den besten Tipps, aber immer mit dem Herzen und einmal auch mit ihrem Leben.

Nun ließ Davide mich weitere vier Karten ziehen und legte sie aufgedeckt in einem Quadrat nebeneinander. Lange betrachtete er die Karten, dabei zog er seine buschigen Augenbrauen zu einer finsteren Linie zusammen. Schließlich schüttelte er leicht den Kopf und sagte, den Blick noch immer auf die Karten gerichtet: »Der Tod. Du musst dich von etwas verabschieden und dich auf einen neuen Anfang freuen. Etwas wird passieren. Etwas Schmerzhaftes. Aber danach wirst du einen neuen Weg finden.«

»Vielleicht sollte ich Levian verlassen«, sagte ich nachdenklich.

»Warum?«

»Weil er mich nicht liebt. Deshalb.«

»Wie kommst du denn darauf?«, rief Davide erstaunt aus. »Er liebt dich. Er liebt dich über alles!«

»Woher willst du das wissen?«, fragte ich frustriert.

»Ich bin ein alter Mann. Ich habe in meinem Leben viele Menschen getroffen. Traurige Menschen. Aber auch glückliche Menschen. Liebende Menschen. Viele liebende Menschen. Ich kann das sehen. Manchmal, wenn du es gerade nicht bemerkst, sieht er dich an und sein Blick ist fast schmerzverzerrt vor Liebe.«

»Warum sagt er es dann nicht?«, hakte ich nach.

»Was?« Davide war sichtlich irritiert.

»Na, dass er mich liebt.«

»Oh, was sind Worte?«, sinnierte Davide und reckte seine Hände pathetisch zum Himmel. »Worte bedeuten nichts. Worte lügen. Sein Blick sagt alles. Seine Augen. Du musst wohl noch ein wenig wachsen, um zu verstehen, was die Menschen um dich herum wirklich fühlen.«

Dann deutete er auf die nächste Karte, eine Karte mit zwei goldenen Kelchen: »Die Zwei der Kelche. Diese Karte bedeutet Verlust, Leere, Wunden in deiner Seele.«

In diesem Moment kam Cecile ins Haus gestürmt und rief aufgebracht: »Er spricht nicht mit mir, der alte Sturkopf. Es ist noch schlimmer als früher. Jetzt fehlt nur noch, dass er sich auf den Boden schmeißt und laut brüllt, wie vor zwölf Jahren im Supermarkt. Ich weiß nicht, was ich mit diesem Kind machen soll. Es tut mir leid, Annika. Ich kann dir nicht helfen. Ich bin seine Mutter, aber ich komme einfach nicht an ihn ran!«

Nach einer kurzen Pause sagte sie leise und ohne uns anzusehen: »Wahrscheinlich hasst er mich. Mein Gott, ich weiß, dass es so ist. Er hasst mich abgrundtief. Seine Augen sind so kalt. Wie er mich ansieht. Das ist ja nicht mal mehr Hass, das ist einfach ohne irgendein Gefühl. Ich glaube, er fühlt gar nichts mehr.«

»Cecile!« Davide schüttelte den Kopf. »Das ist nicht wahr. Du bist seine Mutter. Alle Söhne lieben ihre Mütter. Glaub mir!«

»Woher willst du das wissen? Du hast eine Tochter und bist ein Mann«, erwiderte Cecile und begann im selben Moment, bitterlich zu schluchzen. »Ich habe Levian verlassen! Was bin ich nur für eine Mutter? Hat deine Mutter dich verlassen, Annika? Nein! Ihren Äußerungen nach zu schließen ist sie mit einem hoffnungslosen Vollidioten zusammen, aber sie hat ihn nicht verlassen. Sie ist geblieben. Dir zuliebe, deinem Bruder zuliebe. Sie bringt ein tägliches Opfer für ihre Kinder. Deine Mutter ist eine Märtyrerin und ich bin einfach nur ein Schwein. Ich hatte einen großartigen Mann. Marten ist die Sanftmut in Person. Aber das war mir nicht genug.« Cecile hatte sich in Rage geredet und nicht bemerkt, dass Levian schon vor einiger Zeit das Wohnzimmer betreten hatte und aufmerksam ihrem Monolog folgte.

»Ich bin ein Schwein! Ein Mutterschwein! Eine Egomanin. Es ist kein Wunder, dass er mich hasst. Keine Mutter verlässt ihr Kind. Das ist … das ist … das ist so unmütterlich!«

»Cecile«, sagte Davide beschwichtigend, während er ihr die Hände auf die Schultern legte.

Cecile wehrte Davides Hände ab und sprach weiter

mit dem Boden: »Sei still, Davide! Du weißt nicht, wie es mir geht. Du hast nie jemanden verlassen. Du wurdest immer nur verlassen. Du musstest nie mit diesem schlechten Gewissen leben. Und eins sage ich dir: Deinen Partner zu verlassen ist das eine. Das kannst du dir vielleicht irgendwann verzeihen oder vergessen oder erklären oder einfach abhaken. Aber dein Kind zu verlassen. Stell dir vor, du würdest Luisa verlassen. Du würdest ihr Herz brechen!«

»Wir brechen alle die Herzen unserer Kinder. Ich habe Luisas Herz gebrochen, weil ich sie habe gehen lassen.«

»Das ist doch Schwachsinn!«, Ceciles Stimme überschlug sich. »Kinder gehen aus dem Haus, nicht Eltern. Kinder gehen zu lassen, ist völlig normal. Nur ich bin abnormal. Ich bin eine Rabenmutter. Ich bin ein Monster.« Wieder begann Cecile zu weinen. »Wie kannst du einem Kind erklären, dass du es liebst, obwohl du es verlassen hast? Das geht nicht. Liebe lässt sich nicht erklären. Liebe kann man nur zeigen, indem man Opfer bringt, indem man da ist.« Schluchzend fügte Cecile noch hinzu: »Wahrscheinlich denkt Levian sogar, dass ich Marten kein Geld schicken will und ihn mit Absicht am Hungertuch nagen lasse.«

Da sagte Levian endlich: »Ich weiß, dass Marten kein Geld von dir annimmt, weil er zu stolz ist. Ich weiß das alles.«

Cecile fuhr herum und sah Levian bestürzt an.

Es folgte ein Schweigen zwischen Levian und Cecile, das ich nie vergessen werde. Es war ein Schweigen, das über den Verlauf zweier Leben entschied. Ein Moment, der zu einer endgültigen Versöhnung oder aber zu einer unwiederbringlichen Trennung führen musste, weil etwas ausgefochten wurde, das nichts mehr mit Worten zu tun hatte.

Es ist schwer zu sagen, wer von beiden in diesem Moment den ersten Schritt machte. Es war auch völlig egal, ob der, der endlich verstand und verzieh, oder die, die endlich verstand und bereute, den ersten Schritt auf den anderen zuging. Es war auch nicht so, dass Cecile und Levian sich in die Arme fielen und Cecile ihrem Sohn leise zuflüsterte: »Ich liebe dich, Levian!« Die ganze Situation hatte überhaupt ziemlich wenig von einer typischen Versöhnungsszene. Es war eine leise Versöhnung, ohne große Worte und ohne große Gesten. Nichts, was auf Film hätte festgehalten und auf einer noch so riesigen Leinwand hätte wiedergegeben werden können.

Levian räusperte sich einfach nur irgendwann und fragte mit heiserer Stimme: »Fährst du uns zum Tauchkurs, Mama?«

Man musste schon wissen, dass Levian Cecile seit unserer Ankunft weder Cecile noch Mama genannt hatte. Dass Levian von sich aus niemanden um irgendetwas bat. Dass Levians Blick unerträglich kalt sein konnte, eine dünne glasklare Eisschicht statt einer feuchtwarmen verletzlichen Netzhaut. Nur dann konnte man ahnen, was gerade passiert war.

»Natürlich«, sagte Cecile dankbar und griff nach den Autoschlüsseln. »Natürlich fahre ich euch.« Dann fügte sie mit einem etwas unsicheren Lächeln hinzu: »Ich habe ja sonst nicht die Gelegenheit, euch zu verwöhnen.«

***

Auf dem Weg zur Tauchschule saß Levian vorne auf dem Beifahrersitz. Zuerst sprach niemand ein Wort. Der italienische Radiosprecher quasselte in einem Wahnsinnstempo vor sich hin und die Autos um uns herum hupten, weil Cecile sich ausnahmslos an alle Verkehrsregeln hielt. Gleichzeitig verstellte sie alle zehn Sekunden den Radiosender, machte ihr Fenster auf und wieder zu und rückte den Rückspiegel zurecht.

Schließlich sagte Levian: »Du fährst immer noch Auto wie eine hyperaktive Deutsche.«

Cecile sah Levian perplex an und machte eine Vollbremsung, um dem Auto vor uns nicht mit voller Geschwindigkeit in den Kofferraum zu rasen. Der Motor soff sofort ab, die Ampel vor uns schaltete im gleichen Moment auf grün und hinter uns begannen die ersten Autofahrer zu hupen. Statt loszufahren stieg Cecile aus dem Auto, öffnete kopfschüttelnd die Motorhaube und beugte sich über den Motor. Die Huperei hinter uns nahm zu.

»Haben wir etwa einen Motorschaden?«, fragte ich Levian besorgt, denn man konnte hören, wie Cecile an irgendetwas herumschraubte. Ich hatte keine Lust, in dieser Affenhitze stundenlang auf den Abschleppdienst zu warten und schon zu unserer ersten Tauchstunde zu spät zu kommen.

»Nein, sie schraubt nur den Öldeckel und den Wischwasserdeckel ab und setzt dann beide wieder drauf. Das macht sie immer, wenn sich andere Autofahrer über sie aufregen. Es ist so eine Art Rache.«

Cecile schlug die Motorhaube zu, rieb sich die Hände sauber, lächelte die Autofahrer hinter uns an, machte das Daumenhoch-Zeichen und stieg wieder ins Auto. Begeistert klatschten die Autofahrer Beifall: »Brava, bella! Brava!« Cecile winkte dankend in den Rückspiegel, ließ den Motor aufheulen, indem sie ordentlich Gas gab, dann ließ sie mit einem Ruck die Kupplung los und wir jagten mit quietschenden Reifen über die Kreuzung.

»Wuhuuuu!«, jubelte Cecile.

Levian lachte laut auf: »Du hast dich überhaupt nicht verändert.«

»Stimmt. Ich habe mich nicht verändert. Nichts in mir hat sich verändert.«

»Ich weiß«, sagte Levian. Und damit war alles gesagt. Aber zwischen Levian und mir hatte sich etwas verändert. Von einem Moment auf den anderen. Levian drehte sich zu mir um, nahm meine Hand und lächelte mich an. Noch nie zuvor hatte er mich von sich aus angelächelt. Lächeln war immer nur eine Reaktion gewesen auf irgendetwas, das ich für ihn getan hatte. Ein Zurücklächeln. Oder es war nur eine billige Masche für andere Leute gewesen, die Schwiegersohn- und Lehrerliebling-Masche. In diesem Moment aber, da vorne neben Cecile, galt sein Lächeln zum ersten Mal wirklich mir. Er lächelte einfach nur, weil ich bei ihm war.

Sterbeliedmädchen

Unser Tauchlehrer Matteo wies uns in einem absurd anmutenden Kauderwelsch in die Einzelteile der Tauchausrüstung ein. Seine Erklärungen zum Druck und zum Sauerstoffgehalt in den Tauchflaschen klangen so schräg, dass selbst ich es bemerkte. Ich, die personifizierte Chemie- und Physikniete, und mir war nicht so ganz klar, welches der beiden Fächer mir in Bezug auf die Tauchflaschen mehr geholfen hätte.

Am Ende der Ausführungen hatten wir lediglich kapiert, dass wir lieber auftauchen sollten, bevor der Zeiger auf der Anzeige der Tauchflasche in den roten Bereich wanderte, und dass man mit der Hand ein Halsabschneidezeichen machen musste, wenn man keinen Sauerstoff mehr in der Flasche hatte. Das heißt nämlich so viel wie »Ich sterbe an Sauerstoffmangel!«. Indem man Daumen und Zeigefinger zusammenführt, signalisiert man ein »Ich bin okay!«, das Winken mit dem ganzen Arm heißt »Hilfe! Haifischalarm!« oder ähnliches. Daumen und Zeigefinger zusammenführen hieß »Ich bin okay!«, Hals durchschneiden hieß »Ich sterbe an Sauerstoffmangel!«,

Winken mit dem ganzen Arm hieß »Hilfe! Ein Haifisch oder Ähnliches«.

Mit der gesamten Ausrüstung bewaffnet und einem ziemlich mulmigen Gefühl im Bauch stiefelte ich mit Levian und Matteo zu dem Pool, in dem wir unsere Tauchübungen absolvieren sollten. Dieser Übungspool war allerdings von einer derartigen Winzigkeit, dass ich mich in dem Moment beruhigte, als ich ihn sah. In dieser Wasserpfütze konnte man gar nicht sterben. Außerdem versuchte ich, den Tauchkurs einfach als eine unabdingbare Notwendigkeit anzusehen.

Es kostete mich ziemliche Überwindung, die Tauchmaske unter Wasser auszuspülen und den Atemregler aus dem Mund zu nehmen, durchzupusten und wieder einzuatmen, aber es war weniger schlimm, als ich befürchtet hatte. Das Wasser war hell und warm und meine Füße berührten die ganze Zeit den Boden des Pools. Das alles hatte nichts mit dem zu tun, was damals im See geschehen war.

Bald hatten wir die Übungsreihe mit Unmengen von Daumen-trifft-Zeigefinger-Zeichen hinter uns gebracht und durften unsere ersten richtigen Runden durch den Pool tauchen. Tauchen war ein Wahnsinn: Die Flasche auf meinem Rücken schwebte und ich spürte meinen Körper nicht mehr, der schwerelos durch das Becken glitt. Ich weiß nicht, ob man sich vorstellen kann, was es für eine Tänzerin bedeutet, für einen zeitlich begrenzten Moment ihren Körper nicht mehr zu spüren. Es ist ein Moment der Erlösung.

Die letzten paar Runden waren Levian und ich gemeinsam getaucht. Hand in Hand. Einander mit den

Augen durch das Glas unserer Tauchmasken anlächelnd. Als der Übungstauchgang vorbei war, zog Levian sich die Tauchmaske vom Kopf und strahlte über das ganze Gesicht.

»Schön, oder?«, fragte ich.

»Ich liebe es!«, erwiderte er und küsste mich fest auf den Mund. Es fühlte sich gut an, etwas gemeinsam zu lieben.

***

Ein Neffe Davides brachte uns nach Hause. Als wir einparkten, hörten wir Davide und Cecile schon streiten. Sie waren über die Pläne gebeugt und tippten wild darauf herum.

»Wenn ich im Regen nach Hause komme und in meiner Handtasche ewig nach meinen Haustürschlüsseln kramen muss, dann will ich nicht nass werden.«

»Es regnet so gut wie nie in Italien.«

»Blödsinn, Davide.«

Hatten Cecile und Davide uns gestern zumindest noch begrüßt, schienen sie das heute nicht mehr für nötig zu halten. Die Pläne für den Eingangsbereich ihres Hauses waren wichtiger und die Gäste würden bald kommen. Levian und ich kümmerten uns nicht weiter um die beiden, sondern aßen in der Küche ein paar Scheiben Baguette, weil wir vom Tauchen hungrig waren, und dann duschten wir zusammen – ewig und komplett nackt.

Levian schlang in der Dusche seine Arme um mich und flüsterte: »Ich will heute Nacht mit dir schlafen.«

»Auf keinen Fall«, sagte ich leise und streichelte und küsste ihn, weil ich wollte, dass er wusste, dass ich ihn unter der heißen Dusche wahnsinnig sexy fand.

»Wann dann?«, fragte Levian und küsste mich fordernd auf mein Haar und auf meinen Hals.

»Überübermorgen. Nach unserem ersten richtigen Tauchgang im Meer.«

»Warum? Warum ausgerechnet überübermorgen?«

»Nach dem Tauchen eben.«

»Du denkst, dass ich sterbe, und willst deine Jungfräulichkeit nicht an einen Toten verschenken!«, rief Levian gespielt empört.

»Denkst du, du stirbst beim Tauchen?«, fragte ich entsetzt. So witzig fand ich den Gedanken nicht.

»Nein. Eigentlich nicht. Willst du vielleicht jungfräulich sterben?«

»Ich will eigentlich gar nicht sterben. Weder mit noch ohne Jungfernhäutchen«, murmelte ich. »Ich brauche einfach noch ein bisschen. Und außerdem will ich nicht, dass der erste Tauchgang der große Höhepunkt unseres Urlaubs wird, sondern unser erstes Mal.«

»Das ist süß«, räumte Levian ein. Dann bettelte er: »Aber du bist so sexy und ich will dich, ich will dich, ich will dich.«

»Okay. Du kriegst mich, aber erst überübermorgen.«

»Versprochen?«

»Versprochen.«

»Und jetzt?«, fragte Levian und sah an sich herunter. »Was soll ich JETZT machen?«

»Hier ist es hell und ungemütlich, direkt vor der Badezimmertür streiten Cecile und Davide und au-

ßerdem haben wir gleich das ganze heiße Wasser ver-
braucht.«

»Das sind doch alles billige Ausreden«, meckerte Levian.

»Das sind Fakten«, entgegnete ich trocken.

»Nur einmal anfassen!«, bettelte Levian mit Hun-
deaugen.

»Okay. Ich gehe jetzt raus und du hast von mir die offizielle Erlaubnis, dieses – doch sehr große – Problem
heute ausnahmsweise selbst zu lösen.«

»Langweilig!«, protestierte Levian.

»Das ist nicht langweilig. Das ist ziemlich progressiv
von mir«, konterte ich und verließ schnellstmöglich das
Bad.

***

Sander war inzwischen eingetrudelt und mit ihm die
ersten jungen Gäste: eine Gruppe junger Italiener, aber
keine neue Italienerin für Sander. Ich beschloss, diesen Abend zu einem Abend mit Sander werden zu lassen, auch wenn Levian am Ende des Abends vor Eifer-
sucht auf dem Boden liegen und mit allen vier (oder von
mir aus auch fünf) Gliedmaßen strampeln würde. Es war
Zeit, Sander näher kennen zu lernen, sein Frauenprob-
lem zu ergründen und – wenn möglich – Parallelen zu
seinem jüngeren Bruder zu ziehen.

Also setzte ich mich zur Freude der italienischen
Jungsgruppe neben Sander an den Esstisch.

»Na? Wo ist die Nummer Neun?«

»Der Abend hat erst angefangen«, erwiderte Sander mit
selbstverliebtem Lächeln. »Mal sehen, was noch kommt.«

»Darf ich mal fragen, was Mara falsch gemacht hat?«

Sander lehnte sich zurück und verschränkte seine Arme vor der Brust: »Warum willst du das wissen?«

»Damit ich nicht denselben Fehler mache.«

Sander lachte laut auf: »Keine Sorge, das kann dir nicht passieren!«

»Woher willst du das wissen?«, fragte ich verunsichert.

»Mara hat mir in den ersten zwei Nächten so ungefähr alles geboten, was du dir vorstellen kannst.«

»Ich dachte, darauf stehen Männer.«

»Ja, war toll.« Sander grinste vielsagend.

»Was war dann das Problem?«

»Mit Mara habe ich alles gehabt, verstehst du? Da gibt es nichts mehr, was noch auszuprobieren wäre.«

»Woher willst du wissen, dass Levian nicht auch schon alles mit mir gehabt hat?«, erkundigte ich mich neugierig.

»Weil du Jungfrau bist. Das hat er mir erzählt.«

Ich versuchte vergeblich, mich an einen Moment zu erinnern, den Sander und Levian für sich alleine gehabt hätten, um Informationen solcher Art auszutauschen.

»Wann hat er dir das erzählt?«

»Gestern, als du unter der Dusche warst.«

»Hat er dir sonst noch was erzählt?«

»Nein«, erwiderte Sander gelassen, »es gibt ja noch nichts.«

»Wirklich nicht? Vielleicht solltest du dich mit Levian mal über wichtigere Dinge unterhalten als über Sex.«

»Wichtigere Dinge als Sex?«, fragte Sander gespielt verdutzt.

»Zum Beispiel darüber, dass du einfach mit deiner Mutter nach Italien gegangen bist und deinen Vater und Levian alleine zurückgelassen hast.«

»Das ist ja eine echt schräge Unterstellung. Vielleicht solltest DU dich mal mit Levian über ein paar andere Dinge unterhalten als über Sex.« Sander schien für einen kurzen Moment richtig verärgert, dann fügte er hinzu: »Nachdem Cecile und Davide sich kennengelernt hatten, ist Cecile zu ihm gezogen. Wir haben drei Jahre lang versucht, so eine Art Teilzeit-Familie zu spielen. Cecile war jeden Abend bei uns, um für uns da zu sein, mit uns für die Schule zu lernen und uns ins Bett zu bringen. Aber es hat trotzdem nicht geklappt, weil Davide unsere Wohnung nicht betreten durfte. Levian hat ihn gehasst. Er ist völlig ausgeflippt, wenn er nur Davides Namen gehört hat. Seine Wutanfälle waren unerträglich. Kein Wunder, dass Cecile und Davide sich irgendwann entschieden haben, nach Italien zu ziehen. Ich habe Levian nicht allein gelassen. Im Gegenteil. Aber das soll er dir mal schön selbst erzählen.«

»Das wird er«, sagte ich leise.

»Und noch etwas: Levian hat sich verändert. Bevor Cecile Davide kennengelernt hat, hatte Levian viele Freunde. Schon damals war er kein richtig typischer Fußball und Playstation spielender Junge, aber er war echt beliebt. Aber dann hat er sich total zurückgezogen und sich mit niemandem mehr verabredet. Er wollte der Einzelgänger sein, der er geworden ist.«

Ich hatte mir nie Gedanken darüber gemacht, warum Levian keine Freunde hatte. Es war klar, dass er keinen Wert auf die Gesellschaft anderer Jungs legte, weil er andere Interessen hatte, sich über andere Dinge Gedanken machte. Dass das einmal anders gewesen sein könnte, hatte ich nie in Betracht gezogen.

Um meine Verlegenheit zu überspielen und das Thema schnellstmöglich zu wechseln, fragte ich: »Was haben die anderen sieben Mädchen falsch gemacht? Haben die dir alle das volle Programm geboten?«

»Nein. Schön wär's.«

»Also was?«

»Du bist ganz schön neugierig, bella Annika«, sagte Sander und sah mich so intensiv an, dass ich Angst hatte, er würde mir gleich die Zunge in den Hals stecken. Instinktiv wich ich ein Stück zurück.

»Keine Sorge. Die Frau meines kleinen Bruders ist zwar hübsch, aber tabu.«

»Gut.« Ich rückte wieder ein Stückchen näher, um weiter zu fragen. Auf dem Weg in die Schweiz hatte meine Mutter mal auf einem Rastplatz darauf bestanden, eine junge Tramperin mitzunehmen, um deren Sicherheit sie sich vermutlich sorgte. Jona und ich saßen zusammengepfercht mit ihr auf der Rückbank und sie stellte meinen Eltern lauter peinliche persönliche Fragen, bis wir sie endlich an ihrem Ziel absetzten. Meine Eltern haben noch nie so viel über sich und ihre Beziehung geredet wie auf dieser Autofahrt. Bevor die Tramperin ausstieg, tippte sie mir auf die Schulter und flüsterte: »Hey, Kleine. Wenn Menschen auf persönliche Fragen nicht antworten, darfst du auf keinen Fall locker lassen. Man muss ihnen nur noch ein- bis zweimal dieselbe Frage stellen, dann erzählen sie einem alles, was man wissen möchte. Menschen möchten nämlich erzählen, weißt du. Wenn du sie oft genug fragst und ihnen richtig zuhörst, dann erzählen sie dir alles. Danach wundern sie sich darüber, warum sie all diese persönlichen Dinge ausgerechnet dir erzählt haben. Merk dir das, Kleine. Es funktioniert immer.«

Levian war der erste und bisher einzige Mensch in meinem Leben, bei dem diese Taktik überhaupt nicht funktioniert hatte.

»Also, was haben die anderen sieben Mädchen falsch gemacht?«

»Du bist ja ziemlich hartnäckig.«

»Du musst ja nicht drüber reden.«

»Okay«, sagte Sander nach kurzem Zögern. »Warum nicht? Wir sehen uns vermutlich nach diesem Urlaub sowieso nie wieder.«

Ich schluckte. Sander sah für meine Beziehung zu Levian offenbar keine Zukunft, doch ihm schien gar nicht aufzufallen, was er da gerade gesagt hatte. Unbeirrt fuhr er fort: »Nun ja, Antonia war die Erste. Sie war vierzehn. So junge Mädchen, die haben etwas Faszinierendes. Eine andere Art von Schönheit. Sie sind irgendwie ungewollt erotisch. Mit Antonia habe ich nur herumgeknutscht. Ich schwöre. Aber sie hat versucht, mir in jedem Gespräch gerecht zu werden, erwachsen zu klingen und abgeklärt. Sie hat sogar versucht, erwachsen und abgeklärt zu knutschen. Das war irgendwann nervig, verstehst du?«

»Mmh«, sagte ich und fragte mich, warum ich in meinem kleinen egozentrischen Weltbild jede Aussage eines jeden Menschen irgendwie auf mich beziehen musste. Ich war keine Vierzehn mehr und trotzdem bildete ich mir sofort ein, dass Levian deshalb nicht in mich verliebt war, weil man mit mir keine guten Gespräche führen konnte und ich pseudo-erwachsen küsste.

»Was denkst du gerade?«, fragte Sander und trank von seinem Bier.

»Schwups, jetzt ist unsere Beziehung vorbei.«

»Echt? Das ging ja schnell. Bin ich dir zu jung?«, erkundigte Sander sich grinsend. Sanders Selbstbewusstsein wollte ich haben.

»Nein. Keine Sorge. Du bist eindeutig alt genug. Aber wenn einer den anderen fragt, was er denkt, ist die Beziehung vorbei.«

»Finde ich nicht. Also Frida, Nummer Fünf, hat ununterbrochen von sich erzählt. Sie hat nicht mal im Bett ihren Mund gehalten, sondern in einer Tour erzählt, was sie gerade fühlt. Am Anfang fand ich das ziemlich sexy. Ein Mädchen, das im Bett redet. Aber irgendwann ging mir das total auf den Sack. Nach zwei Wochen wusste Frida immer noch überhaupt nichts über mich. Hätte sie mich in dieser ganzen Zeit nur einmal gefragt, was ich denke, wären wir jetzt vielleicht noch zusammen. Aber ich habe sie eigentlich überhaupt nicht interessiert. Keine Ahnung, warum die mit mir zusammen war.«

»Weil du gut aussiehst und ihr irgendeinen Song auf der Gitarre vorgespielt hast?«

Sander nickte: »Stimmt beides. Und übrigens: Man muss immer in einer Sprache singen, die dem Mädchen fremd ist. Da stehen die drauf. Dann merken sie auch nicht, wenn der Text schlecht ist.«

»Was hast du genommen? Russisch oder Chinesisch?«

»Ihr Englisch war nicht besonders gut.«

»Englisch für Frida und Italienisch für Annika, ja?«

»Genau.«

Levian war nun auch ins Esszimmer gekommen, warf uns wie erwartet einen bitterbösen Blick zu und flüchtete zurück zu Cecile auf die Terrasse. Es war mir egal. Sollte er doch ruhig mal eifersüchtig sein. Das schadete ihm bestimmt nicht.

»Jetzt haben wir Nummer Eins, Fünf und Acht besprochen. Fehlen nur noch Zwei, Drei, Sechs und Sieben.«

»Okay. Ich mag das, die Art, wie du fragst und bei der Sache bleibst«, stellte Sander anerkennend fest. »Ich verstehe langsam, was Levian an dir findet.«

Am liebsten hätte ich Sander gefragt, WAS Levian denn genau für mich empfand, aber ich verkniff es mir. Auf keinen Fall sollte Levian hintenrum erfahren, wie sehr ich an seinen Gefühlen zweifelte. Dass Levian mir nur so wenig von seiner Vergangenheit erzählt hatte, war blamabel genug. Also lieferte ich Sander keine weiteren Informationen und konzentrierte mich auf seine Frauenprobleme.

»Nummer Zwei war zu verbindlich. Sie wollte mich nach einer Woche ihrer ganzen Sippschaft vorstellen. Sie hat Hochzeitspläne für uns geschmiedet und aus irgendeiner Zeitung Grundstücke ausgeschnitten, die zum Verkauf standen. Das war echt beängstigend.«

»Und wenn es die Richtige gewesen wäre?«

»Die richtige Zeitung?«

»Nein, die richtige Frau?«

Sander zuckte mit den Schultern: »War sie eben nicht.«

»Und Nummer Drei?«

»Die war ein One-Night-Stand. Ich hatte an dem Abend zu viel getrunken. Das Mädchen gefiel mir eigentlich gar nicht. Es hat sich so ergeben, mehr nicht.«

»Und sie? Hatte sie auch zu viel getrunken? Wollte sie auch nur einen One-Night-Stand? Ich meine, woran erkennt eine Frau eigentlich, dass sie nur ein One-Night-Stand sein wird?«

»Gute Frage!« Sander dachte kurz nach, dann antwortete er: »Vielleicht an den Floskeln? An so einem Abend vor einem One-Night-Stand unterhält man sich doch nur in Floskeln. Du hast schöne Augen. Du hast schöne Haare. Du bist so süß. Ich denke, Frauen können das schon erkennen, sie wollen es vielleicht nur nicht wahrhaben. Keine Ahnung! Ich bin ja keine Frau.«

»Nein. Offensichtlich nicht. Du bist einfach nur ein Arsch.« Ich lachte zwar, aber ein wenig ernst meinte ich das schon.

»Nun übertreib mal nicht. Woher soll ich denn bitte wissen, dass ein süßes, hübsches, nettes, sexy Mädchen eben nicht meine Traumfrau ist, Annika? Woher soll ich das deiner Meinung nach wissen?«

»Na, weil deine Traumfrau in dein Hirn und in dein Herz einschlägt, wie eine Bombe, wenn du sie das erste Mal siehst«, sinnierte ich. »Ein Bombeneinschlag in Zeitlupe, wie in so einem amerikanischen High-School-Film. Ich denke, das können Männer schon merken.«

In diesem Moment glitt Sanders Blick zur Eingangstür. Er schlug sanft auf meinen rechten Oberschenkel und fixierte das schwarzhaarige Mädchen, das gerade das Wohnzimmer betreten hatte und nun suchend in die Runde schaute.

»Das ist die Bombe!«, flüsterte Sander. »Ich hole mal lieber meine Gitarre.«

Er stand auf, ging lächelnd an dem Mädchen vorbei in sein Zimmer und kehrte mit seiner Gitarre zurück an den Esstisch. Sanders Freunde hatten das Mädchen schon längst lauthals aufgefordert, sich zu uns zu setzen.

Sander rückte seinen Stuhl etwas vom Tisch ab, nahm die Gitarre auf seine überschlagenen Beine und sah das Mädchen ernst an. Dann begann er eine melancholische Melodie zu spielen und schließlich sang er mit rauer Stimme:

I'll sing you a lullaby, honey.
I'll be there when you die, honey.
Someday you'll let me down.
Just let yourself drown.
Just float then, don't cry.
Let go then, just die.

Die Neue konnte ihren Blick nicht mehr von Sander abwenden. Es war schon längst um sie geschehen. Vielleicht hatte sie nicht einmal ansatzweise begriffen, dass Sander ihr zu Ehren ein trauriges Sterbelied sang.

Cecile kam zum Esstisch und legte Sander die Hand auf die Schulter: »Schönes Lied. Das kenne ich noch gar nicht.« Als sie bemerkte, wen Sander mit seinen Augen fixierte, während er spielte, drehte sie sich auf der Stelle um und sagte trocken: »Oh nein. Nummer Neun.«

Davides Gäste hatten inzwischen einen Kreis um Sander gebildet und johlten und klatschten, bis Sander zufrieden lächelnd weitere Lieder in irgendeiner skandinavischen Sprache zum Besten gab. Vielleicht war es Norwegisch oder Dänisch, oder es waren von Sander frei erfundene Wörter, die allen Mädchen dieser Welt fremd und irrsinnig tiefgründig vorkamen. Zum Schluss spielte Sander »Tiramisu« und seine Zuhörer sangen andächtig den Refrain mit.

Mein Gespräch mit Sander war gelaufen. Also stand ich auf und folgte Cecile nach draußen, um mich zu Levian zu gesellen. Dieser saß auf der Terrasse und starrte in die Dunkelheit. Ich legte ihm die Hand auf die Schulter und sagte leise: »Ich habe deinen Bruder ein bisschen besser kennengelernt.«

Levian lachte bitter auf, dann zischte er: »Hast du ihm die Zunge in den Hals gesteckt?«

»Nein, nur ins Ohr«, erwiderte ich, setzte mich neben ihn und streichelte versöhnlich sein Knie.

»Sehr witzig.«

»Übrigens habe ich festgestellt, dass ihr euch nicht besonders ähnlich seid. Du und Sander.«

»Wir haben ungefähr so viel gemeinsam wie du und Jona.«

»Könnte hinhauen«, erwiderte ich. »Oder wie die verzweifelte Öko-Gina und ich.«

»Eifersüchtig, Annika?«

»Nicht weniger als du.«

Ceciles Worte klangen mir noch immer im Ohr. Liebe fühlt sich ganz einfach an. Aber die Sache mit Levian war von Anfang an einfach nur kompliziert gewesen.

»Sander hat erzählt, dass du Cecile und Davide das Leben drei Jahre lang zur Hölle gemacht hast.« Nun war es raus. Er hätte es mir ja auch selbst erzählen können.

»Das hat er gesagt?« Levians Stimme klang mit einem Mal kratzig.

»Nicht wortwörtlich, aber so ähnlich.«

Levian schwieg.

»War es so?«, hakte ich nach und dachte an die Worte der Tramperin.

»Könntest du diese Sachen vielleicht erst mit mir besprechen und dann mit meinem Bruder?«, fragte Levian abweisend. »Was soll ich denn dazu noch sagen?«

»Du hättest es mir ja einfach selbst erzählen können«, erwiderte ich trotzig.

Er sprang auf. Die Kartenspieler am Tisch waren auffällig leise geworden und sahen nun verstohlen zu uns hinüber.

»EINFACH erzählen, ja? So wie du mir EINFACH erzählst, warum du nicht schwimmen gehst, warum du immer nur über MICH reden willst, warum du immer so abweisend bist?«

»ICH bin abweisend? Das ist ja lächerlich!«, rief ich aus, obwohl ich wusste, dass er recht hatte.

»Ja genau!«, zischte Levian. »Du bist besessen von den Problemen der anderen, nur um von deinen eigenen Problemen abzulenken.«

~

Über mir und um mich herum ist nichts als Eis. Ein ohrenbetäubendes Tosen dringt in meine Ohren. Aus meinem Mund quillt ein erstickter Schrei.

~

»Ich möchte jetzt bitte ins Bett gehen«, sagte ich trocken und stand auf.

»Du begleitest sie!«, rief Cecile Levian zu und er tat, was seine Mutter ihm aufgetragen hatte.

Wir nickten den Gästen zu und machten, dass wir ins Haus kamen. Als wir das Wohnzimmer durchquerten, hatte Sander seine Gitarre bereits zur Seite gelegt und seine Hand auf dem Oberschenkel der kleinen schwarzhaarigen Nummer Neun.

Wir konnten lange nicht schlafen in dieser Nacht. Erst lag jeder auf seiner Seite des Bettes und schwieg beleidigt vor sich hin. Irgendwann quetschte Levian seinen Arm unter meinen Kopf und zog mich an sich heran.

»So hat wohl jeder seine Baustellen«, flüsterte er.

»Vermutlich«, flüsterte ich zurück und legte meine Hand auf seine Brust.

»Wir arbeiten dran, oder?«

»Jeder für sich«, erwiderte ich bitter.

»Das habe ich auch gedacht«, wendete Levian ein, »aber du hast mich gezwungen, mich mit Sander und meiner Mutter auseinanderzusetzen, und das war goldrichtig.«

»Ich habe das eigentlich nicht für dich gemacht.«

»Ach so, ich vergaß, dass du alte sexbesessene Egoistin ja nur endlich mit mir schlafen wolltest.«

»Stimmt«, sagte ich schmunzelnd. Ich liebte Levians Humor. Er schaffte es einfach immer wieder, mich auch in den frustrierendsten Situationen zum Lachen zu bringen. Also kuschelten wir noch ein wenig und schliefen irgendwann ein, aber in dieser Nacht wurde mir nicht mehr so richtig warm. Es fühlte sich an, als würde eine unsichtbare Eisdecke mich bedecken, die Levian und mich voneinander trennte.

Mittelmeersplitter

Am nächsten Tag hätten wir garantiert unseren Tauchkurs verschlafen, wenn das penetrante Klingeln meines Handys uns nicht geweckt hätte. Schlaftrunken tastete ich nach dem Handy. Im Display blinkte Lisannes
Nummer.

»Hi«, murmelte ich demonstrativ verschlafen ins Telefon.

»Annika!« Lisanne klang völlig aufgelöst. Sie weinte
und brachte kaum einen Ton raus.

»Was ist los?«, fragte ich besorgt und setzte mich im
Bett auf.

»Marvin hat Schluss gemacht!«

Ich schlug innerlich drei Kreuze vor Erleichterung,
aber ich fragte betont einfühlsam: »Oh nein! Warum?«

»Weil ich Orangenhaut habe!« Lisanne fing hysterisch an zu schluchzen.

»Was? Was für ein Arschloch!«

»Er hat mit dieser Franzi aus seiner Clique zusammen
GEBADET und festgestellt, dass DIE keine Orangenhaut
hat.«

»Die ist doch erst 14. Das ist ja widerlich.«

»Mit 14 hatte ich auch noch keine ORANGENHAUT!«, schrie Lisanne verzweifelt.

»Du hast auch jetzt keine Orangenhaut.«

»Doch! Bis zu den Kniekehlen!«

»Nur ein bisschen«, beruhigte ich sie. »Das ist doch normal. Alle Frauen haben Orangenhaut, außer die ohne Brüste, die haben keine.«

»Und Asiatinnen.«

»Asiatinnen? Woher weißt du das?«

»Hat Marvin gesagt.« Ich hielt mein Telefon etwas vom Ohr weg, um keinen Gehörsturz zu bekommen.

»Also Marvin hat mit Franzi und einer Asiatin gebadet?«

»Nein, nur mit Franzi«, schluchzte Lisanne.

»›Nur‹ ist gut. Was macht der Arsch mit Franzi in der Badewanne?«

»Sie hat ihm die Beine rasiert!« Lisannes Stimme überschlug sich.

»Sie hat ihm was?«

»Die Beine rasiert!«

»Das ist ja total pervers. Wieso lässt der sich von einer Vierzehnjährigen die Beine rasieren?«

»Keine Ahnung!« Lisanne heulte wieder laut los. »Das ist so eine Erniedrigung.«

Das war es wirklich. Da gab es nichts mehr zu beschönigen.

»Wie hast du das herausgefunden?«, fragte ich.

»Er hat es mir erzählt. Und dann hat er mir vorgeworfen, dass ich Orangenhaut habe.«

»Wie mies!«, rief ich aus. »Das ist doch wie Haare an Männerbeinen. Das ist wie Bartwuchs. Das wäre, wie wenn du ihm vorwirfst, dass er Bartwuchs hat.«

»Wieso?«, fragte Lisanne verwirrt.

»Na, weil alle Männer Bartwuchs haben, außer die Indianer«, sagte ich aufgebracht. »Das wäre so, als würdest du mit einem Siebtklässler in die Badewanne steigen und feststellen, dass er keinen Bart hat, weil er erst zwölf ist.«

»Aber das sehe ich doch auch, ohne mit ihm in die Badewanne zu steigen.« Lisanne verstand gar nichts mehr und meine Tipps waren, wie ich feststellen musste, auch nicht immer das Gelbe vom Ei.

»Egal. Das war nur ein Vergleich. Wieso hast DU eigentlich nicht Schluss gemacht, weil er mit Franzi in der Badewanne saß?«

»Das ist ja das Problem. Er war einfach schneller«, schluchzte Lisanne. »Das ist so eine Demütigung. Wenn ICH Schluss gemacht hätte, würde es mir jetzt blendend gehen. Dann hätte ich dem Mistkerl endlich gezeigt, dass er mich nicht verdient hat. Aber jetzt hat ER Schluss gemacht und ich stehe so was von doof da. Jetzt sieht es so aus, als hätte ER etwas Besseres verdient als mich.«

»Zum Beispiel eine Männerbeine rasierende Vierzehnjährige?«, fragte ich zynisch.

»OHNE Orangenhaut!«, heulte Lisanne ins Telefon.

»Lisanne, Marvin war nicht besonders attraktiv, nicht besonders intelligent und nicht besonders gut im Bett. Vielleicht solltest du einfach froh sein, dass du ihn endlich los bist.«

»Aber wenn so einen schon meine Orangenhaut stört, wie hässlich findet mich dann einer, der attraktiver und intelligenter ist als Marvin?«, fragte Lisanne verzweifelt.

Das war eine berechtigte Frage. Aber mir fiel zum Glück noch ein halbwegs vernünftiges Argument ein: »Jeder Mann, der auch nur einen Funken mehr Intelligenz besitzt als Marvin, zählt nicht die Dellen in deinen Oberschenkeln, sondern die Zellen in deinem Hirn.«

»Ich glaube, ich habe weniger Zellen als Dellen.« Jetzt mussten wir beide lachen, denn es war vielleicht ein bisschen wahr.

»Du weißt, was ich meine, Lisanne. Er schaut auf deinen Charakter. Du bist einfach ein toller Mensch. Marvin war nicht der Richtige. Er war ein Volltrottel.«

»Ich weiß«, schniefte Lisanne. »Du fehlst mir. Hattet ihr schon Sex?«

»Nein, aber dafür haben wir uns gestern gestritten.«

»Oh nein. Und ich heule dir hier was vor.«

»Macht gar nichts«, erwiderte ich ruhig. »Ist lange nicht so schlimm wie bei euch.«

»Sicher?«

»Sicher.«

»Gut, dann lass uns lieber Schluss machen. Meine Mutter tötet mich sonst wegen meiner Handyrechnung.«

Ich rannte gleich nach dem Gespräch ins Bad, stellte mich auf den kleinen Hocker und begutachtete meine Oberschenkel von hinten im Spiegel über dem Waschbecken. Ich konnte keine Dellen entdecken. In den Umkleidekabinen von H&M sah das natürlich anders aus. Da hatte ich Orangenhaut von der Hüfte bis zu den Fußknöcheln. Aber hier in Lecce, in Davides Haus, in diesem Licht, waren meine Beine wirklich okay. Trotzdem schnappte ich mir vorsichtshalber Levians Rasierer und fuhr mir ein paar Mal über die Schienbeine. Die Vorstellung von Marvins rasierten Beinen wurde ich überhaupt nicht mehr los.

Als ich das Badezimmer frisch rasiert verließ, traf ich im Flur erst Sanders strahlende Nummer Neun und dann Davide, der in weißer Frottee-Unterhose und mit Kratzspuren auf dem Rücken in Richtung Espresso-Maschine schlenderte.

Mein Hyperaktivitätssyndrom nach dem italienischen Espresso lebte ich bei unseren gegenseitigen Rettungsmaßnahmen im winzigen Übungspool aus. Levian und ich gaben uns das Halsabschneide-Zeichen und anschließend mithilfe eines Ersatzatemreglers gegenseitig Sauerstoff. Jetzt hatten wir auch noch gelernt, dass man im Notfall gar nicht einfach aus zwanzig Meter Tiefe auftauchen kann, weil dann das Blut explodiert oder so ähnlich. Aber es gab ja das gute, alte Winken-mit-dem-ganzen-Arm-Zeichen, mit dem man zumindest in jeder Gefahrensituation signalisieren konnte, dass man explodiert oder gerade von einem Hai gefressen wird.

Den restlichen Nachmittag verbrachten wir im Tauchtheoriebuch blätternd am Strand. Mit vielen kleinen Ausreden entwand ich mich Levians forderndem Blick, wenn er mich mit ins Wasser ziehen wollte. Keine Lust. Die Cola noch nicht leer. Das Wasser zu kalt. Lieber ein bisschen Beachvolleyball. Kopfschmerzen. Lass uns einfach nur die Füße ins Wasser hängen.

Bei unserer Rückkehr hingen Cecile und Davide wie immer schimpfend über den Plänen ihres Hauses. Cecile wollte eine Garage, damit das Auto geschützt war, Davide wollte ein Carport, damit das Auto atmen konnte. Cecile wollte einen Balkon im ersten Stock. Davide wollte im Sommer sterben, aber nicht auf einem Balkon wie ein Gefangener in einer Zelle, sondern auf einer Terrasse wie ein freier Mann.

Nach dem Duschen und Umziehen schrieb ich eine Geht-es-dir-besser?-WhatsApp-Nachricht und eine Vergiss-das-Schwein-WhatsApp-Nachricht an Lisanne, eine Es-geht-uns-bestens-SMS und eine Morgen-tauchen-wir-im-Meer-SMS an meine Eltern. Im Gegenzug erhielten wir eine Ist-einer-von-euch-schon-ertrunken?-WhatsApp-Nachricht von Jona, natürlich an Levians Handy gesendet.

Am Abend schenkten wir uns zwei Gläser Rotwein ein, beobachteten die ausgelassenen Gäste und hörten alte Jazzplatten. Levian machte Fotos von den Menschen, die zwischen einem witzigen Spruch und einem lauten Lachen verloren und ernst zwischen all den anderen Gästen auf der Terrasse saßen. Die sich für den Bruchteil eines geselligen Sommerabends fragten, wer sie eigentlich waren und ob das Leben, das sie führten, ihr eigenes war.

Levian. Dieser stille, undurchschaubare Kerl hatte ein Herz so groß wie ein Wolkenkratzer. Ein Herz, das all diese Menschen in ihren einsamen Momenten wahr- und aufnahm. Ein Herz, das Zugang fand zu dem, was wir vor anderen verbergen, weil wir uns schämen und traurig sind. Und Trauer und Scham liegen manchmal so seltsam nah beieinander. Manchmal.

An diesem Abend begriff ich, dass das, was Levian und mich voneinander trennte, nichts mit ihm zu tun hatte, sondern mit mir. Ich war diejenige, die ihm den Zugang verwehrte, die das vor ihm verbarg, was vor vielen Jahren in mich hineingesunken war und nun irgendwo in meinem Inneren auf dem Grund lag. Umgeben von schwarzem Wasser. In der Hoffnung eines Tages einfach vergessen zu werden.

Die, so dachte ich, vorletzte und letzte Nacht meines Lebens als Jungfrau verbrachte ich erst aufgewühlt von meiner Erkenntnis und dann schließlich schlafend in Levians Armen. Dort, wo ich hingehörte. Dort, wo ich mich hätte geborgen fühlen können.

***

Als ich am Morgen vor dem Tauchgang die Augen aufschlug, lag Levian auf seinen linken Ellbogen gestützt neben mir und sah mich an. Vermutlich hatte er schon einige Zeit so dagelegen und mein Gesicht betrachtet. Nun blinzelte er mich lächelnd an: »Hallo, Principessa! Wie geht es Ihnen an diesem bedeutungsschwangeren Morgen?«

Ich räkelte mich und gähnte: »Ich glaube, gut.«

»Worauf freust du dich mehr? Aufs Tauchen oder auf das, was danach kommt?«, fragte er, nur um mich an mein Versprechen zu erinnern.

»Das ist doch dasselbe«, erwiderte ich und sprang aus dem Bett.

Nachdem wir uns geduscht und angezogen hatten, servierte Davide uns Espresso und italienisches Gebäck. Ich nippte an meiner Tasse und versuchte, meine Nervosität unter Kontrolle zu halten. Der Gedanke an den ersten Tauchgang machte mich fix und fertig.

»Nervös?«, fragte Cecile schließlich freundlich in die Stille hinein.

»Geht so«, sagte ich nur. Ich redete mir ein, dass der Tauchgang völlig unproblematisch werden würde, denn an diesem Tag fuhren wir nicht mit dem Boot auf das offene Meer hinaus, sondern gingen nur vom Strand aus tauchen. Das war sicherer. Es war nicht so tief und man konnte schnell ans Ufer zurückkehren.

»Fährst du uns, Cecile?«, bat Levian.

»Natürlich!«, erwiderte Cecile und küsste Levian aufs Haar.

***

Während ich meinen Tauchanzug anzog, schoss Cecile Fotos von Levian und mir im Tauchanzug, also setzte ich schnell meine Tauchmaske auf. Hinter ihren dicken Gläsern konnte man mir meine panische Angst vielleicht nicht ansehen.

Als wir unter den neugierigen Blicken der Touristen vom Strand aus ins Wasser wateten, nahm ich Levians Hand. Ich konnte überhaupt nicht abschätzen, wie das, was nun kam, sich anfühlen würde. Ob es so fürchterlich sein würde wie damals im zugefrorenen See oder so schwerelos und schön wie im Übungspool. Noch dazu gab es hier Haie und ich gehörte schließlich zu den Menschen, die sogar im Swimmingpool über Haie nachdenken mussten.

Levian wusste, dass ich Angst hatte. Er hielt meine Hand fest gedrückt und sah mich immer wieder prüfend von der Seite an. Doch ich vermied jeden Blickkontakt, starrte auf die Wasseroberfläche und redete mir in Gedanken gut zu: Ich hatte Boden unter den Füßen. Wir konnten alle schwimmen. Es waren weit und breit keine Haifischflossen in Sicht. Kein ertrinkendes Kind. Kein Eis. Niemand musste gerettet werden. Niemand würde sterben. Es gab keinen Grund zur Panik. Was wir taten, war richtig.

Wer das Meer wirklich liebt, dachte ich, muss einmal ganz hinabgetaucht sein. Denn wie kann man etwas lieben, das man immer nur von außen betrachtet, weil es eigentlich kalt und gefährlich ist?

Erst drohte mich die Panik in dem Augenblick zu übermannen, in dem meine Augen hinter der Maske ins Wasser tauchten. Doch dann veränderte sich alles schlagartig. Meine Angst fiel von mir ab wie ein durchsichtiger Schleier und sank in Zeitlupe auf den Meeresboden. Wir schwebten in dieser Stille aus eigenem Atem und Wasserbewegung. Der Blick über das endlose Sandfeld des Meeresgrundes gab mir, anders als ich befürchtet hatte, ein Gefühl der absoluten Sicherheit. Ich würde alles kommen sehen. Hier unten ließ sich jede Gefahr abwenden, wenn man sie kommen sah. Und wenn man sie abwenden wollte.

Das laute regelmäßige Rauschen meines Atems im Atemregler ließ mich darauf vertrauen, dass ich alles unter Kontrolle hatte. Es ließ die Stille noch allumfassender erscheinen, als sie tatsächlich war. Und dann überwältigte mich die Ehrfurcht. Die Ehrfurcht vor der Stille und der Macht des Wassers, das mich umschloss.

Wir begannen, uns mit unseren Flossen langsam über dem Meeresgrund fortzubewegen, über einzelne Steine, vorbei an kleineren Fischen. Kein Hai würde mich angreifen, weil ich ganz friedlich und unantastbar durch die Stille glitt. Niemand würde mich retten müssen, denn ich war ein Teil des Meeres geworden, ein Wassermädchen, das unter Wasser schwimmen, sehen und atmen konnte.

Matteo drehte sich nach uns um. Daumen und Zeigefinger? Alles in Ordnung? Daumen und Zeigefinger. Alles in Ordnung. Levian und ich sahen uns durch die Tauchmasken an. Ich erkannte das Lächeln in seinen Augen und wusste, dass es ihm ähnlich erging wie mir.

Wir tauchten weiter und ich achtete darauf, dass Levian immer ein wenig vor mir war, damit ich ihn im Auge behalten konnte. Ich war in Sicherheit, aber war er es auch? Würde sein Sauerstoff reichen? Was, wenn seine Flasche defekt war, er die Sauerstoffanzeige nicht kontrollierte? Ich versuchte, mich zu beruhigen, und tastete nach meinem Ersatzatemregler, dem Oktopus. Er war da, griffbereit. Für Levian.

Während ich gegen meine Angst um Levian ankämpfte, sah ich ihn vor mir etwas zur Seite schwimmen. Statt Matteo zu folgen, machte er einen Abstecher zu einem größeren, mit dunklen Wasserpflanzen überwucherten Felsen und entfernte sich immer weiter von uns.

Eine viele Jahre alte Erinnerung stieg von tief unten in mir hoch und bahnte sich unerbittlich ihren Weg in meinen Kopf. Die Erinnerung daran, wie es sich anfühlte, jemanden unter Wasser zu verlieren, wie es sich anfühlte, nicht schreien zu können. »Levian!«, schrie ich in meinem Kopf. »Levian!« Aber meine Gedanken konnten die Wassermassen zwischen uns nicht durchdringen. Also folgte ich Levian mit hektischen Flossenschlägen, bis ich ihn am Bein zu fassen bekam. Erschrocken drehte er sich um und blickte mir direkt in die Augen. Levians Augen. Meerblau. Ich fasste seine Hand und er lächelte mich durch die beiden Gläser unserer Tauchmasken an. Es war der perfekte Moment. Wir. Er und ich. Verbunden durch unsere Hände. Uns auflösend in diesem warmen Blau. In dieser Stille unter Wasser.

Vorsichtig zog ich Levian ganz nah an mich heran. Meine Flossen berührten den Sandboden, ich spürte den leicht aufgewirbelten Sand an meinen Beinen und Levians Hand fest in meiner. Sein Blick ruhte in meinem Blick. Und dann tat ich es: Zuerst nahm ich meinen Atemregler aus dem Mund, ohne den Blick von Levians Augen abzuwenden. Seine Augenbrauen zogen sich zusammen. Er schüttelte den Kopf, griff nach meinem Atemregler und hielt ihn mir demonstrativ vor die Augen. Dann nahm ich die Maske ab.

Das alles hatte, so glaubte ich, nichts mit dem zu tun, was damals geschehen war. Es war nicht einmal so, dass ich wirklich sterben wollte. Ich wollte einfach nur eine Antwort. Verbundenheit. Klarheit. Einen Neubeginn.

~

Salzwasser gräbt sich in meine Augen und drückt sie von innen aus meinem Schädel. Wie weit ist es bis zur Oberfläche? Ich blicke nach oben und stelle verwundert fest, dass ich das Licht noch von der Dunkelheit unterscheiden kann. Über mir und um mich herum ist nichts als Wasser. Sonnendurchflutetes Hellblau.

Es dringt mit betäubendem Tosen in meine Ohren. In

meinen Mund quillt ein erstickender, salziger Schwall. Mit aller Kraft unterdrücke ich das Bedürfnis zu atmen. Noch ist Levian unmittelbar vor mir und hält mich fest. Er drückt mir etwas gegen den Mund, aber ich presse meine Lippen fest zusammen. Seine Hände krallen sich in meine Oberarme. Seine meerblauen Augen starren mich an. Die letzten Sonnenstrahlen verirren sich zu uns. Dann verschwimmt sein Gesicht. Ich spüre seinen Griff nicht mehr auf meiner Haut.

Meine Hände greifen ins Leere, bis ich mich vollkommen in Dunkelheit verliere. Dann schwindet die Panik, sehr langsam. Ich bewege mich nicht mehr, sondern lasse mich vom Wasser tragen. Ergeben schwebe ich in der schwerelosen Stille die Zeit hinab und sehe mich selbst, mit geschlossenen Augen. Tiefdunkles Blau. Ich muss nicht mehr atmen, darf mich nur noch treiben lassen, denn ich weiß, dass ich sterbe. Ein leises Lied in meinem Kopf lässt mich mit überwältigender Sanftheit in den Tod gleiten.

I'll sing you a lullaby, honey.
I'll be there when you die, honey.
Someday you'll let me down.
Just let yourself drown.
Just float then, don't cry.
Let go then, just die.

Der Kreis schließt sich. Das alles musste geschehen, Levian. Schon lange vor unserer Zeit. Zieh mich hoch.

~

Ich weiß nicht, wie ich in dieses Boot gekommen bin. Es ist das kleine Ruderboot aus meinem Traum. Mir gegenüber sitzt ein Mann in schwarzer Kutte. Auf seinem Kopf trägt er eine hohe bordeauxrote Haube. Ich kann sein Gesicht nicht sehen, denn er sieht hinaus auf das Meer. Dort tanzen zwei goldene Kelche.

Ganz langsam beginnt der Mann zu sprechen: »Du kannst jetzt wieder atmen, Annika. Annika-Annalisa-Wassermädchen. Du bist nicht mehr im Wasser.«

»Wo bin ich dann?«

»In einem Boot.«

»Wie bin ich hierher gekommen?«

»Dein Freund hat dir geholfen. Du bist ihm wohl eine Erklärung schuldig.«

Ich schweige. Lange. Schließlich reicht er mir, ohne seinen Blick vom Meer abzuwenden, ein vergilbtes Blatt Papier und einen uralten Füllfederhalter: »Jemand, der nicht spricht, schreibt vielleicht lieber.«

Das leere Blatt Papier liegt leicht in meiner Hand. In Gedanken formuliere ich einen Brief. Unendlich lang. Aber je länger ich über meine Worte nachdenke, desto weniger bleibt übrig von dem, was ich sagen möchte. Schließlich schreibe ich in schwarzen altertümlichen Buchstaben:

In Liebe ertrunken
Annika

Der Mann nimmt den Zettel, senkt seinen Kopf tief über meine Worte und liest: »Du möchtest also sterben?«

»Nein.«

»Das ist gut, denn du bist zu jung zum Sterben. Findest du nicht?«

»Ja, aber andere sterben noch jünger«, erwidere ich.

»Ich weiß. Andere sterben jünger.« Er reicht mir etwas kleines Weißes und ich greife mit meiner rechten Hand danach. Es ist eiskalt, es brennt in der Handfläche und es hinterlässt ein dunkelrotes, samtenes Band aus Blut im Meer.

»Was ist das?«, frage ich.

»Ein Mittelmeersplitter. Eine Erinnerung an das, was heute geschehen ist, denn du wirst heute nicht sterben«, sagt der Mann mit warmer Stimme.

»Woher wissen Sie das?«, frage ich, ohne an seinen Worten zu zweifeln.

In diesem Moment blickt der Mann auf und wendet mir sein Gesicht zu. Es ist kein Totenschädel, sondern das Gesicht eines alten Mannes, und dennoch weiß ich jetzt, wer dieser Mann ist und was er nun sagen wird. Und dann spricht er sie aus, seine wenigen Worte über den Tod.

Ich will gar nicht aufwachen, aber die Helligkeit fährt wie ein Blitz in meinen Körper. Ein Wasserstrahl sprudelt rückwärts in mir hoch und zwingt mich, meinen Mund weit zu öffnen. Ich kotze einen Schwall Salzwasser. Dann würge ich einen widerlich schmeckenden weißen Brei aus.

»Annika!«, Levian packt mich an beiden Schultern und starrt mich an. Seine Wangen sind mit Tränen übersät, die mir warm ins Gesicht tropfen. Noch nie habe ich einen Mann weinen sehen.

Dann höre ich die Sirene eines Krankenwagens und Stimmengewirr. Levian fasst meine Hand.

Als ich auf die Trage geschnallt werde und die Sanitäter mit mir zum Krankenwagen rennen, wackelt alles, die ganze Welt.

Ich drehe meinen Kopf zur Seite, spucke Salzwasser auf meine rechte Schulter und fixiere gleich wieder Levian, der dicht hinter uns bleibt. Seinen Blick nur auf mich gerichtet. Wir sehen uns an und das ist alles, was mich im Moment hält. Ich weiß nicht, ob ich lebe oder tot bin, ob ich weiteratmen darf und wo das Boot ist. Das Boot mit dem alten Mann. Mit einem Mal ist das Meer so weit weg wie das Wassermädchen, das vor langer Zeit im See ertrunken ist. Was hat der alte Mann über den Tod gesagt? Ich kann mich nicht mehr an seine Worte erinnern, nur noch daran, dass sie wahr waren. Ja. Nur dass sie wirklich wahr waren, das weiß ich noch. Und dass mir der Mittelmeersplitter irgendwann aus der Hand geglitten ist. Vielleicht hätte ich nie wieder einatmen sollen. Vielleicht wäre es schöner gewesen, es zuzulassen. Ewig in diesem Boot über das Meer zu treiben. In sonnendurchflutetem Hellblau.

Jemand gibt mir mehrere Ohrfeigen hintereinander.

»Halt deine Augen offen, Mädchen! Schön weiteratmen!«, ruft der Sanitäter, der mir die Atemmaske anlegt.

Ich spüre, wie Levian meine Hand fest umfasst, und suche nach seinen Augen.

»Ich möchte einfach nur, dass du mich ansiehst«, flüstere ich.

»Ich sehe dich an, die ganze Zeit«, sagt Levian und ich erkenne an seiner Stimme, dass er noch immer weint.

»Gut«, flüstere ich und schlafe ein.

***

Krankenhaus. Schläuche. Das laute Piepsen der Geräte. Unruhiger Schlaf. Levian bleibt an meinem Bett. Ich kann ihn sehen und ich spüre ihn. Er hält meine linke Hand, die rechte ist verbunden und schmerzt. Es fühlt sich an, als hätte ich in eine scharfe Schneide gegriffen und mir auf der Handfläche einen tiefen Schnitt zugezogen. Die Stunden vergehen. Levian schläft mit seinem Kopf an meiner Seite, küsst mein Gesicht, zwirbelt mein Haar zwischen seinen Fingern und streichelt meinen Hals dort, wo gestern noch seine Kette war. Irgendwo auf dem Meeresgrund gräbt sich nun ein hellblauer Stein an einem roten Band für immer in den Sand. Aber wir reden nicht. Verdammt, wir reden nicht miteinander.

Dann, es fühlt sich an wie mitten in der Nacht, knipst die Schwester das Licht aus und Levian muss gehen.

***

Das Telefonat mit meiner Mutter. Völlig hysterisch. Sie haben unsere Rückflüge umgebucht. Wir sollen sofort nach Hause kommen. Abschied von Davide, Cecile und Sander. Umarmungen und viele Küsse. Mutter und Sohn. Zwei Brüder. Lass die Finger von den Frauen, Sander. Wann wirst du uns besuchen? Bald. Danke für alles. Es war so schön. Tut mir leid, dass ich euch so einen Schrecken eingejagt habe. Ja, es geht mir gut. Macht euch keine Sorgen. Den Flug packe ich schon. Und baut bitte bald euer Haus.

Unsere Eltern am Flughafen, meine Mutter aufgelöst, mein Vater ernst. Levian, du hast unsere Tochter gerettet. Danke dafür. Kind, warum sagst du nichts? Geht es dir gut? Ja. Mir geht es gut. Herr Brügge, freundlich und ruhig. Levians Hand fest in meiner. Lass noch nicht los.

Babyfischerinnerungen

Wir fahren getrennt nach Hause. Jeder zu sich. Ankommen. Auspacken. Ausruhen. Das verarbeiten, was geschehen ist. Die Trennung fällt mir schwer. Ich vermisse Levian schmerzhaft. Ein altbekanntes Gefühl: Übelkeit, Magenkrämpfe und ein schraubstockartiger Schmerz von der Speiseröhre direkt in meinen Schädel. Anatomisch unmöglich, ich weiß, aber so ist es.

Spät nachmittags kommt meine treue Lisanne und begrüßt mich mit den Worten: »Mein Gott, Annika, wie oft willst du denn noch ertrinken?«

Als sie sieht, dass es mir einigermaßen gut geht, und begreift, dass sie nicht mehr aus mir herauspressen wird als die Sexgeschichte in Davides Wäldchen, übernimmt sie das Wort:

Sie genießt jetzt ihr Single-Leben in vollen Zügen und nimmt jede Party mit. (Der Unterschied zu ihrem bisherigen Leben offenbart sich mir auch nicht nach längerem Nachdenken.) Außerdem hat sie erst einmal die Schnauze voll von Männern. Ab jetzt dienen Männer ihr nur noch zum Sex. (Vorher-nachher-Bild von Lisanne: Finde einen Unterschied.) Marvin war ein

Volltrottel. Letztendlich hat er sie nämlich nur ausgenutzt. Ach was. Sie denkt auch nicht ernsthaft über eine Schönheitsoperation nach, denn bis auf die Cellulite, die man ja irgendwann mal absaugen kann, ist sie eigentlich mit sich selbst ganz zufrieden. Übrigens ist sie auch heilfroh, dass Cellulite und Zellulitis nicht dasselbe sind, weil letzteres eine ganz furchtbare Krankheit ist, die man insbesondere dann bekommt, wenn man wenig schwitzt und viel Kopfschmerzen hat. Lisanne will wieder ganz viel Zeit mit mir verbringen und es tut ihr leid, dass sie mich wegen Marvin so vernachlässigt hat. Jetzt möchte sie auch unbedingt Levian näher kennenlernen und mir wie früher bei allen Problemen beiseitestehen (vor allem bei Problemen sexueller Natur). Nach zwei Stunden verlässt mich Lisanne Hals über Kopf, weil sie eine Nachricht von einem 24-jährigen Studenten bekommen hat, der sie heute Abend noch zum Essen ausführen möchte. Ich suche erst vergeblich nach dem Zusammenhang zwischen dem, was Lisanne heute Abend tun wird, und dem, was sie in den letzten zwei Stunden von sich gegeben hat. Dann freue ich mich einfach, dass ich wieder da bin und dass Lisanne mich besucht hat, sich für mein Leben interessiert und ihres mit mir teilt.

***

Am Abend sitze ich mit meinen Eltern im Wohnzimmer und erzähle von unserem Urlaub. Ich erzähle von Davide und Cecile und zensiere die Kratzspuren auf Davides Oberkörper, seine riesigen weißen Unterhosen und den nachmittäglichen Kleinkrieg um das Haus. Ich erzähle von Luisa und Mariella, und dabei kommt es mir so vor, als hätte ich die beiden persönlich kennengelernt. Ich erzähle von den *dolce vita*-Abenden in Davides Haus und von Sander, wobei ich die Anzahl seiner Mädchen lieber auf vier reduziere. Ich erzähle vom Tauchkurs, der so schön hätte sein können, wenn der Unfall nicht gewesen wäre.

Mein Vater ahnt nichts, man kann nicht einmal erkennen, ob er zuhört, so reaktionsarm sitzt er in seinem Lehnsessel. Meine Mutter dagegen beobachtet mich die ganze Zeit mit nervös zusammengekniffenen Augen. Ich kann mir vorstellen, was in ihr vorgeht: Was ist zwischen meiner Tochter und diesem Levian passiert? Nimmt sie die Pille? Ist sie etwa schwanger? Hat er ihr wehgetan? Und warum in aller Welt erzählt sie mir nicht davon?

Es gibt tatsächlich Dinge, die sollte man seiner Mutter unbedingt erzählen – allerdings erst LANGE, nachdem sie geschehen sind. Also schweige ich und lächle in mich hinein. Sie würde mir ohnehin nicht glauben, wenn ich ihr erzählen würde, dass Levian und ich in Italien gar nicht miteinander geschlafen haben.

»Annika«, sagt meine Mutter plötzlich und ihr Gesicht wird ernst.

Oh nein, bitte erspar mir nur an diesem einen Abend die Nummer mit der Antibaby-Pille.

»Es war nicht deine Schuld.«

Mein Vater erwacht aus seiner Erstarrung und fragt irritiert: »Annemarie? Was wird das?«

Es ist nicht so, dass wir darüber nie gesprochen hätten. Es ist nur sehr lange her und inzwischen ist viel passiert. Die Dinge haben sich verändert. Und Dinge, die man zu selten ausspricht, verändern sich heimlich und wachsen. Man denkt, man kann sie totschweigen, aber in Wirklichkeit entwickeln sie ein hässliches Eigenleben wie deformierte Erinnerungen. Seelengeschwüre.

Vorwurfsvoll sage ich: »Du hättest mich nicht retten sollen.«

Meine Mutter schüttelt den Kopf und seufzt: »Annika, glaubst du, eine Mutter lässt ihr Kind ertrinken?«

Ich versuche, nicht zu weinen. Weinen hat keinen Sinn. Mein Vater blickt mit zusammengezogenen Augenbrauen von meiner Mutter zu mir und dann wieder zu meiner Mutter. Tränen sind ihm suspekt, nur deshalb greift er ein: »Mir ist zwar nicht ganz klar, warum wir dieses Thema ausgerechnet heute Abend auf den Tisch bringen müssen, aber deine Mutter hat recht, Annika. Dass du damals ins Eis eingebrochen bist, war ein Unfall. Du kannst nichts für das, was danach passiert ist.«

Nie sprechen wir es aus. Das, was passiert ist. Wir schweigen es tot, auch an diesem Abend.

»Das war damals kein Unfall«, entgegne ich und höre den Kloß in meinem Hals. »Ich bin absichtlich auf das dünne Eis gegangen, um zu sehen, ob es mich trägt. Ich bin schuld an dem, was passiert ist.«

»Damals warst du sieben, Annika«, sagt mein Vater bestimmt. »Du konntest die Folgen deines Handelns nicht abschätzen. Du trägst keine Schuld.«

»Aber jetzt«, setzt meine Mutter an. Sie macht eine lange Pause. Ihre Gesichtsmuskulatur ist angespannt, so stark presst sie ihre Kiefer aufeinander. Dann fährt sie streng fort: »Jetzt bist du sechzehn. War das, was beim Tauchen passiert ist, wieder ein Unfall?«

»Ich weiß nicht, wovon du sprichst«, schnauze ich

zurück und gehe in mein Zimmer, ohne meinen Eltern eine gute Nacht zu wünschen. Was weiß meine Mutter schon davon?

Es ist kurz nach halb zehn. Mein Handy summt. Ich checke mein Display. Es ist eine WhatsApp-Nachricht von Levian. Er hat mindestens zehn Nachrichten geschrieben, während ich mit meinen Eltern im Wohnzimmer saß:

20:17 Uhr: »Annika!«

20:23 Uhr: »Annika? Bist du da?«

20:31 Uhr: »Ich vermisse dich.«

20:33 Uhr: »Ich vermisse deine Haut und deinen Geruch.«

20:37 Uhr: »Ich will dich zum Lachen bringen.«

20:37 Uhr: »Jetzt sofort.«

20:40 Uhr: »Ich liebe dein Lachen.«

20:58 Uhr: »Wo bist du eigentlich?«

21:08 Uhr: »Hallo! Principessa?«

21:19 Uhr: »GPS wartet unten auf mich, sie will mich sehen.«

21:19 Uhr: »Ihre Brüste fühlen sich gut an.«

21:22 Uhr: »Kleiner Scherz. Hat wohl nicht funktioniert.«

21:28 Uhr: »Ich warte auf dich. Ich will dich sehen.«

21:33 Uhr: »Ach, fuck it, Annika.«

21:34 Uhr: »Ich vermisse dich schmerzhaft. Sehen wir uns morgen?«

»Hey«, schreibe ich zurück. »Habe mit meinen Eltern geredet. Ich vermisse dich auch. Wann und wo morgen?«

Levian antwortet sofort: »Um 19:00 Uhr bei mir. Ich

habe eine Überraschung für dich. Mann, ich habe mir schon Sorgen gemacht. Lass mich nicht nochmal so lange hängen! Das macht mich fertig.«

***

Der Tag zieht sich ewig bis zum Abend. Es ist erschreckend, wie ein paar läppische Stunden sich ausdehnen können zu einer unerträglichen Ewigkeit. Als ich endlich Levians Hausflur betrete, rechne ich mit griechischer Vorspeisenplatte, aber es riecht nach gedünstetem Knoblauch.

Levian öffnet die Tür in Sportklamotten, lächelt still, schließt mich in die Arme, riecht an meinen Haaren und küsst mich, als hätten wir uns tagelang nicht gesehen. So hat es sich ja auch angefühlt. Ich sauge den Geruch seiner Haut am Hals ein. Er drängt mich in die Küche, ohne die Umarmung aufzulösen, und was ich in der Küche sehe, ist ein Flash. Eine Reise zurück zum Anfang und doch ist alles anders zwischen uns: Die Rollläden sind heruntergelassen und Levian hat mindestens fünfzig Teelichter aufgestellt. Die ganze Küche ist ein einziges Lichtermeer. Auf dem Tisch steht eine dunkelrote Rose in einer hohen, schlanken Glasvase. Rechts und links von der Vase stehen zwei tiefe weiße Teller mit Pasta, so wie Davide sie immer für uns gekocht hat.

»Ich erinnere mich«, flüstere ich lächelnd. »Das ist so süß von dir.«

»Setz dich bitte«, sagt Levian und zieht einen der Holzstühle für mich zurück.

Dann gießt er jedem von uns ein Glas Rotwein ein und nimmt auf dem Stuhl mir gegenüber Platz.

»Den hat uns mein Vater spendiert«, sagt er, als wir mit unseren Weingläsern anstoßen. »Er schläft heute bei Babsi.«

Ich rieche am Rotwein in meinem Glas: »Ist bestimmt ein guter.«

Wir essen und sprechen über den Urlaub, über Levians Familie, über Mara, über Nummer Neun, über das planierte Grundstück, über Wassereis am Strand, aber über das Ende sprechen wir nicht. Als wir nach dem Abwasch in Levians Zimmer verschwinden, verschlägt es mir den Atem, denn seine Wände sind über und über mit Fotos beklebt: Cecile und Davide über den Plänen ihres Hauses und abends auf der Terrasse mit ernsten Gesichtern aneinandergeschmiegt, Sander und Mara Hand in Hand ohne ein Lächeln am Strand, Sander ernst über die Gitarre gebeugt, Ceciles ernster Blick im Rückspiegel, Davides ernster Blick durch seine kleine runde Brille, einige Gäste, einsam und verloren zwischen all den anderen auf der Terrasse. Herr Brügge in der Küche, müde und in sich gekehrt mit einem Glas Rotwein in der Hand. Sogar an Levians Schranktür prangt ein riesiges Foto: Cecile lacht in die Kamera und ist wunderschön.

Mit einer vagen Vermutung drehe ich mich um und sehe mich selbst auf einem Foto an der Wand über der Kopfseite von Levians Bett, das mit strahlendweißer Satin-Bettwäsche bezogen ist. Levian hat mein Gesicht so stark herangezoomt, dass nur meine Augen zu sehen sind, und trotzdem weiß ich sofort, wo ich bin: Ich sitze in Davides Auto und blicke hinaus aufs Meer. Von wegen – ich liebe das Meer. Meine Augen sehen so leer und einsam aus, als würden sie in der bis in die letzte kleine Höhle mit Salzwasser angefüllten Unendlichkeit des Meeres ertrinken.

»Ich dachte, ich liebe das Meer. Jemand hat mal gesagt, dass man mir das ansehen würde«, stelle ich enttäuscht fest.

»Deine Liebe zum Meer sieht man nur, wenn du dich nicht beobachtet fühlst.«

»Ist das so?« Erinnerungen kommen auf. Davides Stimme. Seine Worte.

Levian flüstert: »Liebe kann man nicht sehen, Annika. Man spürt sie irgendwann.«

»Wahrscheinlich hast du recht«, sage ich nachdenklich und spüre nichts in mir.

Levian zieht mich zu sich heran und schließt mich so fest in die Arme, dass ich mein Gesicht an seine Brust lehnen muss.

»Spürst du was?«, fragt er leise und küsst vorsichtig mein Haar. Ich schließe die Augen und bewege mich nicht mehr, sondern lasse mich von Levians Atem tragen, lasse mich in der Stille treiben. Erst fühle ich nichts, aber dann plötzlich ist dieses Lied in meinem Kopf und dieses Gefühl in Levian zu ertrinken. Ich löse mich vorsichtig von Levian, schalte das Deckenlicht aus und lasse die Rollläden so weit herunter, dass unsere Umrisse nur noch schemenhaft zu erkennen sind. Dann ziehe ich Levian auf das Bett und wir küssen uns so leidenschaftlich wie nie zuvor.

Plötzlich bricht er den Kuss ab, knipst das kleine Licht neben seinem Bett an und sieht mich prüfend an: »Warum? Warum hast du das getan?«

»Weißt du?«, flüstere ich zurück, während ich versuche, wie in den ersten Momenten, die wir miteinander hatten, in Levians Augen zu versinken.

»Was?«

»Ich war mir für einen kurzen Moment nicht ganz sicher.«

»Wie meinst du das?«, fragt Levian verunsichert.

»Ob du mich gerettet oder losgelassen hast!«

Levian packt mich so fest am Handgelenk, dass es schmerzt. Erinnerungen kommen hoch. Stundenlanges Klavierspielen. Die fehlende Hand unter Wasser.

»Was soll das heißen?«, zischt er.

Ich fixiere seine wutentbrannten Augen. Dieses eine Mal werde ich seinem Zorn standhalten. Ich will wissen, was wirklich geschehen ist.

»Ich habe dich gerettet. Ich habe dich hochgezogen, falls du dich nicht mehr erinnern kannst«, flüstert er und seine Stimme zittert leicht.

»Und davor?«, frage ich.

»Wovor?«

»Was ist passiert, BEVOR du mich hochgezogen hast?«

Levian lässt mich abrupt los, lehnt sich zurück, verschränkt seine Arme vor dem Körper und starrt an die Decke: »Du hast deinen Atemregler aus dem Mund genommen und dir die Tauchmaske vom Kopf gezogen. Einfach so.«

»Und was hast DU gemacht?«

Lange sagt Levian nichts und blickt ausdruckslos vor sich hin. Dann flüstert er schließlich: »Nichts. Ich habe für den Bruchteil einer Sekunde nichts gemacht.«

»Warum?« Mir versagt die Stimme.

Mit einem Mal quellen die Worte über Levians Lippen und fallen in den Abgrund wie Lemminge über eine Klippe ins Meer: »Weil ich weiß, dass ich dich eines Tages verlieren werde, dass du mich verlassen wirst. Die Vorstellung ist einfach unerträglich. Ich habe mich so oft gefragt, was weniger schmerzvoll sein würde, dich an einen anderen Mann oder dich durch einen Unfall zu verlieren. In diesem Moment dachte ich, es wäre leichter zu ertragen, wenn du stirbst.«

»Du wolltest mich sterben lassen«, stelle ich ruhig fest und es fühlt sich gut an, die Wahrheit zu kennen.

Levians sieht mich verzweifelt an: »DU wolltest sterben!«

»Nein. Ich wollte, dass du mich rettest.«

»Ich habe dich gerettet! Es war nur der Bruchteil einer Sekunde, ich schwöre es. Verdammt, Annika!«

Levian schweigt. Ewig. Das Weiß in seinen Augen glänzt. Salzwasser rinnt aus sonnendurchflutetem Hellblau. Schließlich setzt Levian mit leiser Stimme an: »Mein Vater hat jahrelang nur gelitten. Er hätte alles getan und alles ertragen, um Cecile einfach nur in seiner Nähe zu haben. Ich habe ihn dafür gehasst, dass er sie so bedingungslos geliebt hat. Ich habe ihn dafür gehasst, dass er sie nicht loslassen konnte. Verstehst du?«

Wie gelähmt verfolge ich die feinen glänzenden Fäden, die seine Tränen auf der Haut unter den Augen hinterlassen, und warte darauf, dass noch irgendetwas kommt. Etwas, auf das ich sehr lange gewartet habe.

»Ich liebe dich. Ich glaube, du hast keine Ahnung, wie sehr ich dich liebe«, sagt Levian endlich leise in die Stille hinein, ohne seinen Blick von mir abzuwenden. Und ich weiß, dass es wahr ist. Es war von Anfang an die Wahrheit. Ich habe endlich gehört, was ich hören wollte.

»Okay«, flüstere ich und küsse ihn. »Ich glaube, ich verstehe dich jetzt. Ich verstehe, was passiert ist.«

»Wirklich?«, fragt Levian hilflos.

»Wirklich«, erwidere ich, lösche das kleine Licht und tauche mit Levian in die Dunkelheit dieses kleinen Zimmers. Ich presse meine Lippen auf seine und bahne mir mit der Zunge sanft einen Weg. Levians Hände beginnen, mich überall zu streicheln. Fordernd. Unnachgiebig. Er bedeckt mein Gesicht mit Küssen, während seine Hand mein Kleid hochzieht und in meine Unterhose gleitet. Nicht ganz zwischen meine Beine, nur so ein bisschen, obwohl sie dort schon einige Male war.

»Sollen wir vielleicht lieber ein Handtuch drunter legen?«, frage ich leise.

»Ein Handtuch?«, fragt Levian zurück und seine Hand tastet sich vorsichtig weiter vor. »Du meinst einfach nur so? Ohne irgendeine Bedeutung?«

»Ja. Einfach nur so. Für den Fall des Falles.«

»Okay«, sagt Levian, steht sofort auf, holt ein Handtuch aus dem Schrank und legt es in die Mitte des Bettes, dahin, wo vielleicht etwas später unsere Hüften sein werden. Das weiche Laken hat sich besser angefühlt als das Handtuch, aber ich will auf keinen Fall Blutflecken auf Levians neuer Bettwäsche hinterlassen.

Levian zieht mir das Kleid aus und dann auch die Unterhose. Ich spüre, wie er immer wieder für einen kurzen Moment einhält, um sofort zu merken, wenn mir etwas zu schnell oder zu weit geht. Aber alles ist okay. Ich schäme mich heute nicht einmal für meine Nacktheit und Levians Kleidung ist plötzlich kein Schutz mehr vor etwas, das ich nicht will, sondern sie stört mich, hält Levian auf unangenehme Weise von mir fern.

»Willst du mich alleine nackt hier herumliegen lassen?«, frage ich leise.

»Auf keinen Fall.« Levian zieht sein Shirt aus und legt sich in der Jeans wieder zu mir. Ich rücke ganz nah an ihn heran und mustere ihn von oben bis unten. Levian oben ohne in Jeans. Das ist ziemlich sexy. Er drückt seine Hüfte an meinen Oberschenkel und flüstert: »Wir tun nichts, was du nicht willst.«

Statt ihm zu antworten, öffne ich vorsichtig den Knopf und den Reißverschluss seiner Jeans. Ich höre, wie sein Atem schneller geht, und spüre seine warmen Hände auf meinem Rücken. Als Levian in Boxershorts auf mir liegt, fällt mir Lisannes Warnung ein. Werde ich wirklich bluten wie ein abgeschlachtetes Schwein?

»Vielleicht sollten wir noch ein Handtuch drunter legen«, sage ich etwas unsicher.

»Noch ein Handtuch? Zwei übereinander meinst du?«, fragt Levian und scheint das keine Spur lächerlich zu finden. Er steht noch einmal auf, holt ein zweites Handtuch aus seinem Schrank und breitet es sorgfältig über dem ersten aus. Dann hebt er mich vorsichtig auf die Handtücher und zieht seine Unterhose aus. Ich möchte ihn anfassen, aber er hält meine Hand fest und sagt: »Wenn du möchtest, dass ich das hier länger als drei Minuten durchhalte, musst du die Finger von mir lassen. Wir konzentrieren uns nur auf dich, okay?«

Ich nicke. Und dann konzentriert sich Levian auf

mich. Seine Hände streicheln über jeden Zentimeter meines Rückens, meiner Brüste, meines Bauches, sie gleiten über meine Oberschenkel bis zu den Knien und wieder zurück, schließlich kommt seine flache Hand zwischen meinen Beinen zur Ruhe. Seine Lippen sind überall, hinter meinen Ohren, auf meiner Stirn, in meinem Haar, auf meinem Hals, fast, als wollte mir Levian sagen, dass das, was nun da unten passieren würde, nicht das Wichtigste ist, sondern nur ein kleiner Teil von allem. Ich spüre, wie ich unter seiner Hand feucht werde, ich höre seinen Atem und ich weiß, dass ich ihn nicht mehr lange hinhalten kann.

»Hast du Kondome?«, frage ich leise.

Levian greift unter sein Bett und zieht eine Packung Kondome hervor.

»Zwei. Nur für den Fall des Falles. Du oder ich?«, fragt er und hält mir ein Päckchen hin.

»Du.«

Ich sehe zu, wie er das Kondom überzieht, aus Neugierde und weil ich ein Kontrollfreak bin. Soweit ich das in diesem schummrigen Licht beurteilen kann, sieht es ziemlich professionell aus. Vielleicht sind Sander und Levian sich doch ähnlicher, als ich gedacht habe?

»Du hast Übung«, stelle ich fest und meine Stimme klingt vorwurfsvoll.

Levian seufzt und lässt sich sichtlich frustriert neben mich sinken: »Ach, Annika. Warum bist du nur so furchtbar misstrauisch?«

Er küsst mich auf die Stirn.

»Wie viele waren es?«, frage ich. Ich will das jetzt wissen. Bevor ich mit Levian schlafe, will ich wissen, welche Nummer auf meiner Stirn leuchtet, welche Bedeutung ich in seinem Leben habe.

»Zwei.«

»Okay, das ist nicht viel. Damit könnte ich leben.«

»Zwei schrecklich nervige, unfassbar hässliche, fürchterlich eifersüchtige, stinkende Mädchen, deren Namen ich vergessen habe«, ergänzt Levian. »Der Sex mit ihnen war so miserabel, dass ich sie direkt danach erwürgen und begraben musste.«

»Dann ist ja gut«, flüstere ich kichernd und ziehe Levian sanft auf mich. Obwohl Levian vorsichtig ist, tut es weh, nicht höllisch, aber doch ziemlich.

»Lieber ein anderes Mal?«, fragt Levian, als er sieht, dass ich die Kiefer aufeinanderpresse vor Schmerzen.

»Nein, dann tut es genauso weh«, flüstere ich.

»Sicher?«

»Sicher.«

Er beginnt, sich langsam zu bewegen, dabei hat er die Arme um meinen Nacken geschlungen und küsst mich auf den Mund. Der Schmerz lässt tatsächlich langsam nach. Ich konzentriere mich auf Levians Gesicht und versinke in seinen Augen, die nur auf mich gerichtet sind. Wer das Meer wirklich liebt, denke ich, muss einmal ganz hinab getaucht sein. Denn wie kann man etwas lieben, das man immer nur von außen betrachtet, weil es eigentlich kalt und gefährlich ist?

Levian stützt sich mit durchgestreckten Armen auf seine Hände, ohne den Blick von mir abzuwenden. Ich schließe die Augen und bin trotzdem unfähig, meine unsinnigen Gedanken zu kontrollieren: Ich muss daran denken, dass Lisanne, während sie mit Marvin Sex hatte, im Kopf noch mal die Englisch- und Lateinvoka-beln durchging oder To-do-Listen anfertigte. In Gedan-ken verfluche ich alle Sexgespräche, die ich jemals mit Lisanne geführt habe, und versuche, mich wieder auf Levian und mich zu konzentrieren, auf das, was gera-de passiert. Was erwartet Levian von mir? Soll ich mich mehr bewegen oder weniger? Lauter atmen? Auch mal was machen? Wird er länger als drei Minuten durchhal-ten? Waren das schon drei Minuten? Sind die Handtü-cher noch richtig platziert? Ist das zwischen Levian und mir richtig oder nicht?

Levian stützt sich auf seine Ellbogen, greift mit bei-den Händen nach meinem Gesicht und küsst mich fest, meine Gedanken sind mit einem Mal wieder ganz bei uns. Levian gibt einen unterdrückten Laut von sich und presst sein Becken an meins. Ich spüre die Kontrakti-onen und höre sein leises Stöhnen. Dann lässt er sich langsam auf mich hinuntersinken und sagt: »Sorry. Ich konnte mich nicht mehr zurückhalten.«

»Macht nichts«, sage ich und streichle ihm durch die Locken. Ich bin nicht gekommen. Wie auch? Die über-einander gelegten Handtücher waren unangenehm, ich hatte Schmerzen und lauter abstruse Gedanken in mei-nem Kopf, die sich nicht abstellen lassen wollten. Und außerdem war da etwas, das ich noch nie vorher ge-macht habe.

»Sollen wir uns noch um dich kümmern?«, fragt Levian und stützt sich auf seine Ellbogen, um mich an-zusehen.

»Heute nicht mehr«, sage ich, denn es war trotzdem einfach nur schön. Levian hat mir alles abgenommen und nichts gefordert. Kein Kratz-mich, kein Fass-mich-mal-hier-an, kein Sei-du-mal-oben-dann-weiß-ich-was-du-schön-findest.

Ich ziehe ihn zu mir herunter, atme immer wieder den Geruch seiner Haare und seiner Haut ein und weine heimlich ein paar Glückstränchen. Das erste Mal haut einen einfach um. Es ist etwas, das ich nur mit Levian gehabt haben werde. Etwas, dessen Intensität nicht in der Erinnerung verloren gehen wird. Da bin ich mir ganz sicher.

Als wir uns im Bett aufsetzen, halte ich ein schnee-weißes Handtuch in meinen Händen und sehe Levian beschämt an: »Ich schwöre dir, ich war Jungfrau.«

»Ich weiß«, beruhigt er mich lachend. »Nicht jede Frau blutet beim ersten Mal.«

Er knotet sorgfältig das Kondom zu und fragt: »Was machen wir jetzt mit unseren potenziellen 7000 Kindern?«

»Ab ins Klo?«, frage ich zurück.

»Das kommt immer wieder hoch, wenn man das im Klo runterspült. Es wäre ziemlich peinlich, wenn Marten morgen ein Kondom im Klo finden würde. Vielleicht schmeiße ich es einfach aus dem Fenster.«

»Du willst unsere potenziellen Kinder aus dem Fenster schmeißen?«, rufe ich mit gespielter Entrüstung aus. »Komm, wir werfen sie in unseren See.«

Wir ziehen uns an und spazieren Hand in Hand die drei Kilometer durch die schon menschenleere Stadt an der großen Uhr vorbei am See entlang bis zu unserem Steg.

Hand in Hand stehen wir auf dem Steg und sehen auf

das Wasser, das sich in der schwarzen Dunkelheit des Himmels aufzulösen scheint. Schließlich zieht Levian das Kondom aus der Tasche und wirft es feierlich in den See. Wir sehen gedankenverloren zu, wie unsere Kinder in der wasserdichten Hülle eines liebevoll zugeknoteten Kondoms ihre 500-jahrelange Reise antreten.

»Oje«, seufze ich schließlich. »Jetzt werde ich mein Leben lang ein schlechtes Gewissen haben, weil wir das Kondom in den See geworfen haben.«

»Warum?«

»Mir gehen diese ganzen Bilder von Plastikmüllbergen im Meer und toten Tieren am Strand einfach nicht aus dem Kopf. Bestimmt haben wir mit dem Kondom einen Fisch getötet.«

Levian lacht: »Auf keinen Fall! Der Knoten wird aufgehen und mein kostbarer Samen wird sich in den See ergießen und Hunderte von ausgehungerten Baby-Fischen ernähren.«

»Wie eklig«, kichere ich. »Ich weiß schon, warum ich keinen Fisch esse!«

»Du hast es sowieso nicht so mit Wasser, oder?«

Ich schweige.

Vielleicht liebe ich Levian und vielleicht liebt er mich. Zumindest liebt er das, was er meint, von mir zu kennen. Ich werde ihm erzählen müssen, was damals passiert ist, damit er entscheiden kann, ob er mich dann immer noch liebt oder mich für immer verlässt. So wie ich mich entscheiden konnte, einen Menschen zu lieben, der mich für den Bruchteil einer Sekunde lieber losgelassen hätte. Hilflos starre ich auf den See und wünsche mir, nur mit Levian in einem kleinen Boot auf diesen

See hinauszufahren, weit weg von allem, das unsere Vergangenheit ausmacht, kein Land in Sicht, zu dem man hätte zurückkehren können. Nur eine Insel. Irgendwo. Für ihn und mich.

»Wir müssen reden«, sage ich schließlich und sehe ihn an.

»Ja«, sagt Levian und nimmt mein Kinn fest in seine Hand. »Wir müssen reden.«

»Nicht hier.«

»Nein, nicht hier und von mir aus auch nicht heute, aber bald.«

Eisdeckenschlussmachgespräche

Wir schlafen bis mittags. Als ich die Augen öffne, überkommt mich die Panik. Ist Levian noch da oder hat er nun, da er bekommen hat, was er wollte, die Flucht ergriffen?

Er ist noch da. Dort liegt er. Dicht neben mir, die Bettdecke merkwürdig zwischen die Beine gewickelt, und schläft. Ob er bereut, was in der letzten Nacht geschehen ist? Was wird passieren, wenn er aufwacht?

Lange beobachte ich sein Gesicht, suche nach Zeichen des Zorns, der Reue, der Enttäuschung, aber seine Gesichtszüge wirken völlig entspannt. Irgendwann schlägt er die Augen auf und streichelt mir über die Wange. Ich tauche in sonnendurchflutetes Hellblau und weiß, dass alles soweit gut ist.

»Sepia«, sagt er.

»Wer ist das?«, fragte ich. »Sanders neue Flamme?«

»Nein, der Braunton deiner Augen«, sagt Levian und ich freue mich, dass auch er sich Gedanken über die Farbe meiner Augen macht. »Sepiabraun.«

»Sicher?«

»Sicher. Ich habe mich sehr lange mit dem Braunton deiner Augen beschäftigt.«

Auf dem Weg ins Bad husche ich möglichst unauffällig an Herrn Brügge vorbei, der in der Küche sitzt und gemütlich einen Kaffee trinkt.

»Guten Morgen«, murmle ich.

»Guten Morgen? Der Tag ist schon fast vorbei!«, ruft er mir hinterher. Er weiß es. Ich spüre es sofort. Auf jeder Zelle meines Körpers blinkt ein kleines Leuchtschild: »Ich bin keine Jungfrau mehr!«

»Hör mal, Annika«, sagt Herr Brügge, als ich zurück in Levians Zimmer schlüpfen will. »Ich würde euch heute Abend gerne Babsi vorstellen. Leider muss ich noch mal kurz zur Arbeit, um ein paar Dinge fertigzustellen. Vielleicht macht ihr euch einen schönen Tag bei deinen Eltern und dann treffen wir uns gegen 18:00 Uhr wieder hier und kochen gemeinsam?«

Babsi, die D-Körbchen-Blondine. Ich kann nicht fassen, dass wir sie endlich kennenlernen dürfen. Natürlich wetten wir um fünf Euro darum, wie sie aussieht. Levian bleibt bei seiner Theorie, dass sie aussieht wie Cecile, nur ein bisschen weniger hübsch. Ich bleibe bei meiner Theorie von der vollbusigen Blondine im Leopardenlook. Wir langweilen uns den ganzen Nachmittag mit meiner Mutter, die uns ungekonnt unauffällig beobachtet und alles daran setzt, uns nicht alleine in mein Zimmer zu lassen. Wenn sie wüsste, dass alles, was sie vermeiden will, schon längst gelaufen ist. Jona quält Levian mit dem Bau von mindestens vier Lego-Flugzeugmodellen. Mit mir spricht Jona hingegen seit meiner Ankunft nur das Allernötigste. Er scheint ernsthaft beleidigt zu sein, dass ich den Tauchgang überlebt habe und er Levian immer noch mit mir teilen muss und ohne Computer dasitzt.

Ich merke, dass ich viel zu lange nicht mehr Klavier gespielt habe und haue unmotiviert in die Tasten, damit mein Klavierlehrer mich nach den Sommerferien nicht umbringt. Meine rechte Hand schmerzt kaum noch, da der Schnitt fast verheilt ist. Irgendwann komme ich auf die Idee, Sanders Sterbe-Lullaby nachzuspielen. Nach einer Weile fragt Levian irritiert: »Woher kenne ich die Melodie?«

»Es ist einer von Sanders Songs.«

»Der von der Quarkspeise?«

»Nein. Nicht Tiramisu. Ein anderer.«

»Ach so«, sagt Levian und blättert weiter in seiner Zeitung. Nichts hat das Lied in ihm berührt. Keine Erinnerungen, keine Fragen, keine Zweifel. Nichts.

»Es ist das Sterbe-Lullaby«, sage ich beiläufig. »Sander hat es an dem Abend gespielt, an dem du so eifersüchtig warst.«

Levian blickt auf und nickt langsam: »Ich erinnere mich. Ich mochte den Text nicht, aber die Melodie ist ganz schön.«

So ist es, denke ich.

Dann kommt Levian auf die glorreiche Idee, früher nach Hause zu fahren, um für das abendliche Zusammentreffen mit Babsi und seinem Vater eine richtig leckere italienische Pasta zu kochen.

»Das macht sicherlich einen guten Eindruck und lockert die Stimmung«, stimme ich zu. Also ziehen wir los, kaufen die Zutaten und eine teure Flasche Rotwein. Die sind wir Herrn Brügge ja sowieso noch schuldig. Um Fünf betreten wir die Wohnung der Brügges.

Die Haustür ist nicht abgesperrt, was unüblich ist.

Wir sehen uns fragend an, dann drücken wir vorsichtig die Tür auf und lauschen in den Flur. Aus Herrn Brügges Schlafzimmer ist ein leises Stöhnen zu vernehmen. Um Himmels willen! Sind Einbrecher in der Wohnung? Levians Vater klingt schwer verletzt. Levian hält mich mit der rechten Hand zurück, deutet mir an, stehen zu bleiben, und stürmt ins Schlafzimmer. Ohne zu zögern, renne ich ihm hinterher und stolpere einen Moment später direkt in Levian hinein, weil dieser seinen Sprint abrupt abgebremst hat und nun wie gelähmt auf das Bett starrt. Dort liegt Herr Brügge nackt auf einer Frau. Die beiden blicken erschrocken auf und rollen mit einem lauten Schrei auseinander.

»Was macht ihr denn hier?«, ruft Herr Brügge fassungslos.

»Wir wollten etwas zu essen vorbereiten für heute Abend«, sagt Levian noch und hält die Einkaufstüten als Beweisstücke hoch. Dann klappt uns beiden in größter Verwunderung der Kiefer runter. Vor uns liegt splitternackt und sichtlich konsterniert: weder eine vollbusige Blondine noch eine weniger attraktive Ausgabe von Cecile im Leopardenlook, sondern niemand anderes als unsere Klassenlehrerin Frau Barbara Mint. Babsi eben. Die fünf Euro für die Wette gehen eindeutig an Herrn Brügge.

Frau Mint zieht sich in einer Art von Übersprungshandlung die Decke über den Kopf. Levian und ich verlassen fluchtartig das Zimmer, knallen die Küchentür hinter uns zu, schmeißen die Einkaufstüten auf den Tisch und machen uns fast in die Hosen vor Lachen. Das ganze Szenario erklärt einiges. Die strenge Geheimhaltung der Beziehung, Frau Mints Wissen über die Sache zwischen Levian und mir, der rege Austausch zwischen Frau Mint und Herrn Brügge in Bezug auf Levians schulische Leistungen.

Alles in allem ist die Situation wahnsinnig komisch, aber irgendwie auch beruhigend.

»Du hattest recht!«, flüstere ich kichernd. »Sie ist nicht käuflich.«

»Aber sie ist auch kein billiger Abklatsch von Cecile«, räumt Levian ein.

»Ist das jetzt cool für dich?«, frage ich vorsichtig. »Ich meine, dein Vater und Frau Mint. Das ist schon schräg, oder?«

»Naja«, erwidert Levian nachdenklich. »Sie ist eigentlich eine ganz passable Frau, findest du nicht?«

»Ja. Das ist sie. Und sie passt irgendwie richtig gut zu deinem Papa.«

Levian nickt zustimmend: »Er wirkte glücklich, bevor er uns bemerkt hat.«

»Sehr glücklich und sehr nackt.«

Wir prusten wieder los. Die Situation ist einfach zu komisch.

***

Das Abendessen mit Herrn Brügge und Frau Mint wird trotzdem etwas krampfig, obwohl die Voraussetzungen gut sind: Wir kochen gemeinsam, das Essen ist lecker und die beiden wirken glücklich und verliebt. Herr Brügge bietet mir das Du an und Frau Mint stellt tausend Fragen zu unserem Italienurlaub. Ich amüsiere mich darüber, dass Levians zensierte Fassung mit meiner zensierten Fassung fast identisch ist. Nur bei Sanders Mädchen nennt Levian die richtige Zahl.

»Neun!«, rufen Frau Mint und Marten wie aus einem Munde. Sie scheinen beide nicht begeistert zu sein.

»Was sind das für Mädchen?«, fragt Marten besorgt.

»Ach. Ganz unterschiedliche«, erwidert Levian. »Sander ist einfach in der Testphase.« Er sagt das so, als hätte er selbst diese Testphase schon lange hinter sich.

»Was testet er denn?«, erkundigt sich Frau Mint skeptisch.

Keiner antwortet.

»Ist er denn schon zu irgendeinem Ergebnis gekommen?«, fragt Marten kopfschüttelnd.

»Nein«, antworte ich.

»Ich hätte ihn nicht gehen lassen sollen«, sagt er nachdenklich. »Das Leben dort unten mit Cecile ist nichts für ihn.«

»Er wirkt aber ganz glücklich«, wirft Levian ein.

»So glücklich, dass er das Liebesleben seiner Mutter nachahmt und es nicht mehr für nötig hält, sich hier zu melden?« Levians Vater klingt wütend. Wütend und verletzt.

Da wird Levian ganz ernst. Erst wirft er mir einen Seitenblick zu, den ich überhaupt nicht einordnen kann, dann sagt er: »Sander ist wegen mir nach Italien gegangen, Marten. Nachdem Cecile und Davide entschieden hatten, nach Italien zu ziehen, haben Sander und ich beschlossen, dass einer von uns mit ihnen nach Italien gehen muss, damit Cecile dort glücklich werden kann. Sander wollte eigentlich hier bleiben, aber er ist

mit Cecile gegangen, weil er wusste, dass ich Davide hasse. Er denkt, dass du deswegen sauer auf ihn bist. Darum
meldet er sich nicht.«

Es ist lange still, bis Levians Vater endlich sagt: »Das
habe ich nicht gewusst.« Frau Mint streichelt Martens
Hand, der stumm auf die Tischplatte blickt. Auch ich fühle mich wie gelähmt. Warum erfahre ich das alles erst jetzt?

»Wir wollten euch nichts von unserer Abmachung
erzählen, damit Cecile nicht das Gefühl bekommt, dass
Sander nur aus Mitleid mitgegangen ist«, erklärt Levian.

Marten nickt: »Das ist gut. Sie sollte auch jetzt nichts
davon erfahren. Es würde ihr das Herz brechen. Das hat
sie nicht verdient.«

»Es ist auch nicht mehr so«, sagt Levian mit Nachdruck. »Sander ist glücklich in Italien. Er hat die richtige Entscheidung getroffen. Wir haben alle die richtige
Entscheidung getroffen.«

Und dann nimmt Levian meine Hand.

»So war das also«, murmle ich und beginne langsam,
alles zu verstehen. Levians Vergangenheit. Sanders Entscheidungen.

»Ja. So war das«, sagt Levian.

Irgendwann am späten Abend verabschieden wir uns
von Frau Mint. Natürlich versprechen wir ihr Diskretion
in der Schule. Die Situation ist ihr sichtlich unangenehm.

»Und wir?«, fragt Levian. »Gehen wir noch etwas
trinken?« Und ich weiß, dass die Zeit gekommen ist für
das unvermeidbare Gespräch.

Wir spazieren ins »Sunset«, eine unscheinbare Bar
in der Nähe des Sees. Das klingt romantischer als es
ist: Man sitzt dort auf orangefarbigen Plastikstühlen an

wackligen Tischen. An der Wand hängen kitschige Bilder vom Mittelmeer. Sonnenuntergänge und Muschelstrände. Ziemlich übel. Nur wenige Menschen verirren sich hierher. Noch vor zwei Jahren waren wir hier regelmäßig am Wochenende essen, weil man hier die einzige Pizza serviert, von der Jona damals nicht nur den Belag, sondern auch den Teig aß. Inzwischen haben sich seine Essgewohnheiten soweit normalisiert, dass meine Mutter ihn getrost mit dem Lieferservice besserer Restaurants abspeisen kann. Obwohl ich schon lange nicht mehr hier war , scheint alles unverändert. Dieselben Menschen sitzen an genau denselben Tischen, als wären sie mit dem Mobiliar eine seltsam zeitlose Art von Symbiose eingegangen: Die Familie des Besitzers mitsamt seinen zwei Brüdern, deren Ehefrauen und ihren Kindern, ein alter Mann, der jeden Abend ein großes Weizen trinkt, anschreiben lässt und dann geht, und eine Hand voll planloser Touristen aus der kleinen Fünfzimmer-Pension um die Ecke.

Wir bestellen einen alkoholfreien Cocktail und schweigen uns an.

Es könnte ein Schlussmach-Gespräch werden. Ich könnte Levian jetzt verlassen, weil ich nicht über das reden will, was passiert ist, weil ich nicht weiß, ob Levian mich immer noch lieben kann, wenn er davon erfährt. Also sage ich, was ich denke: »Ich könnte dich jetzt verlassen.«

»Ich weiß«, sagt Levian sofort. Es ist das, was er erwartet hat.

»Wenn du mich jetzt verlässt, wie wird es dann in zehn Jahren sein?«, fragt er nach einer langen Stille. Die Frage hat er sich schon lange zurechtgelegt.

Ich male mir aus, wie es sein wird. »Wir werden uns jedes Jahr hier treffen. Genau an diesem Tisch. Du bist Fotograf und arbeitest für die Zeitung.«

Er nickt: »Ich habe meinen Laptop dabei und zeige dir eine Auswahl meiner besten Fotos.«

»Aber ich kann sie kaum ertragen«, sage ich kopfschüttelnd. »Diese ganzen Gesichter, die keinen Grund mehr haben zu lächeln.«

»Wenn du dir alle Fotos angesehen hast, erzählst du von deinen Projekten und von deinen Plänen. Du bist immer total gestresst.« Er stützt sein Kinn auf seine Hand und fährt mit dem Zeigefinger die Kratzer auf der Tischplatte nach.

»Hast du Frauen?«, frage ich.

»Frauen? Ja. Vermutlich nicht wenige. Das scheint in der Familie zu liegen. Du wirst nicht viel über sie erfahren. Vielleicht deute ich mal an, dass es da jemanden gibt. Und du?«

»Ich habe Freunde. Nicht viele. Nichts, was Veränderungen standhält, nichts, was dreißig Jahre weiterlaufen könnte. Ich werde dir im Detail von ihnen erzählen. Werden dich diese Geschichten interessieren, langweilen oder total fertig machen?«

»Annika.« Levian legt seine Hand neben meine. »Können wir bitte das Thema wechseln?«

Das war der erste Drink, der zweite kommt mit der Rechnung und einer weiteren Pause, in der wir einander schweigend ansehen.

»Italien war schön, oder?«, frage ich schließlich und lege meine Hand auf Levians Hand.

»Ja. Das war der beste Urlaub meines Lebens, mal abgesehen von dem erschreckenden Ende.« Levian beugt sich ganz nah an mich heran und flüstert mir ins Ohr: »Und jetzt erzähl es mir. Warum? Warum hast du so Angst vor dem Wasser?«

Da sitzen wir, auf Plastikstühlen in orange unter einem Bild mit einem Sonnenuntergang. Und das Glas des Rahmens trennt uns von der Wärme der gelben Sonnenstrahlen und das Eis des Sees trennt uns voneinander. Noch immer.

Ich greife nach meiner Handtasche: »Ich glaube, ich gehe jetzt besser.«

»Warum?«, fragt Levian und fasst mein Handgelenk. Etwas zu fest. Fast so fest wie damals auf der Bank. Ich beobachte, wie die Wut in seine Gesichtszüge kriecht, ihn vollständig einzunehmen droht. Aber es lässt mich kalt, denn zwischen ihm und mir ist das Eis auf dem See und in schwarzem Wasser kann man nicht schreien.

»Lass mich los«, sage ich und entziehe ihm mein Handgelenk mit einem Ruck. Ich krame hektisch einen Zwanzigeuroschein aus meinem Portemonnaie und denke an Lisannes Worte. Sie hat irgendwann mal die Theorie aufgestellt, dass man schon am ersten Tag einer Beziehung weiß, wie diese einmal enden wird. Lisanne hatte recht.

»Ich will mich einfach nicht mehr mit jemandem treffen, der mir ständig wehtut. Das ist krank!«, stelle ich kühl fest.

»Du willst dich nicht mit jemandem treffen, der dich liebt!«, entgegnet Levian etwas zu laut. Der Kellner stellt sich in unsere unmittelbare Nähe, um sofort einschreiten zu können, falls einer von uns beiden Anstalten macht, dem anderen die wackeligen Beine eines Plastikstuhls ins Herz zu rammen. Die anderen Gäste sehen neugierig zu uns herüber.

Ich schüttle abwehrend den Kopf, werfe den Zwanzigeuroschein auf den Tisch und gehe zum Ausgang. Es ist jetzt so still in der Bar, dass man nichts als das Klackern meiner Absätze hört.

Da schlägt Levian so fest mit der Faust auf den Tisch, dass das Geschirr klirrt, und schreit: »Ich liebe dich, verdammt! Und was ist mit dir?«

Alle Augen sind nun auf mich gerichtet. Es ist an mir, etwas zu sagen, aber ich kann nicht. Mein Kopf ist leer. Gedanken praktisch nicht mehr vorhanden. Meine Hand ruht auf der Klinke der Eingangstür. Ich öffne die Tür.

Levian schüttelt den Kopf und sagt etwas gefasster: »Du spürst es nicht, Annika, nicht wahr? Und wenn du jetzt gehst, dann wirst du es niemals spüren und dann wirst du mich verlassen, weil du denkst, dass wir uns nicht richtig lieben können, und in Wirklichkeit bist DU es doch, die das Gefühl nie zugelassen hat.«

Ich drehe mich in Zeitlupe um. Die Luft lastet schwer auf mir und Levians Worte brechen über mich herein. Über mir und um mich herum ist nichts als Wasser. Ich kann nicht mehr atmen. Also gleite ich durch die schwarze, alles umfassende Stille zurück zu Levian und auf seinen Schoß. Er drückt mich fest an sich und sagt bitter: »Du spürst mich einfach nicht. Ich kann machen, was ich will. Du spürst mich nicht.«

Ich weiß, dass er recht hat, dass es Zeit ist, aufzugeben, dass ich ihm etwas schulde. Keine Erklärung, sondern den Teil von mir, den ich vor ihm verborgen habe, ein Geschwür, das sich quer über meine ganze Seele zieht.

»Also gut. Ich erzähle es dir«, sage ich.

»Jetzt und hier?«

»Jetzt und hier.«

Levian atmet aus, sein Gesicht entspannt sich, er lässt mich los und nickt. Die anderen Gäste setzen ihre Unterhaltung fort, der Kellner verdrückt sich wieder in die Küche.

Meine Stimme ist ruhig, als ich beginne zu erzählen. Es fühlt sich an, als würde ich meine Worte von tief innen aus mir herausholen und vorsichtig zum Leben erwecken. Als würde ich meine Worte nicht an Levian, sondern an mich selbst richten: »Vor neun Jahren ist etwas Schreckliches passiert. Vor neun Jahren lag den ganzen Winter eine dicke Eisdecke über dem See im Park. Es war ein Tag im Februar. Wir spazierten über den See. Lisanne und ich und meine Mutter. Das Eis war sicher. Es trug viele Spaziergänger an diesem Tag.«

Ich schlucke und sammle mich und versuche das Gefühl zu ignorieren, das von unten in meinen Hals kriecht und mir die Luft abschnürt. Levian legt seine offene Handfläche auf mein Knie, aber ich will seine Hand nicht nehmen. »Meine Mutter war im sechsten Monat schwanger und fühlte sich an diesem Tag so schwer. Also ließ sie Lisanne und mich vorauslaufen. Wir liefen, bis wir die anderen Spaziergänger hinter uns gelassen und die kleine Brücke erreicht hatten. Unter der Brücke war das Wasser schon geschmolzen. Es war ruhig und schwarz und schien vor Wärme zu dampfen. Ich wollte testen, ob das dünne Eis am Rand stark genug war, um mich zu tragen. Lisanne hielt mich fest. ›Das ist zu gefährlich. Komm lieber zurück‹, rief sie, aber ich riss mich los und lachte sie aus. Sie war als Kind immer so vorsichtig und ängstlich und brav, dass ich auf sie herabsah und mich in ihrer Gegenwart mutiger fühlte als sonst, verstehst du?«

Levian schweigt und sieht mich an. Stille, schwarze Pupillen inmitten von warmem Blau.

»Mit den Schuhen tastete ich mich auf dem Eis vor, aber kurz bevor ich das Wasser erreichte, brach das Eis unter mir weg und ich rutschte ins Wasser.«

Levians Hand liegt noch immer wie eine einsame Muschel auf meinem Knie. Ich beginne zu schluchzen, aber meine Worte lassen sich nicht mehr halten. Sie sprudeln aus mir heraus und lösen sich in meinen Tränen auf: »Ich konnte zwar schwimmen, aber nicht wirklich gut. Nur Hundegepaddel. Es reichte, um mich über Wasser zu halten und nicht unter das Eis zu geraten. Ich versuchte, mich am Rand des Eislochs festzuhalten, aber das Eis brach unter meinen Händen weg wie stumpfes Glas. Lisanne kam auf den Knien immer näher gekrochen und streckte mir schließlich ihre Hand entgegen, um mich aus dem Wasser zu ziehen. Aber das Eis knackte unter ihren Füßen und ich schrie immer wieder ›Geh weg! Geh weg!‹, weil Lisanne damals noch nicht schwimmen konnte. Sie kroch trotzdem immer näher an den Rand und das Eis unter ihren Knien knirschte und ich hatte solche Angst um sie. Also strampelte ich weiter, ohne die Kälte des Wassers zu spüren. Ich ahnte nicht einmal, dass ich sterben könnte. Das Ufer war ja ganz in der Nähe. Nur Lisanne würde ertrinken, wenn sie neben mir einbrach. Verzweifelt hockte sie auf dem dünnen Eis, die Hand nach mir ausgestreckt, bis meine Mutter endlich in Sichtweite kam und begriff, was passiert war. Sie rannte die letzten Meter zum Wasserloch vor der Brücke und sah mich entsetzt an. Dann legte sie beide Hände auf ihren Bauch.«

Ich nehme Levians Hand und weine hemmungslos. »Sie war im sechsten Monat schwanger und das Wasser war eiskalt. Mein Strampeln half nicht mehr. Mein Gesicht sank unter Wasser. Ich konnte nichts mehr sehen und konnte nicht mehr schreien. Ich konnte sie nicht davon abhalten, ins Wasser zu springen und mich zu retten.«

»Hey«, Levian küsst mir über das ganze Gesicht, küsst mir die Tränen weg, streichelt mir die Wange. »Hey«, sagt er nur. »Hey.«

»Als sie auf dem Eis stand, hat sie sich für mich entschieden. Ich werde nie vergessen, wie sie auf ihren Bauch gesehen hat. Das Baby ist gestorben, weil sie mich retten wollte.«

»Du …«, setzt Levian an und ich spüre, wie er nach den richtigen Worten ringt. »Du bist nicht schuld daran, dass deine Schwester gestorben ist.«

»Ich weiß«, schniefe ich. »Hier« und ich zeige auf meinen Kopf, »hier weiß ich es, aber hier« und ich zeige auf mein Herz, »aber hier fühlt es sich schrecklich an. Es fühlt sich an, als hätte ich sie ermordet.«

Und dann dämmert es mir. Woher weiß Levian, dass das Baby ein Mädchen war? »Meine Schwester?«, frage ich erschlagen. »Du wusstest es?«

Levian nickt und nimmt meine Hände in seine: »Deine Mutter hat mir alles erzählt, bevor wir nach Italien gefahren sind. Wegen des Tauchkurses und –«

»Wann denn genau?«

»Bevor wir auf Ginas Party gegangen sind. Deine Mutter hat mich im Hausflur abgefangen, um mir von deinem Wasserproblem zu erzählen.«

»Warum?«, frage ich entgeistert.

»Wegen des Tauchkurses und weil sie gemerkt hat, wie abweisend du manchmal zu mir warst, wie unzugänglich.« Er streicht mir zärtlich durch die Haare und sieht mich an. Liebevoll.

»Ich träume so oft von ihr«, schluchze ich. »In meinen Träumen sieht sie aus wie ich. Eine kleine Annika. Wir mussten sie bestatten. In einem winzigen Sarg. So winzig klein wie ein Schuhkarton. Annalisa. Wir haben sie Annalisa genannt. Ich durfte den Namen aussuchen und ich habe sie genannt wie meinen Teddybären. Annalisa Ertmann. Annalisa Wassermädchen.«

»Ich liebe dich«, flüstert Levian. »Du bist nicht schuld daran. Ich liebe dich, hast du gehört? Und du liebst mich auch. Du musst es mir nicht sagen. Ich weiß es. Ich kann es spüren. Ich weiß es seit unserem ersten Tag in Italien.«

Die Eisdecke zwischen uns bewegt sich. Es beginnt mit einem kaum wahrnehmbaren Geräusch. Ich sehe, wie sich immer größer werdende Risse durch die kalte undurchsichtige Wand ziehen, wie erst kleinere Stücke herausbrechen und dann größere. Als Levians Gesicht hinter der zersplitternden Eiswand seine Konturen verliert, beginne ich zu kämpfen. Ich drücke mit aller Kraft gegen die Wand und kämpfe mich mit angehaltenem Atem durch die Splitter, die Stück für Stück unter meinen Händen wegbrechen. Irgendwann erreiche ich die Oberfläche, tauche auf und beginne zu atmen. Endlich. Levians Augen sind nun unmittelbar vor mir. Ein warmes helles Blau.

»Ich liebe dich auch«, sage ich leise und verberge mein Gesicht an seinem Hals.

»Ich weiß.«

Epilog

Meine Eltern sind noch immer verheiratet. Mein Vater ist inzwischen pensioniert, aber die Todesfälle im Freundes- und Bekanntenkreis nehmen zu, weshalb mein Vater weiterhin beratend tätig ist. Meine Mutter muss nur noch selten Essen bestellen, da nun genug Zeit ist, jeden Tag in ein edles Restaurant zu gehen. Einige Bilder an den Wänden meines Elternhauses sind inzwischen erheblich im Wert gestiegen.

Jona ist diagnostizierter Legastheniker. Er studiert Flugzeugbau in Berlin und hat eine Freundin, die nicht stinkt. Wenn er Probleme mit ihr hat, ruft er Levian an und fragt um Rat.

Lisanne musste die Schule kurz vor dem Abitur abbrechen, weil ihre Schwangerschaft etwas kompliziert war. Ich bin stolze Taufpatin ihres Sohnes. Inzwischen lebt Lisanne in einer festen und sexuell ziemlich aufregenden Beziehung mit einer sehr sympathischen Frau.

Marten und Barbara Mint (alias Babsi) leben zusammen in Barbaras Wohnung und fahren jeden Sommer nach

Griechenland. Barbara unterrichtet noch immer an unserem alten Gymnasium. Marten hat sich mit der Anfertigung von Massivholztisch-Unikaten selbstständig gemacht. Sein erster handgefertigter Tisch steht in der Dachgeschosswohnung meiner Eltern.

Davide starb vor einigen Jahren im Sommer auf seiner Terrasse an einem Herzinfarkt. Die Terrasse war der einzige Punkt, in dem er sich gegen Ceciles Willen durchgesetzt hatte. Cecile ist eine in ganz Süditalien gefragte Innenarchitektin. Sie lebt zurückgezogen in dem von Davide und ihr entworfenen Haus. Es kommen kaum noch Gäste. Luisa arbeitet europaweit in der freien Theaterszene und verbringt jeden Sommer bei Cecile.

Sander hat in Lecce ein kleines Café eröffnet und spielt dort ab und zu seine eigenen Songs. Er ist seit sechs Jahren mit einer Italienerin (Nummer 16) verheiratet. Seine Zwillinge heißen Annika und Luisa.

Und ich? Im Sommer schwimme ich im offenen Meer und im Winter spaziere ich über den zugefrorenen See. Mit Levian. Unsere Vergangenheit bleibt, aber die Sache zwischen uns wurde leichter. Eigentlich ist sie ganz einfach, seit wir uns alles erzählt haben und wissen, dass wir uns trotzdem lieben.

***

Von Herzen danke ich

meinen Eltern Ingelu und Alf Mintzel, die mich seit meiner Kindheit mit Literatur und Sprache umgeben haben.

meinem Mann Simon Sperling, der mir so viel kostbare Zeit für diese und viele andere Geschichten geschenkt hat.

meiner Vorlektorin Nina Eisen, deren akribische Korrektur und konstruktive Kritik mich zu einer besseren Autorin gemacht haben.

meinen vielen Probe- und Korrekturlesern, insbesondere Julia mit Xenia Siegmund, Klaus Thiele, Fenni mit Tom Brink-Straukamp und Familie Kwast.

und natürlich den Menschen, die Annika und Levian den Schritt in die Öffentlichkeit ermöglicht haben:

meinen Agentinnen Susan Bindermann und Irina Kessler.

meinem Fotografen Gerold Mepplink.

dem großartigen Team vom Lektora-Verlag: Nina Herms, Marcel Dünnebacke, Dean Ruddock und allen voran Denise Bretz und Karsten Strack für die unendliche Geduld beim Lektorieren, das liebevolle Abwenden meiner impulsiven Krisen und das große Vertrauen in meine Geschichte vom Liebenlernen und Lebenwollen.

Die meisten Handlungen und Personen dieses Romans sind frei erfunden. Einige großartige Menschen (und ein bisschen Klein-Theresa) sind Vorbilder für Charaktere und einzelne Situationen, haben mir aber ihr ausdrückliches Ja-Wort für die Veröffentlichung gegeben. Alle weiteren Ähnlichkeiten mit lebenden oder toten Personen sind vielleicht sehr lustig, sehr schmeichelhaft oder ärgerlich, aber wirklich rein zufällig und definitiv nicht gewollt. Mehr über den Wahrheitsgehalt der Geschichte kann man auf der Facebookseite zu »Mittelmeersplitter« erfahren.

Bei Lektora erschienen

Jan Philipp Zymny

Henry Frottey – Sein erster Fall: Teil 2 – Das Ende der Trilogie
Ein Roman in Schwarzweiß

Eine Mordserie hält die Bürger von Schikargo in Atem. Doch der berühmte Privatdetektiv Henry Frottey hat keine Zeit, vor dem Fernseher zu sitzen und sie zu verfolgen. Er klärt lieber Verbrechen auf. Eine neue Entität arbeitet sich an die Spitze der Unterwelt vor und ihr Weg ist gepflastert mit seltsamen Morden, die so verzwurbelt sind, dass nur Henry sie vermittels seines genialioesken Verstandes und der Macht der Prokrastination zu lösen vermag. Relativ desinteressiert stolpert er durch die Straßen, macht einer schönen Frau Avancen und Urlaub, besucht den Jahrmarkt und ist dabei trotzdem den merkwürdigen Ereignissen in seiner Stadt stets nur einen Schritt schrägonal links auf den Fersen.

„Dem Autor gehen permanent die Gäule durch, er lässt sich wegtragen von seiner scheinbar unerschöpflichen Fantasie und Kreativität, doch er kriegt die Zügel immer wieder zu packen und erzählt dabei eine große Geschichte, in der am Ende tatsächlich alle Fäden zusammenkommen."
– Thomas Koch, WDR 2 –

ISBN 978-3-95461-020-4
14,80 Euro

www.lektora-verlag.de/shop

Jan Philipp Zymny & Andy Stauß

Henry Frottey – Sein erster Fall: Teil 2 – Das Ende der Trilogie
Ein Hörspiel

Der Erfolgsroman jetzt als 12-stündiges Hörspiel!

Gesprochen von vielen Bekannten aus der Poetry-Slam-Szene: Andy Strauß, Fabian Navarro, Jan Philipp Zymny, Jule Weber, Maximilian Humpert, Patrick Salmen, Sandra Da Vina, Sascha Thamm, Sebastian 23, Sulaiman Masomi u. v. a.

Eine Mordserie hält die Bürger von Schikargo in Atem. Doch der berühmte Privatdetektiv Henry Frottey hat keine Zeit, vor dem Fernseher zu sitzen und sie zu verfolgen. Er klärt lieber Verbrechen auf. Eine neue Entität arbeitet sich an die Spitze der Unterwelt vor und ihr Weg ist gepflastert mit seltsamen Morden, die so verzwurbelt sind, dass nur Henry sie vermittels seines genialioesken Verstandes und der Macht der Prokrastination zu lösen vermag. Relativ desinteressiert stolpert er durch die Straßen, macht einer schönen Frau Avancen und Urlaub, besucht den Jahrmarkt und ist dabei trotzdem den merkwürdigen Ereignissen in seiner Stadt stets nur einen Schritt schrägonal links auf den Fersen.

ISBN 978-3-95461-042-6
14,80 Euro

www.lektora-verlag.de/shop

Bei Lektora erschienen

Jason Bartsch, Nils Früchtenicht (Hg.)

Tintenfrische II

Da soll noch einmal jemand sagen, um die heutige Jugend und ihre Poesie stehe es schlecht! Im zweiten Band von „Tintenfrische" eröffnen 20 junge U20-Slam-Poeten mit ihren Texten die Möglichkeit, tiefer in die Gedanken und Erlebnisse der jungen Generation einzutauchen und einen kritischen Blick auf die Welt zu erhalten, in der sie leben.

Es sind die Texte einer Generation, die viel zu sagen hat, deren Worte man hören muss. Wie der deutschsprachige Poetry-Slam-Champion Sebastian 23 so treffend sagt: „Man braucht den Leuten oft nur einen Zettel, einen Stift und ein Mikro zu geben und schon sprudelt es nur so aus ihnen heraus. Wie will man sonst auch ihre Stimme hören, wenn man sie nichts sagen lässt?"

Slam-Poetin Theresa Hahl, die seit 2009 in der Szene bekannt ist, ist heute wie damals begeistert von den Texten und äußert: „Man könnte meinen, irgendwann muss doch im Poetry Slam einmal ein Textzenit erreicht sein, aber die jungen Poeten sprengen jegliche Horizonte."

„Es ist nicht so, dass die jungen Poeten sich an uns messen müssen. Wir müssen uns an ihnen messen – und das ist schwer!", kommentiert Szene-Größe Felix Römer.

ISBN 978-3-95461-044-0
12,00 Euro

www.lektora-verlag.de/shop